光文社文庫

フォールディング・ラブ

折りたたみ式の恋

絵空ハル

光 文 社

CONTENTS

主な登場人物

栗生拓眞　北稜大学理学部四年生。イベントサークル・ルイボスに所属している。
橘尚央　北稜大学医学部四年生。ルイボスのサークル王子的存在。
桃瀬陽菜　北稜大学農学部四年生。同じくルイボスの「姫」で拓眞は幼馴染。
奥柿凜子　北稜大学理学部三年生。拓眞の後輩。

このちっぽけな物語を僕はいつまでも覚えているだろう。多くの人にとってそれは気にも留めない、路傍の石のような話だと思うけれど、確かにそれが僕達の認識を変え、人類の歩むべき道を指し示した。とても小さいけれど壮大で、儚いのに力強くて。

そうして僕が抱いた最初の感情は何だったろう。

カタルシス？　あるいはそうかもしれない。これは、僕の退屈を打ち払ってくれた最高の遊戯で、有意義な実験だった。

だから僕は感謝している。

願わくは、君と、君の最愛の人に幸あらんことを。

プロローグ

空が抜けるように青くても、雨が降ることがある。

天気雨が降るのは、遠くから雨粒が風で運ばれてきたり、雨を降らせた雲がすぐに消えてしまったりすることが原因だ。晴れているのに雨が降るものだから街の人々は大慌てだ。急いで洗濯物を取り込んだり、どこかの軒先に雨宿りしたり、濡れるのを厭わずに目的地に向かって走ったり。雨の降り始めは、みんなが急いでいるからか、時の流れが速いように感じる。ただ、運よく折りたたみ傘を持っている人だけが、いつも通りの時間を過ごしているのだ。

あの日も、彼女は折りたたみ傘を持っていた。

折りたたみ傘を開いて、日光が照らす光のシャワーの中で彼女ははしゃいでいた。長い髪をなびかせて、上気した頬で、彼女は笑っていた。彼女がキラキラとしたステージで踊るたびに、足元の水溜りが喝采するように跳ねる。それは、宝石のように綺麗で、いつでも思い出せる光景だった。

「きっと虹が出るよ」

傘がなく、ずぶ濡れになった拓眞（たくま）のことを彼女はおかしそうに笑っていた。天気雨ひとつでこんなにも美しく輝ける彼女に拓眞は見とれていた。


いつが始まりだったのか。明確な区切りは分からない。けれど、あの時、宝石のように彼女が輝いていた日、拓眞は自分が恋に落ちた音を聞いた気がした。


「天気予報を確認するのが面倒だから」と、彼女はいつも折りたたみ傘を鞄に入れていた。その傘は、たいていの場合、折りたたまれたままで使われない。でも、雨が降ると、彼女を守るために開かれる。

彼女は天気で失敗したことがない。いつも折りたたみ傘を持っているから。他の人が急な雨で傘がないような状況でも、彼女だけは帰ることができる。

だが、「天気予報を確認するのが面倒だから」という割に彼女は天気予報を毎日必ず見て来ていた。拓眞はその意味を深く考えたことがなかった。今にして思えば、彼女は臆病だったのかもしれない。折りたたみ傘はお守りだ。

昔、彼女とその友人の女子の会話を聞いたことがある。

「ねえ、告白しようと思ってるんだけど、いつがいいかな」

どうやら、その友人は気になっている男子がいたようだ。彼女は少し悩んだ後、こう答えた。臆病な彼女らしい答え方だった。

「相手が本当に自分のことを好きで受け入れてくれるって分かってる時かな」

冒険しないという回答は、相手を守ることに繫がり、ひいては自分を守ることに繫がる。きちんと自分の意見を伝えている時点で質問には答えているし、友人に危ない橋を渡らせないという点で、友人思いと言える。下手なアドバイスをして恨みを買う恐れも少ない。利口で、思いやりのある回答だった。拓眞も、なるほど、そうだよな、と聞いていて思ったものだ。

今日も、雨が降っている。

十月の冷たい雨だ。東北の冬は早い。もう少し時季が遅ければ、雨は雪に変わっていただろう。

彼女の残していった荷物の中に折りたたみ傘があった。

昔から彼女の愛用していた、晴雨兼用の折りたたみ傘だ。猫がプリントされている。今日は雨だが、もう必要ないらしい。

「おかしいな」

拓眞は呆然と立ち尽くしていた。

ここは病室で、さっきまで彼女と会話していた場所だ。今はまるで空気が凍り付いているかのようにしんとしている。

「俺、めちゃくちゃ頑張ったのに……」

拓眞は今にも倒れそうだ。よろよろと、ベッドに座り込む。そこにはまだ彼女の温もりが残っていた。それが今はもう手の届かない温かさのようで、心をギュッと締め付ける。

臆病な彼女の性格が伝染したのか、拓眞もまた、折りたたみ傘を常に持参するようになっていた。冒険しない。例えば、相手が自分に好意を持ってくれていると確信している時にだけ告白する。

その確信が得られたと思ったのに。

「うわ、俺、最高にかっこ悪いじゃん……」

いつも持っていた折りたたみ傘を開く時が来たのだと、そう思っていたのに。

雨粒が窓ガラスに当たり、軽く息を吸うくらいの時間をおいて真下へと垂れていく。こんなにも雨が降っているのに、折りたたみ傘は役に立たなかった。

「どうして俺、フラれたんだ」

第一話　変性

一年前、十月。

控えめな拍手のような火の爆ぜる音。団扇で扇いで新鮮な空気を送り込んでやれば、それはまだ自らが十分な熱を持っていることを赤々と体現する。河原の石を適当に積み上げて作った簡易なかまどには、この時季だけコンビニの店頭に並ぶ薪がくべられている。かまどの上には十数人分はまかなえるであろう巨大な鍋が絶妙なバランスで載っている。鍋の中の具材は豚肉、里芋、人参、豆腐、キノコなど。それらが、味噌ベースのつゆの中でぐつぐつと煮込まれている。豚汁のようであるが、それを宮城県民の前で言ってはならない。秋に広瀬川のほとりで食べるものは芋煮と相場が決まっている。

「いい感じだな」

穏やかな晴天の下、拓眞は鍋の具合を見ながらそう呟いた。こうして宮城風の芋煮を作ってはいるが、拓眞は生粋の埼玉生まれだ。

「ほお、旨そうじゃないか。栗生」

そう言いながら鍋を覗き込んで眼鏡を曇らせているのは、同じサークルに所属している橘尚央だ。

「ま、こんだけできれば上出来だろ。と言っても、お前以外誰も興味示してないけど」

そう言って拓眞は少し離れたところで同じように湯気を立ち上らせている鍋を見遣る。向こうの鍋の周りには十人くらいの男性陣が人だかりを作っている。

「あっちは山形風芋煮。醬油ベースで牛肉を使っている」

ただ、人だかりの訳は鍋の中身ではない。正確には、鍋を細い腕で必死にかき混ぜている「女性」だ。彼女の名前は桃瀬陽菜。このサークルの中で華麗に咲き誇る大輪の花だ。いや、学校一の美女と言っていいだろう。小動物を思わせる小柄でありながらも、スタイルは抜群で、色素の薄い茶色の長くてふわふわな髪は腰の辺りまで伸びている。鍋の熱に当てられたのか、白皙の肌はうっすらと赤く染まっており、薪から生じる刺激性の煙によって大きな瞳は潤み、長いまつ毛がしぱしぱと開いたり閉じたりを繰り返している様は非常に愛らしい。

「あからさまだな」

「まあ、宮城県民でもない野郎が作る芋煮よりも、美人の作る料理の方が男共に人気なのは火を見るより明らかだ」

拓眞は肩を竦める。

「栗生、君は向こうに行かなくていいのか」

「生憎と俺はここの鍋を任されているからな」

「代わってやろうか」

「遠慮するよ。あんな煩悩丸出しの輪の中には加わりたくない」

「欲望に忠実で実に生物として好ましいと思うが。どちらかと言えば、冷静な栗生の方がこの場合おかしいのでは」

「お前もだろ、橘」

拓眞はしゃがみ込んだ姿勢のまま、尚央を見上げた。陽菜がサークルの姫ならば、尚央はサークルの王子と言っても過言ではないだろう。１８０センチを超える高身長、サラサラの黒髪に銀縁眼鏡、通った鼻筋、整った顔立ち。知的で優しそうな瞳は切れ長でまさに美形と言えるだろう。そして何より、医学部生で親は高名な外科医で裕福。まさに三高（高学歴・高身長・〈未来の〉高収入）が服を着て歩いているような存在だろう。

「まあ、僕の場合は……」

尚央が言葉を発しようとした瞬間だった。

「飲み物たくさん買って来たよー」

甲高い女子の声が広瀬川のほとりに響いた。わらわらと土手を降りて来る女子が五人ほど。彼女らもサークルのメンバーだ。ちょうど今、買い出しから帰って来たところらしい。

彼女らは、陽菜の周りに群れている男子達を一瞥して呆れたような表情を浮かべると、自分達は尚央を取り囲むようにして集まって来た。

「お疲れー。わ、美味しそう！　橘くん、ありがとう！」

「背高いから腰痛かったんじゃない。大丈夫？」

どう見てもしゃがんで火加減を調節していた拓眞には目もくれず、女子達はあからさまに尚央を労って冷えたビールを差し出している。

「いや、僕じゃない。作ったのは大半が栗生だ」

「ほんと？　栗生くんもありがとー」

そう言っておざなりに拓眞を労うと、すぐに女子の視線は拓眞から外れる。

（ま、そうだよな。橘の場合、女に寄っていかなくても向こうからやって来るからな）

陽菜に群がる男子、尚央にたかる女子、どっちもどっちだが、そのどちらの輪からも弾き出された形になっている拓眞は自嘲気味に笑う。

（仕方ないさ。俺は橘みたいにイケメンじゃないし）

拓眞は心情的に一歩引いて周りを見る。拓眞の容姿と言えば、かなり癖の強いうねった髪に、冴えない顔、細い身体付き。背だけは175センチと高めだが、それだけだ。

（姫や王子を囲む輪に入りたくもない）

このサークルの名前はルイボスという。かつてのサークル長がルイボスティーを好きだったからという単純な命名であり、何をするサークルなのかというとイベントサークルという表現が最もしっくりくるだろう。季節ごとの行事や小旅行など、まさしくイベントを大学の仲間で楽しむ軽いノリのサークルだ。そして、そういったサークルには男女交流を目的にした者も集まりやすい。コミュニティに上手く溶け込めていないのは拓眞の方なのだ。

ならばなぜ、そんなリア充サークルに入ったのかと問われると、誘われたからとしか言えない。断り切れなかったのだ。それで尚央と出会うことができ、今ではいい友人となっているのだから後悔はないが、誘った当人の『あちこちに旅行に行けて美味しいものが食べられるらしいよ』という誘い文句には騙されたと思ったこともある（完全に嘘というわけではなかったが）。

（それにしても、あんなにニコニコと笑顔を振りまいて、頬が筋肉痛にならんのかね）

拓眞はちらりと横目で陽菜の方を見遣る。陽菜は男子に囲まれ、和やかに微笑みながら談笑している。あの可愛らしい笑顔が男子を虜にするのは分かっていたが、拓眞にはどうにもそれが作り物のように見えて仕方がなかった。美しい芸術品のようだが、見せることを前提にしているかのよう。

（ま、楽しんでるならいいけど）

今日のルイボスの集まりは半年振りくらいになる。皆、就活で忙しく、サークルにかまけている暇などなかったのだ。今日は内定式後の打ち上げという名目らしい。

（穏やかならそれでいいさ）

秋晴れの空に煙が立ち上っていく。

仙台名物・芋煮会が始まった。

「それじゃあ、かんぱーい！」

「かんぱーい！」

仙台を流れる一級河川・広瀬川の河原に乾杯の発声が響いた。広瀬川は今、芋煮会のシーズンだ。その多くが学生だろう。どこもかしこも芋煮を行うサークルやゼミのグループで溢れている。

拓眞は現在二十二歳。最近、ようやくビールの味にも慣れてきた。所属は北稜（ほくりょう）大学の四年生で卒業論文をまとめている真っ最中となる。今日はそんな忙しい日々の息抜きとして、ルイボスのイベントに参加している。

北稜大学は、宮城県仙台市に拠点を構える国立大学だ。理系は、医学部、薬学部、歯学部、理学部、工学部、農学部からなり、文系は法学部、経済学部、文学部、教育学部からなる総合大学で、日本の中でも偏差値の高い、優秀な大学として有名だ。南は沖縄、北は北海道、全国津々浦々から学生が集い、海外からの留学生も合わせて一万五千人ほどの在学者数を誇る。

拓眞は理学部に籍を置いており、尚央は医学部、陽菜は農学部に所属している。三人とも理系だが、この学部をまたいだイベントサークルの大半は文系学部の学生で構成されている。

「栗生はいいよな。まだ、大学生活が続いて」

ビールをちびちびとやりながら、芋煮を食べていると、他学部の男子学生が声を掛けてきた。彼の名前は篠宮英司(しのみやえいじ)だ。

「はは、まあ確かに、もう少しモラトリアムが続く感じはあるよ。そっちは来年の四月になったら就職だもんな」

「いいよなあ、モラトリアム。ああ、働きたくねー。もっと遊んでいたい！　俺も大学院に進学しようかな」

英司は頭を掻きむしっている。

「あのなあ、俺達理系は大半が大学院に進学するけども遊んでるわけじゃないんだぞ」

大学を卒業した理系の学生の多くが修士課程に進み、大学院生となる。それは、大学の四年間という短い期間では、理系で学ぶべき素養を身に付けるのに時間が足りないからだ。就職するにせよ、アカデミックの道に進むにせよ、理系の素養を十分磨くことは必要だ。多くの企業にとって、大学を卒業した理系の学生の扱いは文系の学生と変わらない。大学院を修了しなければ、真の理系としては認めてもらえないのだ。

そして、大学院を修了するためには、各々が研究テーマを決め、その研究成果を論文として提出する必要がある。たった一冊の修士論文が、修士課程を修了できるかどうかに関わってくるため、多くの学生は必死になって研究データを集め、日夜実験に明け暮れることになるのだ。

「そりゃ分かってるけどさ。ああー、俺さあ、大学四年間、彼女のひとりもできなかったんだぜ。そんなの悲し過ぎない？」

英司の顔は赤い。どうやら酒にそれほど強くはないらしい。

「そりゃお前が趣味に遊びに夢中になってたからだろ」

拓眞は正論を返す。昨今の学生の中には特定の恋人を作らない者も多い。男女で遊びに興じることはあっても恋愛関係のように密接に関わるようになるのを厭う者が増えたと言えばいいか。自分のために時間を使う現代の若者の特徴だ。

「だって煩わしいじゃん。そんなことしなくても女の子とは遊べるし。でも何かこう、燃えるような恋もしたかったな、って今さらながら思うわけよ」

「はは……」

「笑ってるお前も彼女いない歴イコール年齢だろ。そこんとこどうなわけ」

拓眞は後ろで男女に取り囲まれている陽菜や尚央の方に視線を泳がせないように注意しながらこう答えた。

「俺は、まあ、時が来れば？」

「何だそりゃ。独身で孤独死コースだな」

「勘弁してくれ」

「まあでも、俺も似たようなもんか。俺も『おひな様』みたいな子が振り向いてくれるなら考えたんだけどな」

英司の視線は陽菜に移る。「おひな様」とは陽菜の愛称のことだ。彼女には、まるで桃の節句で飾られるおひな様のように可憐で高貴なイメージがあることから自然に付いた渾名だ。

彼女は男女共に人気が高い。誰にでも愛想がよく、誰にでも親切で、誰にでも笑顔を振りまいている。彼女のモデルを凌駕するような可憐な容姿は大学全体で話題になるほどだ。街を歩けば視線が集まり、東京を歩けば芸能事務所に入らないかと声を掛けられる。スカウトの方はやんわりと断っているようだが、その断り方も堂に入っていて、まるで本当に姫のように穏やかに笑顔で辞退しているらしい。

「おひな様もあれだけの美貌なのに浮いた話のひとつもないよな。まあ、そこは男子的には嬉しい点だけど」

誰にでも愛想がいいというのは逆に言えば、誰か特別に接している者もいないということだ。陽菜がよく好みのタイプを聞かれているのを目にするが、いつも微笑みでもって返している。聞いた側はそれで毒気を抜かれるか、陽菜に惚れてしまうという。

「今まで多くの男共が告白に踏み切り、そして無残な屍の山が築かれているという。まさに高嶺の花。俺も卒業間近だし告白してこようかな」

「あんまり桃瀬の迷惑になることするなよ」

「迷惑かどうか分かんないじゃん？」

「迷惑だよ」

「あ、断定しやがったなてめえ」

そんな折、談笑を続けていた陽菜がこちらへとやって来る。それに伴って、周囲の人だかりも一緒にこちらにやって来る。拓眞はまるで護送船団方式だな、と思って苦笑した。

「宮城風の芋煮も食べたいな」

陽菜は可愛らしく微笑むと発泡スチロール製の器にお玉で拓眞が大半を作った芋煮を注いでいく。

「栗生くんが作ってくれたんだよね。頂くね」

「ああ」

拓眞が頷くと、陽菜は小さい頬を膨らませて、熱々の芋煮を吹いて冷ましている。周りの男子がごくりと唾を飲み込んだ気がした。

「うん、美味しいよ。お味噌の塩加減が優しくて。あったまるね」

陽菜がこてんと小首を傾げて微笑む。その微笑みは拓眞に向けられたものだったが、周りの男子も一緒にノックアウトだ。拓眞はというと表情を一切変えることなくこう返す。

「ま、埼玉県民が作った宮城風芋煮だけどな」

「ふふ、埼玉県民は最強だからね」

陽菜がくすりと笑う。

「そう言えば、おひな様も埼玉出身だっけ」

取り巻きの女子のひとりがそう尋ねる。

「そうだよ。だから、私の作ったのも埼玉県民製の山形風芋煮なんだよ」

といっても、北稜大学は様々な地方から人が集まるので、出身地が被ることはさほど珍しいことではない。

「同郷ってだけで羨ましがられても困るんだけど」

主に男子からの羨望の眼差しを受けて拓眞は苦笑した。

「おーい、こっちカレー入れるぞ」

すると、山形風の鍋を見ていた男子学生がカレールーとうどんを手にして叫んだ。芋煮の締め方は様々あるが、拓眞のサークルでは、カレーうどんにするというのが恒例だった。

「桃瀬、いいのか」

「うん、十分食べたから大丈夫」

拓眞は陽菜にそう尋ねる。陽菜は辛い物が苦手でカレーをあまり好まない。

「あれ、おひな様は食べないの」

「私は、ちょっと……」

女子からの疑問に陽菜は困ったような笑みを浮かべる。

「まあ、ちょっと下品っぽいもんね。おひな様には確かに似合わなそう」

「えっと」

拓眞はフォローを入れる。

「桃瀬は、辛いからカレーがあんまり好きじゃないんだ」

「へえ、栗生くん、よく知ってるね」

女子の感心したようなその言葉は、「栗生くんもおひな様のことをしっかりリサーチしているのね」という意味も孕んでいるだろう。

「たまたま、な」

「栗生くんもなかなか隅に置けませんなあ。おひな様に興味ありませーん、って顔しておきながら」

「いや、ほんと違うから」

そんな拓眞を見て陽菜が微笑む。陽菜は自分がどう扱われているのかをきちんと理解している。こんなやり取りも数多く見て来ているのだろう。それを陽菜がどう思っているのか拓眞には分からなかったが、そんなに気分のいいものではないのではないか、と拓眞なりに思っていた。

「なあ、栗生。桃瀬に恋人はいないのか」

拓眞が鍋にこびりついたカレーを水洗いしていると、隣でゴミをまとめている尚央が話し掛けてきた。

「さあ、いつもいないって答えるよな。何で俺に聞く？」

「何となく、栗生が一番桃瀬と仲が良さそうに見えたから」

拓眞は怪訝そうな顔を隠そうともせずに尚央に言った。

「おいおい、どこを見たらそうなるんだよ。別に普通だろ」

「そうか？　僕にはそう見えたんだがな」

はっきり言って拓眞の容姿は陽菜や尚央に比べれば、ぱっとしないだろう。陽菜のことも遠くから見ているだけで、取り巻きに加わったりはしない。はたから見て拓眞と陽菜の関係を取り沙汰する者は少ないだろう。

「まあ、いないならいないでいいさ」

「何だ、橘、お前も桃瀬狙いか？」

「どうだろうな。確かに彼女が恋人と言えば周りからは羨ましがられるだろうな」

尚央のその言葉に拓眞は少しだけ陽菜に同情した。また、陽菜があの作り物めいた笑みを浮かべる羽目にならなければいいが。尚央は先程の女子の群がり様からも分かるように、イケメンで知的で将来安泰の医学生だ。恐らく、美男美女カップルとしてそれはそれは注目的となることだろう。

「この前、親戚の女の子がうちに遊びに来たんだが、彼女が恋愛必勝法を教えてくれたんでな。ちょっと試してみようかと思っただけだ」

「何だそりゃ」

恋愛必勝法などというものがあるなら拓眞にも彼女のひとりやふたりはできていただろう。そして、その必勝法とやらを身に付けた尚央は鬼に金棒状態になってしまうかもしれない。拓眞はハーレムを築いている尚央を想像し、今も十分ハーレムか、と苦笑した。

「ちなみに、その必勝法って?」

「ああ。とある薬効のある植物の根を好きな相手に食べさせるんだが、どうやらその植物は引き抜かれる際に強力な音波を出して引き抜いた者を絶命させてしまうらしい」

「ファンタジーか」

「子供の言うことだからな」

何だ子供か、と拓眞は尚央に気付かれないようにため息をついた。拓眞に恋人はいないが、別に欲しくないわけではない。ただ、拓眞は、恋愛とはするものではなく、落ちるものだと主張する。つまり、拓眞はまだ恋に落ちていないのだ。きっと恋に落ちれば、それなりに悩みもするだろう。

「程々にな」

陽菜を狙う者は多く、ライバルは多いが、尚央ならば陽菜も振り向くかもしれない。拓眞はちらりと陽菜の様子を窺う。彼女は広瀬川に向かって石を投げて水切りに興じている男子を周りの女子と一緒に見守っていた。その顔には相変わらず微笑みが浮かんでいた。

＊＊＊

翌日、日曜日。拓眞は、今日は家の中でのんびりして過ごそうと決めていたのだが、彼がひとり暮らしをしているマンションに朝早くから襲来する者があった。その者は近くのスーパーで仕入れてきたと思しき食材を冷蔵庫にしまうと拓眞を真剣な顔で見つめて言った。

「うどんどんどん」

「ターミネーターのBGMか」

「それでは、うどん作りを始めよう！　おー！」

拓眞の自宅にはエプロン姿の陽菜がいた。調理をするからだろう、陽菜の長い髪は後頭部で束ねられ、ポニーテールになっていた。彼女が動くたびに犬のしっぽのように髪の束がふわふわと揺れる。控えめに言っても可愛いと言わざるを得ないのが癪だった。

「俺さあ、今日はのんびりする日って決めてたんだけど」

「たっくんは割といつものんびりしてない？」

「たっくん」とは拓眞のあだ名のことだ。陽菜を始めとした桃瀬家だけが昔からずっとそう呼んでいる。

「失礼な。平日はめっちゃ実験して論文書いているぞ」

「そうだね、偉い偉い」

そう言って陽菜は拓眞の頭を撫でようとしてくる。拓眞はそれを軽く払い除けると、陽菜と距離を取った。

「それにしたって昨日うどんが食べられなかったからってそんな性急な」

「たっくんは分かってない！　私にとっておうどんがカレーに浸けられることはとても悲しいことなんだよ。そう、たとえるなら盛岡冷麺のスイカのような！」

「たとえ分かりづらいな」

「酢豚にパイナップルのような！」

「ちょっと分かった」

頷いた拓眞に納得したのか、陽菜が笑顔で取り出したのは小麦粉だ。

「でも、まさか小麦粉から作るとは。普通にスーパーの出来合いのでいいだろ」

「私の食辞典に妥協の二文字はないのです。工程を説明するよ。まず、中力粉と塩水を混ぜて捏ねます！　ビニールに入れて踏んで捏ねるよ！　熟成させて、切ったら出来上がり！」

「えらく本格的だな」

拓眞も陽菜も今のこの状況を受け入れているが、他人が見たら思わずこう言ってしまうだろう。「え、ふたり付き合ってたの？」と。だが、残念ながらふたりの関係はいわゆる恋人というものではない。最も当てはまるのが友人、もう少し踏み込めば幼馴染といったところだろう。

陽菜と拓眞は共に埼玉出身だが、その出身地は市町村まで一致する。同じ学区で、同じ小中高に進学し、果ては大学まで一緒なのだ。もはや腐れ縁と言ってもいいだろう。ふたりにとってお互いはかけがえのない存在なのは間違いなく、こうしてお互いのプライベートを侵害しない範囲で交友を続けているのだ。

「めっちゃ俺のプライベート侵害されてるけど……」

「ん？　たっくん何か言った？」

「いや何でもないよ」

小麦粉を計量している陽菜が拓眞を振り返る。

拓眞は陽菜のことをただの幼馴染だと思っているが、陽菜が拓眞のことをどう思っているのかは正直分からなかった。こうして休日にもかかわらず会いに来てくれるのだから、信頼されているのだろうが、同時にそれは拓眞を男として見ていない、単なる幼馴染として扱っているとも言える。

特に陽菜の場合、普段出せない素を出せる相手として拓眞を見ている線が濃厚だ。おひな様という呼び名からも分かるように、陽菜は周囲から高嶺の花と思われている。人当たりも良く、老若男女分け隔てなく接する彼女は、昔から思うように自分を出すのが苦手だ。少しでも特定の誰か、特に男性に優しくすれば、相手には惚れられ、女子からはやっかみを受け、という展開が待っている。

そして、これが拓眞が陽菜を取り巻く輪に加わらない理由だ。そんなことをしなくても、ふたりは十分に仲がいい。尚央の見立ては当たっていたというわけだ。一体どこで気付いたのか、と拓眞は頭を抱える。陽菜と拓眞が特別仲がいいことが周囲にバレてしまえば、ふたりの生活は恐らく破綻するだろう。それだけは絶対に避けたかった。

「たっくんはお塩を量ってね」

「へいへい」

拓眞はため息をつきながら手を洗う。美人の幼馴染が休日に押し掛けてきて、昼食を一緒に作ってくれるという状況は世の男性からしてみれば、恐らく羨ましい限りなのだろう。ただ、拓眞にとっては、平穏な日常、穏やかな学生生活を揺るがしかねない襲来にほかならず、感謝はしつつも、もう少し控えて欲しいというのが本音だった。

ふたりで計量作業を終え、混捏(こんねつ)した生地をビニール袋に入れると、それをフローリングの床に置く。そして、ぴょんと陽菜が生地の上に飛び乗った。

「食べ物の上に乗るのは何ともいけない感じがしますなあ」

陽菜はとても楽しそうにはしゃいでいる。こんな純粋であどけない笑顔は拓眞以外に見せることはないのだと考えると少しだけ感慨深く感じる。陽菜はしばらく生地を踏んでいたが、急に足の力が抜けたのか、「あう」と呻いて床にうずくまった。

「大丈夫か」

「うん……なんか最近、急に力が抜けることがあって。来る時もスーパーの袋落としたし」

疲れているのかもしれない。拓眞は「代わるよ」と言って、うどんの生地の踏み役を交代する。手持ち無沙汰になった陽菜は椅子に腰掛けると、足に力を込めて生地を踏む拓眞を見て言った。

「たっくんはちゃんと小麦粉の違い、意識してる？」

「はあ？」

「小麦粉は薄力、中力、強力の三種類があるけどその違い知ってる？」

拓眞はあまり料理をしない。学食やコンビニ、たまの外食で栄養を補っているため、正直陽菜の質問には答えられなかった。

「タンパク質の量が違うんだよ」

「へえ、そうなのか」

「薄力粉はタンパク質が少なくて、強力粉は多い。小麦のタンパク質はグルテンって言われてるんだけど、水と混ざって捏ねられると網目構造を作ってしっかりするの。たっくんが今、生地を踏み踏みしているのもグルテンのネットワークを作るためだね」

「なるほど」

「グルテンネットワークがしっかりしてるとコシのある麺になるよ」

「薄力粉はどう使うんだっけ」

「お菓子とか揚げ物だね。さっくりした食感が大事だからグルテンが少ない方がいいんだよ。一方でパンは膨らむから、パンクしないよう丈夫なグルテンが必要で、強力粉が最適」

「さすが詳しいな」

陽菜は料理も上手だし、何より食の研究者だ。農学部に所属しており、食品化学を専攻している。

「タンパク質は水と混ぜられれば強靭になる。人と人の関係も同じだよね」

「どうした突然」

「私達にはそれはそれは強靭なネットワークが形成されているだろうなと思ったわけです」

陽菜が何気なく口にした言葉は拓眞の顔をくしゃりと歪めた。一方で、陽菜は心底安心した表情を見せている。

「でも俺達の関係がバレたらヤバいの分かってるよな。俺みたいのがいたことが発覚したら男子は発狂するだろうし、女子からは好奇の目を向けられるぞ。俺は下手したら刺されるかもしれん」

「そこはほら、高校までと同じでね。私達の関係が露呈しないように上手くやればいいんだよ。今までも上手くやれたし、これからも上手くやれるよ」

陽菜は自分の容姿が優れていることを自覚している。そして自分が人気者であることも。周りからの期待を理解し、それに応えようとしている。だからこそ、拓眞とはこうして隠れて会っているのだ。

(陽菜に彼氏ができたら、この交流もおしまいだな)

脳裏に浮かんだのは尚央の顔だ。思い切って拓眞は聞いてみた。

「陽菜は彼氏とか作らないのか。ほら、橘とか、顔もいいし、頭もいい」

「うーん、かっこいいとは思うけど、タイプではないかな」

「そっか。陽菜のタイプって？」

「それは秘密です」

陽菜は悪戯っぽく笑う。その笑顔に思わず心臓を震わされた拓眞は目を逸らす。陽菜の自然な笑顔は油断ならない。ただの幼馴染に過ぎない拓眞ですら、ぐっと来るものがあることは否めない。

「でも、彼氏かあ。今はいいかな。もうすぐ大学院生だし、勉強に集中しないと」

「真面目か」

「あはは。確かに本当の理由は違うかも。私、怖いんだ。私はみんなからおひな様なんて呼ばれていてそれを不本意に思ってる。でも、おひな様はみんなから愛されて嫌われることもないの。私はそれに心底安心しているんだよ」

陽菜は決して自惚れているわけではない。彼女はその美貌を保つために、時間をかけて念入りに手入れをしているし、長い髪が傷まないように高いシャンプーを使い、ドライヤーを念入りにかけている。日焼け対策は万全だし、ファッションセンスも並外れている。それでいて成績優秀というのだから、まさに完璧なのだろう。拓眞もせめて怠けないようにはしようと勉学や運動には力を入れているつもりだが、陽菜の努力には決して敵わない。

「たとえ陽菜が誰と懇意になろうとみんな受け入れてくれると思うんだけどな」

「そんなことないよ」

冷たい声だった。思わず、拓眞の背筋が伸びる。一瞬だけだったが、陽菜の顔が苦悶に歪んだように見えた。拓眞にはその理由が分からなかった。幼馴染だが、まだ陽菜の知らない面はある。

「えっと……」

陽菜はこれ以上この話題を続けるつもりはないようだった。拓眞の足の下の生地を見ると、陽菜はいつものように朗らかな微笑みを浮かべた。

「うん、もう十分だね。後はそれをしばらく熟成させて」

陽菜の言葉に生地から足をどかす。

「その間これでも食べない？」

「また変なの持って来ただろ」

陽菜が自分のバッグから取り出したのは細長い白い箱だ。

「ふっふー、今回はきっと美味しいよ。何といっても高級食材ですから」

「嫌な予感しかしない」

「じゃーん、蜂（はち）の子の甘露煮です！」

陽菜が白い箱から抜き出したのは瓶詰だ。そして、その中には白く細長い幼虫がたくさん入っていた。白いものの中には蛹（さなぎ）や成虫（つまり蜂そのものだ）も交ざっている。ぞわわっと拓眞の腕に鳥肌が立った。

「うふふー、手に入れるの苦労したんだから」

陽菜は嬉々としているが、拓眞は生きた心地がしない。

よそ行きの陽菜は誰からも愛されるおひな様だが、素の陽菜も十分に魅力的だ。ただ、唯一の欠点を挙げるとするならば、彼女は悪食（あくじき）だ。要するにいわゆるゲテモノと称されるような食物を好んで摂取したがる。先日食べたのは、豚の鼻だった（コラーゲン質でぶよぶよとしていて正直気持ち悪かった）。

「マジでそれ食うの」

「ハチミツと蜂の巣も用意したよ」

蜂の全ての形態だけでなく、彼らの住まいや食料にまで手を……」

蜂にしてみれば堪ったものではないだろう。改めて日本人の食への貪欲さが窺える。

「ありがたく頂こう。貴重なタンパク源だよ！」

「今は飢餓の時代じゃねえよ」

うどんの熟成を待つ間、拓眞は陽菜と共にそれらに果敢にチャレンジし、そして散った。

敢えて感想は述べないでおくことにしよう。

「んふふー、たっくんは優しいなあ。何だかんだ言いつつも一緒に食べてくれるんだから」

「カリカリしてた……カリカリ……」

口の中が何かの破片でざらつくが、唾と一緒に無理やり飲み込む。

「本当にお前これを外で出すなよ」

「分かってるよ。私のイメージを損なうんでしょ」

陽菜は彼女なりに自身の持つイメージを客観視できているようで、決して周りを失望させるような行動を取らないように徹底して自分を律している。時々、疲れないのかと思うが、彼女のキャラクターは言わば彼女の持つ外殻のようなものだ。軟らかい中身を守るための。

「おひな様でいるのってすごい疲れるんだよ」

そう言うと、陽菜はフローリングの床にだらしなく仰向けに寝転がった。長い髪が床に広がり、表情もどこか眠そうだ。この姿からはとてもではないが、「おひな様」を感じることはできない。

「どの辺が具体的に疲れるんだ」

「んー、そうだね。笑顔、かな」

「笑顔？」

「普通の人もある程度は笑い方を使い分けていると思うけど、私の場合、本当にひとりひとりに異なる笑顔を使い分けているよ。その人が望む笑顔を出せるよう心掛けているかな。笑顔は人を安心させるんだよ。安心した人は私を攻撃したりしないからね」

「それって俺にも？」

気になってつい聞いてしまう。すると、陽菜はとろけるようなふにゃっとした笑顔を見せる。

「ほんと、たっくんだけだよ、素の私を出せるのは」

「……」

無意識にそういうことを言われるので困ってしまう。前進も後退も許されない行進をさせられている気分だ。

「さ、後は切るだけだね。お湯を沸かしてくれる？」

がばっと陽菜は身を起こすとそう言った。

「おう」

「うどん茹でる用とお出汁取る用だからね」

陽菜はてきぱきと拓眞のキッチンで作業をしている。どこに何が収納されているのか陽菜は全て理解しており、それだけ頻繁に彼女が拓眞の家を往来していることが分かる。トントンと一定のリズムで繰り返される包丁の音からは、陽菜が料理に慣れていることが窺える。

そんな様子を横目で見ながら拓眞は思う。

（何だか新婚夫婦みたいだ）

普通、好きでもない者の家に料理を作りには来ない。いくら蜂の子や手作りのうどんが食べたいからといっても、だ。

（おっと、バカなことを考えるもんじゃない）

じっと陽菜を見つめていたのに気付いたのか、陽菜は拓眞を見てふにゃりと笑った。外では見せることのない気の抜けた笑みだ。取り敢えず、拓眞は無視することにした。

（俺が本気で手を出さないと思っているんだろうか）

そこまで考えて拓眞は真顔で肩を竦めた。

（思ってるんだろうなあ）

もう陽菜とは腐れ縁なのだ。小さい頃からお互いを知っており、もはや兄妹のような関係に思われているのかもしれない。

（まあ、穏やかでいいことだけど）

正直、陽菜といることは心地よい。お互い気心の知れた仲というのは貴重なのだ。特にここは故郷から遠く離れた地だ。そんな場所で安らげる空間があるというのはありがたいのかもしれない。

（できることなら壊したくない。陽菜がおひな様をやめることを怖がっているように、俺もまた、今の関係を失うのが怖い）

だから、なおさらふたりの関係がバレるのは回避したい。安寧を守りたい。

「あ、お湯、沸いたね」

陽菜は沸いた鍋にかつお節と煮干と昆布を入れていく。灰汁を取りつつしばらく煮詰め、もうひとつの鍋にうどんを二人前投入する。割と太めの麺だ。茹で時間はそこそこかかるだろう。

その後、出汁を濾すと、醤油とみりんと砂糖で味を調え、つゆが完成した。そして間もなくうどんが茹で上がった。丼の中に熱々のうどんを入れ、用意していたわかめとかまぼこを載せればお手製うどんの出来上がりだ。陽菜の素早く、手慣れた所作であっという間に昼食が完成した。

「旨そうだな。昼飯は牛丼でも食いに行こうかと思ってたから助かったぜ」

テーブルの上にふたり分のうどんを並べながら拓眞は言った。それとは別にタッパーに入った副菜も並んでいる。どうやら陽菜が自宅で手作りした野菜の煮物のようだ。

「もう、野菜も食べないとダメだよ」

「母親か」

「違うけどたっくんのお母さんからはたっくんの生活も気にするよう頼まれていますから」

「あっそう……」

拓眞と陽菜は家族ぐるみの付き合いだ。陽菜の両親は拓眞のことを信頼しているようで、陽菜のことを頼むと言われている。きっと悪い交友関係を築かないようにと心配しているのだろうが、拓眞自身がその悪い虫になることは一切心配していないらしい。

「さ、伸びないうちに食べよう！」

ふたりで合掌して「頂きます」。こんな現場を見られたら、間違いなく勘違いされるだろう。「え、同棲してるの？」と。

ずるりとすすったうどんはコシがあり、茹で加減が絶妙であった。つゆは出汁が効いており、顆粒出汁を使ったのとは別格の深みがあった。タッパーに入った煮物もまた素材の味が引き立つ薄味に仕上げられており、野菜も芯がないが食感はきちんと残っている絶妙な硬さで陽菜の料理の腕に改めて感服させられる。

「うまっ」

「ふふ、良かった。七味あるよ」

自分は使わないのに拓眞の調味料を用意してくれる辺りに陽菜の優しさを感じる。ありがたく七味唐辛子をうどんに振りかけながら拓眞はぽつりと呟いた。

「ほんと、お前はいいお嫁さんになるな」

「えっ」

見れば、陽菜は驚いたような顔をしてこちらを見ている。それがやがて赤くなっていく。陽菜は色白のため、朱が差すとよく目立つ。

「もう、大げさなんだから」

「思ったことを言っただけだけど」

「……恥ずかしいこと言わないで」

そう言って手で顔を扇ぐ陽菜は自分がどれほど魅力的なのか本気で分かっていないようだった。

「でも、こうして私の食欲も満たせたし、たっくん様々だね。私だけなら消費しきれないし、踏む工程とか手伝ってもらえなかったらできなかったよ」

「それこそ大げさだろ。陽菜は俺以外にも友達が多いんだからさ」

「うん。確かに私の交友関係は広いよ」

それは陽菜から寄っていかなくても、周りが陽菜に寄ってくるからだということは知っていた。

「でも、浅く広く、って言うのかな。特定の仲のいい人はいないんだ。だから、たっくんは特別なの」

それは陽菜が自らおひな様であることを選んでいるからなのだろう。ただ、おひな様をやめれば解決するというものでもない。それを彼女は身をもって知っていた。

「だから、ありがとう。これからもよろしくね」

「お、おう」

きらきらとした宝石のような笑みを向けられ、拓眞は曖昧に頷くことしかできなかった。

陽菜は臆病だ。よく言えば優等生、悪く言えば八方美人を演じている。自分が傷付かないために。だが、拓眞はもっと臆病だ。拓眞が今立っているのはガラスの床かもしれない。踏み出したらひびが入ってしまうような脆さの。そんな風に思っている。

(今が心地いい)

現状満足。

それがふたりの関係性。

けれども、その現状が今後大きく変わっていくのを拓眞はまだ知る由もなかった。

がしゃり。

陽菜が洗っていた食器をシンクの中に落とした。幸いにも食器は割れなかったが、ひびが入ってしまっていた。

「大丈夫か」

「うん……ごめんね」

「別にそれはいい。安物だし」

陽菜は不思議そうに自分の拳を握ったり開いたりしている。

「どっか痛むのか」

「ううん、何か調子出ないなって」

「そっか、ちょっと休んでろよ。後は俺がやっとくから」

「うん」

陽菜はそう言うと部屋の奥のベッドに腰掛けた。ひとり暮らしの部屋はそこまで大きくない。当然、ベッドルームなどないので、キッチンとリビングと同じ部屋にベッドを置くしかない。ソファなどという気の利いたものを置けるスペースなどないので、陽菜はベッドで寛ぐしかない。もう慣れたが、異性が自分のベッドにいる様は何とも言えないムズムズとした感覚になる。

洗い物が終わって様子を見れば、陽菜は静かに寝息を立てていた。

「まったく、防御力ゼロだな」

ベッドで仰向けになっている陽菜の顔を覗き込む。白い肌に長いまつ毛、布団の上で大きく広がった長い髪。とても綺麗だが、触れただけでも傷付いてしまいそうな繊細さもあった。

陽菜が身動ぎすると、穿いているスカートの裾が少しめくれ、白く細長い足がちらりと見えた。随分と細い足だ。少し心配になる。それと同時に少し気恥ずかしさも覚える。拓眞は布団を陽菜の上にかぶせる。

「んん……うどん……」

起きたかと思えば寝言だった。

「ったく、どんだけ食い意地張ってるんだよ」

拓眞は陽菜の隣に腰掛けると、ぷにぷにと陽菜の頬を人差し指の腹で突いた。吸いつくような柔らかさだ。

「たっくん……象は食べちゃダメ……」

「どんな夢見てんだ……」

拓眞はふわふわの髪を一撫ですると、スマートフォンを操作して時間を潰すことにした。

一時間後、目覚めた陽菜の目の前には、拓眞の寝顔があった。

「寝てた……たっくんも寝てる……」

陽菜は拓眞が先程していたように彼の頬をぶにぶにと突く。

「ふふ、かわいい。赤ちゃんみたい」

「誰が赤ちゃんだ」

「ふわあっ、起きてたの!?」

「今起こされたんだよ」

拓眞はむくりと起き上がると、くあっ、と大きな欠伸をした。陽菜もまた、目を擦りながら起き上がる。

「へへ、お昼寝しちゃった……」

「食った後すぐ寝ると牛になるぞ」

「もおー」

牛の鳴き真似のつもりだろうが、まったく似ていない。

「痩せてて食うところなさそうだな」

「はっ、エッチな目で見られてる気がします！」

「うるせえ」

陽菜の頭をぐしゃぐしゃとかき回すと「絡まるからやめてー」と割と深刻そうな悲鳴が上がったのでやめてやる。

「ところでたっくん、あれはもしや新作ですか」

陽菜の目がテレビ台の方へ向く。

「ああ、見付かっちまったな」

陽菜の目が輝いた。

「やらせて！　塗らせて！」

その後、拓眞は陽菜と仲良くテレビゲームをして過ごし、夕方に解散という流れになった。

拓眞はマンションのエントランスまで陽菜を送っていく。

「今日は昼飯作ってくれてありがとな」

「ううん、楽しかった」

陽菜は少し寝てすっきりしたのか、晴れやかな顔をしている。

「夕ご飯もちゃんと主菜、副菜、きちんと食べるんだよ」

「はいはい」

「また遊びに来るね」

「程々にな」

拓眞は頷く。そこでふと思い出したことがあった。

「そういえば気が早いけどもうすぐクリスマスだな。今年は何が欲しい？」

「うーん、最近寒くなってきたからなあ。新しい手袋が欲しいかもです」

そう言って陽菜は拓眞の手を包み込むように握った。

「ほら、手もこんなに冷たい」

確かにひんやりとした小さな手だった。とてもほっそりとしていて、握っただけで潰してしまいそうだ。

「たっくんの手はあったかいね」

拓眞は何気なく触れられたその手を見つめる。こんな往来で男女が手を取り合っていたら間違いなくカップルだと思われるだろう。特に、拓眞と陽菜が会っているのは秘密なのだ。バレてしまった時、間違いなく陽菜のおひな様としてのイメージは揺らぎ、やがてどこかに歪みが生じるだろう。それはやがて拓眞をも脅かすかもしれない。陽菜はそれを望んでいない。拓眞も現状維持を欲している。

手を離すべきだ、と思った時には遅かった。

「あれ、おひな様?」

陽菜に声がかけられる。しまった、と振り返れば、つい昨日会っていたルイボスのメンバーの女子が驚いた顔をして陽菜と拓眞を凝視していた。

「えっ、栗生くんも……?」

慌てて手を離すが時既に遅し、目の前の女子の表情が驚きから好奇へと色を変えていく。

「まさか、ふたりって付き合ってたの」

「ちがっ」

拓眞は即座に否定する。

「違うのに手を……？」

「いや、これは……」

言い逃れできない。どうしようかと拓眞は焦っていたが、陽菜は冷静だった。

「ごめんね、今まで黙ってたんだけど、私達、実は幼馴染なの」

丁寧に説明する。それが一番誤解を招かない。陽菜の行動は最善だ。だが、一度犯した過ちはそう簡単には覆らない。

「へえ……」

彼女の好奇の表情がいやらしい笑みに変わっていく。

「別に隠さなくてもいいのに」

拓眞は「お前のその表情が全部物語ってるんだよ」と叫びたかった。もう取り返しはつかない。ここで口止めをしても、噂は広がり、やがて皆の陽菜に対するイメージが変わっていく。見れば、陽菜の顔色は青白く、体は小刻みに震えていた。

もう、止まらない。ひびは広がっていく。

＊＊＊

陽菜が倒れたのは翌日のことだった。別に心労が祟った訳ではない。校内の階段を降りていて足を踏み外し、転んだのだ。その際、受け身を上手く取ることができず、頭を打って脳震盪を起こし、一泊の検査入院措置が取られたのだ。

「心配かけてごめんね。でも、頭に異常はなさそうだし、足も捻挫で済んだから」

陽菜が入院しているのは、北稜大学病院だ。昼頃、救急車で運ばれて今は既に夜の十時だ。拓眞は、陽菜の両親に頼まれて様子を見に来ていた。

「何か考え事でもしていたのか」

でなければ、階段を踏み外して落ちることなどないだろう。心当たりはある。昨日の出来事だ。まだ、表立って何かを聞いたわけではないが、水面下では噂が広がっているだろう。

「そういうわけじゃないんだよ。ただ、急に手足の力が抜けて……」

「眩暈？」

「ううん、意識ははっきりしてた。最近、何だかそんなことが多くて」

思えば、昨日もうどんの生地を踏む際に妙な動きをしていた。

「それ、医者に言った？」

「特には……」

「絶対言った方がいい」

拓眞は断言する。

「分かった。明日言ってみるね。ほら、今日はもう遅いから帰った方がいいよ。

「わざわざありがとう」

陽菜は拓眞に笑い掛ける。その笑みがどこかぎこちない気がして、拓眞は昨日の軽率な自分を呪った。

翌日、ついにグループチャットが稼働した。

『桃瀬さんが怪我で入院したって聞いたけど大丈夫？』

それは、不特定多数に向けられた問い掛け。個人間でやり取りすればいいものをなぜかルイボスのグループチャットで聞いたのはきっと意図があった。しばらくは、陽菜を気遣うチャットが投稿されていたが、その意図はすぐに明らかになった。

『栗生くんなら知っているんじゃない？』

拓眞がその投稿に気付いた時には、既に皆が拓眞の投稿を待っていた。

「何て返せばいいんだよ……」

拓眞は講義中にもかかわらず頭を抱えた。陽菜はきっとスマートフォンを見ていない。まだ検査があるのだ。無視するわけにもいかないし、正直に書くしかないだろう。

『問題なかった。軽い脳震盪と捻挫』

必要最小限の返事を書く。すぐに既読人数が膨れ上がる。皆が次々に『良かった』などと投稿する中で、爆弾を放った者がいた。

『なあ、何で栗生がそんなに詳しいんだ？』

返事を書いたのは拓眞ではなかった。

『栗生くんと桃瀬さんは幼馴染なんだって。それもお互いの家を行き来するような』

『マジで？』

『本当なのかよ栗生！』

『えっ、黙ってたの何で？』

『っていうか付き合ってるの？』

矢継ぎ早の質問にもはやグループチャットはカオスな状態となっている。陽菜の恐れていた状況が目の前に広がっていた。

『付き合っていないし、ただの幼馴染』

『いいなあ』

『だとしても仲良過ぎだろ。普通、家にまで行くか』

『もしかしてわざと同じ大学選んだ？』

収拾がつかない。一度盛り上がったチャットはごうごうと燃え上がる。何と弁解しても焼け石に水、いや、火に油を注ぐようだ。

拓眞と陽菜の安寧が音を立てて崩れていく。

（だから程々にって言ったんだ）

このままでは、拓眞と陽菜の交流が邪魔されるのは目に見えていた。陽菜のことを好きな者は多い。気に喰わない者もいるだろう。そういった者が拓眞に危害を加えないとも限らない。

（あー、面倒くせえ！）

今は講義中だが、チラチラと見られているような気もする。きっと自意識過剰だが、拓眞のいる理学部にも陽菜の美貌は知れ渡っている。早ければ、理学部の学生達にも噂が広がっているかもしれない。

（くそ、どうしたらいいんだ！）

＊＊＊

血液検査、目視による筋萎縮の確認、腱反射の有無、筋電図など、陽菜が受けた検査は数種類に上った。陽菜の入院は一泊のはずだったが、もう一泊の入院が必要となった。陽菜によると、念のための検査とのことだったが、どうやら医師は陽菜の突然手足に力が入らなくなる症状を気にしているようだった。

拓眞は、平日のため仕事で来られない陽菜の両親(そもそも埼玉から仙台に来るのは大変だ)に再度頼まれて、陽菜の検査結果を一緒に聞くことになっていた。今は待合室でふたりでソファに腰掛けている。

「痛かった……」

泣きべそをかいている陽菜の細い腕には絆創膏が貼ってある。

「何の検査をしていたんだ」

「筋電図。まさか、そのまま針を手足に刺されるとは思わなかったよ」

「何を調べたんだ」

「電気を流して運動ニューロンが正常に機能しているか調べたんだと思うよ」

「はあ」

そう言われてもよく分からない。陽菜自身もよく分かっていないようだった。やがて、看護師が「桃瀬陽菜さん」と彼女を呼ぶ。陽菜はゆっくりと立ち上がると、拓眞と共に診察室に入った。

医師が開口一番、尋ねたことは「彼氏?」だった。拓眞が即座に「違います」と否定すると、陽菜が「そんな秒で否定しなくても。傷付くなあ」と呟く。陽菜を軽く小突くと拓眞はこう言った。

「身内みたいなものです。彼女の両親から検査結果を一緒に聞いて欲しいと言われていて」

拓眞の言葉に陽菜が頷いた。医師はそれを確認すると口を開いた。

「えっと、君は桃瀬さんの身体を見たことがあるかい」

「ぶっ」

拓眞は思わず噴き出した。

「なっ、何を……あるわけないでしょう」

「彼女、歳の割に非常に痩せていますね。特に手足の細さが尋常じゃない」

そう言われて陽菜の方を見る。確かに彼女は痩せ型だ。だが、普段がロングスカートやパンツ姿なのであまり細さを意識したことがなかった。ただ、夏場は彼女の半袖姿を見たことがあるが、そこまで言うほど細かっただろうか。

「過度なダイエットを行っているわけじゃないのにその細さ。しかも、最近急激に体重が減少しているそうだね。特に食生活を変えたわけではないのに」

医師の言葉に拓眞は陽菜に尋ねる。

「そうなのか」

「うん。確かにここ最近で体重が大きく減ったんだよね」

しげしげと陽菜の身体を見る。ふっくらとした柔らかそうな頰、スタイルの良い身体つきなのだが、確かに手足だけ細い気がする。

「恥ずかしい……そんなに見ないで」

「あ、わりい」

つぶさに観察する拓眞の視線から逃れるように陽菜が身動ぎした。

「減ったのは手足の筋肉ですね。結論から言いましょう。彼女の運動ニューロンには障害が見られます」

「それって」

「生物の身体は脳からの指令で動いています。その指令は電気信号に変わり、身体の末端まで伝わるわけですね。今の桃瀬さんはその機構が壊れかけている。要は運動神経細胞が変性してしまっているんです」

「え……」

陽菜の顔を見ると大きな瞳が不安げに揺れていた。

「若いうちに発症するのは非常に珍しいんだけれど、色んな検査の結果、上位、下位共に運動ニューロン障害を認め、手足の筋萎縮も見られる。ALSの症状に近いです」

「ALS……」

聞いたことがある病名だ。確か指定難病になっていたはずだ。不安の渦が拓眞を侵食していく。

「正式名称は筋萎縮性側索硬化症。筋肉の障害だと思うかもしれないですが、実際は神経細胞の病気です。筋肉は正常なのに、神経細胞が異常を起こしているため、筋肉が動かし辛くなる。手足の力が入らなかったのはそれが原因ですね」

「それって進行するとどうなるんですか」

そう尋ねたのは陽菜だ。医師はそこで困ったように顔を歪ませると、一呼吸おいて話し出した。

「落ち着いて聞いて欲しいんですが、筋肉が動かし辛くなるのはやがて全身に広がって、最終的には嚥下(えんげ)障害、呼吸障害を起こします。要は自分で物を食べたり、呼吸したりすることが困難になり、何もしなければそのまま死に至る。経過は人によって様々ですが、早ければ数年で人工呼吸器が必要になる」

「そ、そんな……」

拓眞は陽菜の顔を直視できなかった。「死に至る」。そのフレーズが信じられなかった。陽菜はまだ二十二歳だ。なぜそんな若さでこのような宣告を受けなければならないのか。

「え、でもこれって早期発見ですよね。治療法は……」

少しでも可能性にすがるために拓眞は思わずそう尋ねた。

「ALSは指定難病になっていて、今現在、これといって確実な治療法は見付かっていないんです。原因も分からない。本当に桃瀬さんがＡＬＳならば、残念ですが、対症療法しか打てる手段がないんです」

二の句が継げなかった。

死に至る病。そして治療法はない。

その残酷なまでの響きは拓眞の心を深く抉り、まさしく目の前が真っ暗になった。拓眞はなおも食い下がる。

「え、でも、手術とか」

「特に中枢神経細胞は一度傷付いたら再生しない。普通の細胞とは違うんです。手術で治るものじゃないんです」

医師は表情を変えずにそう言った。

「陽菜……」

陽菜の表情は思ったよりも冷静だった。

「たっくん……」

色々なことが頭を掠める。

陽菜はこんなに元気ではないか。今も普通に椅子に座っている。第一、ＡＬＳという可能性があるだけでまだ決定したわけではない。きっと大丈夫、きっと大丈夫。拓眞はひたすらその言葉を念仏のように頭の中で唱える。

「陽菜、きっと大丈夫だ。もっと検査して、きちんとした原因を突き止めればきっと。じゃなきゃ俺……陽菜が……」

「たっくん、落ち着いて」

「……っ」

陽菜が拓眞の手を握る。確かに細い手だった。なぜもっと早く気付かなかったのだろうか。こんなにも近くにいたのに。

(誰よりも、近くにいたはずなのに……！)

自分は陽菜の特別。安心していられる場所。お互いにとって気が置けない空間。それが拓眞の築いた唯一の立ち位置であったはずなのに。でもそれは虚構だった。少し突かれただけでガラガラと崩れてしまうような砂上の楼閣だった。

「ひとまず今は経過を見守りましょう。必要に応じて検査をして、他の病気の可能性を当ってみるしかないです。今後、日常生活に支障が出てくるかもしれない。そうなったら、入院をしましょう。そうした話はご両親とした方がいいかもしれないですね」

医師のその言葉は拓眞では役に立たないと言われたかのようだった。

「お母さんとお父さんに連絡しなきゃ。きっと心配しているから」

「そうですね、ご両親が来られる日程を決めてください」

そうして、陽菜の診察は終わった。陽菜はこれで退院となるが、これほどまでに全く喜ばしくない退院はいまだかつてなかっただろう。

日は完全に沈み、辺りは既に真っ暗だ。拓眞は病院の外で風に当たっていた。十月末の空気は冷える。寒さで身体が小刻みに震える。だが、頭は一向に鎮まらない。陽菜は今、両親と電話中だ。拓眞は酷い顔をしている自覚があった。本人を差し置いて勝手な話だが、今の顔はとても陽菜には見せられない。

『桃瀬さん、昨日退院じゃなかったっけ。今日も大学休みだったねー。栗生くん何か知ってる？』

『栗生じゃなくて本人に聞けよ』

『えー、だって』

グループチャットは相変わらず賑やかだが、今は応答する気にはなれなかった。皆、学校一の美女の恋愛模様が気になっているのだ。下世話だ。拓眞の頭の中には、陽菜と恋仲になるなどという意思はなかった。何より、今はそれどころではない。

しばらくすると、帰り支度を整えた陽菜が病院から出て来た。

「急な入院だったから物がなくて困っちゃった。早くお風呂に入りたいな」

「ああ……」

「今後、入院が必要になったら、たっくんに色々持って来てもらおうかな」

「そんなこと……」

ないとは言い切れない。

「そもそも陽菜は仙台で入院するつもりなのか」

実家のある埼玉に戻った方が良いのではないだろうか。そちらの方が両親もすぐに会えるし、安心できるだろう。

「ううん、私は北稜大学病院に入院するつもり。できる限り大学に通いたいし、ここが好きだから。北稜大学なら最新の医療設備も整っているし、それに、たっくんもいるでしょ」

そんな嬉しい一言を付け加えられても、今の拓眞にはまったく響かなかった。

「俺がいたって役には立たないぞ」

「そんなことないよ」

「また、変な噂を立てられるぞ」

陽菜もまたグループチャットを見ているだろう。彼女は今のところ返信をしていない（できなかった）が、どう考えているのだろう。少なくとも、好ましくは思っていないだろう。何と言っても彼女はおひな様に自ら望んでなっているのだから。おひな様は皆のおひな様だ。

特定の誰かのものになってしまってはおひな様ではなくなってしまう。

「うん、でも私、たっくんとならそう思われてもいいかな、って思えるよ」

「えっ」

「だって、私がおひな様でいることと、私がたっくんの幼馴染でいること。どっちも私にとってとても大切なこと。失うのが怖いのは同じだよ」

「陽菜……」

陽菜は小首を傾げて微笑んだ。

その笑顔は儚げで、今にも消えてなくなってしまいそうだった。

＊＊＊

十二月半ば。

陽菜の病状はそれほど進行していなかったが、予断を許さない状況ではあった。陽菜には階段はなるべく使わず、エレベーターを利用するように言ってある。拓眞が常についていられれば良いのだが、そもそも学部が異なりキャンパスも異なるのだ。そう簡単に一緒に行動はできない。

拓眞は退屈な講義中、物思いに耽っていた。今年のクリスマスプレゼントを陽菜にどう渡したらいいか考えていたのだ。例年は陽菜が自宅に押し掛けてくるため、渡す方法について悩んだことはなかったが、今年は無理だろうな、と考えていた。拓眞にとってクリスマスは特別な日ではなかったため、陽菜が来ようが来なかろうがどちらでも良かったのだが、街中のカップルをひとりで見るのは流石に辛いだろうな、と思った。

(送るしかないか)

クリスマスと言えば、カップルが共に過ごす神聖な一日だろう。皆、クリスマスを一週間後に控え、どこか浮足立っているようにも思える。恐らく、共に過ごす者を探して躍起になっている者も多いだろう。当然、陽菜と一緒に過ごしたい男子は数多くいるはずだ。そんな者達に拓眞と陽菜の関係がバレてしまった今、クリスマスを共に過ごすのは自殺行為だった。実際、ＳＮＳでやり取りはするものの拓眞と陽菜は病院の時以来会っていない。

そんな時だった。拓眞のスマートフォンにＳＮＳの通知が来る。相手は尚央だった。内容は簡素なものだった。

『暇なら妹へのクリスマスプレゼントを選ぶのを手伝ってほしい』

『ブランド物のバッグとか香水とかでいいんじゃないか』

『もっと庶民的な物がいい』

『道理で俺に聞いたわけだ』

拓眞が皮肉で返すと尚央から『すまない』とだけ返ってきた。否定はしないんだな、と苦笑し、『別にいいよ』と返す。ついでに待ち合わせ場所も指定していく。

『明日の土曜日、十時に仙台駅のステンドグラス前集合で。ついでに俺の買い物にも付き合ってくれ』

『助かる。周りにはそういうのに疎い者しかいなくてな』

尚央の妹のことは知らなかったが、きっと高校生くらいなのだろうと勝手に想像する。確かにそれならば高級ブランド物より可愛いものの方が喜ばれるかもしれない。


翌日、人でごった返す仙台駅内で拓眞は尚央を待っていた。仙台駅のステンドグラス前といえば、待ち合わせに使われる定番のスポットだ。今日は快晴、ステンドグラスを通して入射した日光が駅舎の床に様々な色になって散っている。多くの若者が、そんなカラフルな光を浴びながら誰かを待っている。

「悪いな、栗生」

十時ぴったりに現れた尚央は明らかに周囲の視線を集めていた。その高身長だけで十分目立つが、端整な顔立ちや優雅な歩き方からは気品すら漂っている。ただの大学生には見えなかった。

（俺の周りには規格外が多いな）

そんなことを考えながら、尚央に手を上げて応える。

「いいよ、俺もプレゼントまだ買ってなかったし」

「そうか」

拓眞は尚央と共に歩き始める。

「何かプレゼントのあてはあるのか」

「ない」

「予算は」

「五万円くらいか」

「たけえよ。何買うつもりだよ、この成金。せめてその五分の一くらいにしとけ」

「なるほど」

「今までどんなもの買い与えて来たんだ……」

「そうだな、最近ではロシアンブルーか」

「猫じゃねえか……」

拓眞はついていけず頭を振った。

「いいか、コスメグッズかポーチぐらいにしとけ」

「コスメならディオールか、ポーチならプラダ……」

「さあ、ロフトに行こうか」

　これは時間がかかりそうだと拓眞は遠い目をした。


　二時間後、無事に買い物を終えた拓眞は、尚央の行きつけだという仙台駅近くの喫茶店で休憩していた。拓眞が買ったものは、陽菜のリクエスト通り、もこもことした暖かそうな手袋だ。

「家族へか」

　尚央が拓眞の買った商品の紙袋を見ながら尋ねた。

「うーん、そんなところ」

「なるほど、桃瀬か」

　一瞬でバレてしまった。いや、尚央でなくても分かってしまうかもしれない。少なくともルイボスのメンバーは皆、そう推測しただろう。拓眞の沈黙を肯定と受け取ったのか、尚央はこう続けた。

「ルイボスの外でも栗生と桃瀬の関係は噂されているぞ。医学部にまで聞こえてきている」

「……みんなおひな様のこと好き過ぎだろ」

「そうだな。彼女は魅力的だ。ルイボスにも彼女目当てで入ってきた者は多かっただろう」

「途中から入部制限してたもんな」

「桃瀬のあの誰にもなびかない態度もまた男心をくすぐるようだ」

「なるほど？」

拓眞には分からない感覚だった。陽菜は拓眞の前ではふにゃふにゃなぬいぐるみのようだったからだ。

「その様子では、栗生と桃瀬の仲は相当進んでいるようだな」

「お前まで勘弁してくれ。俺達はもう家族みたいなもんなんだ。恋愛感情なんてないんだよ」

「性的な目で見たことはないと？」

「何をおっしゃるんですかね橘さんは」

「別に、確認しただけだ」

「……ねえよ」

とは言うものの、先日のように無防備な寝姿を見せられてもまったく平気かと言われると、否定せざるを得なかった。陽菜が魅力的なのは拓眞も全面的に同意する。

「ふむ」

尚央の表情は変わらない。信じているのかどうか分からない。

「お待たせしました」

　喫茶店のウェイトレスが注文したものを運んでくる。眼鏡をかけた女性店員だ。拓眞とは目も合わせない。ずっと尚央の方をあからさまに見ている。そういえば、この店員の横顔をどこかで見たことがあった気がした。

「ん……？　奥柿？」

「げっ」

　つい口に出してしまった名前に店員が明らかに動揺した。彼女は引き攣った笑顔のまま拓眞の方を振り向く。

「あっ、栗生先輩！　偶然ですねー」

　どうやら気付かれたくなかったようだ。

「奥柿、ここでバイトしていたのか」

「はいっ、そうなんです」

　姿勢を正した彼女の名前は奥柿凜子。北稜大学理学部の三年生で、拓眞のひとつ下の後輩に当たる。彼女は既に拓眞と同じ有機合成化学研究室に配属されることが内定していた。そのため、拓眞は凜子とは顔馴染だ。

　長い黒髪ですらっと背が高く、凜とした佇まいときりっとした顔立ちで、はきはきと話すのが凜子の特徴だ。

「じゃっ、私は仕事に戻るので」

凜子は営業スマイルでそう言うとカウンターの奥へと引っ込んでいく。

「彼女は最近入ったウェイトレスだな。栗生、知り合いだったのか」

「ああ、後輩だな」

「そうか。……僕はちょっとトイレに行ってくる」

そう言って尚央は席を立つ。その直後、凜子が拓眞の下へ駆け寄って来た。

「栗生先輩！」

「お、おう。仕事に戻るんじゃなかったのか」

「そんなことはどうでもいいんです。それよりも、橘様と知り合いだったんですか」

「橘、さま？」

「あのインテリジェントでクールな出で立ち。そして医学部期待の星！　スマートかつエレガント。まさにパーフェクトな橘様ですよ！　ああ、かっこいい……！」

凜子は両手を合わせて祈るようなポーズで尚央のことを語っている。

「お前、橘のこと好きなのか」

「好きじゃない乙女がいるもんですか。一体どんな汚い手を使ってお近付きに？」

「普通にサークルだが」

「ああ、ルイボス……！　今はおひな様と橘様の二大巨頭のせいで入部制限がかけられている幻のサークル……！　まさか先輩ごときがルイボスだとは」

「喧嘩売ってる？」

拓眞がやや気圧されていると、凜子が髪を振り乱して拓眞に頭を下げ、両手を差し出した。

「ください！」

「は？」

「橘様の連絡先！」

凜子はチラリと拓眞の様子を窺う。

「ええ……。っていうか、ここ、橘の行きつけらしいけど、まさかお前……」

「やめてください！　私をそんな生ゴミを見るような目で見ないで！」

凜子は頭を下げたまま叫んだ。拓眞は凜子の顔を上げさせる。このままでは店員を追い詰める悪質クレーマーと勘違いされてしまうし、ここで連絡先を教えてしまっては沽券にかかわる。

「自分で聞け。話付けてやるから」

「あああ神ぃ……！」

それだけの行動力があるならば、連絡先を聞くくらい訳ないと思ったのだが、色々あるのだろうと拓眞は無理やり納得することにした。

「何の話をしているんだ」

トイレから戻った尚央が拓眞達に声を掛ける。

「ああ、こいつがお前の連絡先を知りたいらしい」

「振りが雑！」

「僕は基本反応しないが、それでもいいなら」

「幸甚の至り！」

「いいんだそれで……」

凜子はスマートフォンに尚央の連絡先を登録すると、るんるんで奥に引っ込んでいく。

「何かごめんな、うちの後輩が」

「慣れているから構わない。どうせ捨てアカだ」

「奥柿……」

凜子のことは放っておくとして、問題は陽菜の話だ。尚央に変な誤解を植え付けないようにしなければならない。

「橘、俺と桃瀬は本当にただの幼馴染なんだ。だから何というか、そっとしておいてほしい。あいつもそれを望んでる」

「まあ、持て囃される迷惑さは僕もよく知っている」

「だろ？　あいつもおひな様なんて呼ばれてるけど、ただ敵を作らないように演じてるだけなんだよ。実際、おひな様を演じるのは辛いらしい」

拓眞が理解を示した尚央にそう言った直後だった。

「だったら先輩のものにしちゃえばいいじゃないですか」

「うお、お前また来たのか」

凜子が半眼で拓眞のことを見つめていた。どうやら話を聞いていたらしい。

「おひな様の噂は私も聞き及んでいたところですからね。どうやら本当に栗生先輩は持っているお方のようですねえ」

「何だよそれ」

「またまたご謙遜を。橘様におひな様。王子と姫の両方を手にしていながら、どちらにも食いつかないとか細胞分裂で子孫増やす系ですか」

「だから俺達は……！」

凜子は拓眞の前に人差し指を突き立てる。

「おひな様はどう思ってるんですかね？　もしかしたら栗生先輩のこと待ってるかもしれませんよ。だから今まで誰にもなびかなかった」

「ないから」

「本当に……？　ご飯作りに行くくらいなのに……？」

「何で知って……」

「やっぱり！」

「カマをかけたな！」

「意気地なし」

言い返そうと思ったが、拓眞はぐっと堪える。ここで声を荒らげるのは得策ではない。

「ほらまた」

凜子はどこか勝ち誇ったような笑みを浮かべながら今度こそ奥に引っ込んでいった。

「あいつ、研究室に配属されたらシメる」

拓眞はこめかみに青筋を立てながらコーヒーをすする。凜子は普段は割と真面目なのだが、調子に乗り過ぎるきらいがある。

「ふむ、まあ、彼女の言うことももっともだと僕は思ったが。桃瀬も変な形で噂が広まるより、はっきりとしたことが伝わった方がいいだろう。例えば、もう特定の相手と付き合っている、といったな」

「橘まで……」

「客観的事実を述べたまでだ。それより君は桃瀬が他の男と付き合ってもいいのか」

「あいつの自由だろ」

「君の意見を聞いているんだが」

「……好きにすればいいと思う」

「そうか」

尚央はこれといった感想もなくコーヒーを飲んでいる。

陽菜が誰かと付き合う。拓眞は心のどこかでそんなことは起こらないような気がしていた。先日尋ねた時も彼氏は要らないと言っていた。拓眞との関係が露呈したことで揺らぎつつあるが、陽菜自身がおひな様であることを望んでいるのだ。それに今は病気のこともある。

「どうした」

急に表情が沈んだ拓眞に尚央が声を掛ける。当然、陽菜がＡＬＳかもしれないとは言えないので「何でもない」とだけ言ってコーヒーを飲み干す。買い物も済んだし、そろそろ帰宅することにする。

その時、拓眞のスマートフォンがポケットの中で震えた。着信だ。拓眞は尚央に目配せすると、電話に応じる。相手は陽菜だった。

『たっくん助けて』

「なっ、どうした!?」

拓眞は青ざめる。陽菜に何かあったのかもしれない。思わず椅子から腰を浮かせる。

『カップル限定のスイーツがあるの。クリスマス前だからかな』

それを聞いて拓眞はスマートフォンを落としそうになった。

「お前、紛らわしい声出すなよ。何かあったかと思っただろ」

『ごめん……でも、どうしても食べたくて。早くしないと売り切れちゃう』

「ったく、今どこだ」

『一番町のアーケードだよ。あ、でもこれ恋人じゃなくても買えるのかな』

「大丈夫だろ。すぐ行くから」

目の前には四度、ニヤニヤした凜子の顔があった。

「何だよ」

「も・し・か・し・て、デートのお誘いですかあ」

「橘、俺もう行くわ」

凜子は「シカトされたー、しくしく」と言いながら奥に引っ込んでいく。

「桃瀬に会うのか」

「緊急なんだと。バレないようにさっと会って来るわ」

「ふむ……。何だか見ていてもどかしいな」

「やかましいわ」

「僕はもう少しここにいる。今日はありがとう。支払いは僕にさせてくれ」

「サンキュ、じゃあな」

尚央は、店外に出て行く拓眞を手を上げて見送った。

そして、コーヒーを飲み干すと、カウンターの奥の凜子に声を掛ける。

「おかわりですか」

「いや、もう行く。会計を」

「え、でも今……」

尚央は財布を取り出しながら先程購入した商品の入った紙袋に目をやる。妹へのプレゼントとして高校生には少し背伸びしたポーチを買ったのだ。

「千百円です」

「奥柿さんだったたね」

尚央は電子決済をしながら凜子の名を呼んだ。

「はい、あなたの奥柿凜子、じゃなくて……」

「これをあげるよ」

尚央は支払いを済ませると、紙袋を凜子に手渡した。

「えっ、それって」

「妹へのプレゼントとして買った物なんだが、そういえば、僕には妹なんていなかったと思い出してね」

「は……？」

そう言って、呆気に取られる凜子をそのままに尚央もまた店外へと消えた。

「ミステリアス……！」

＊＊＊

拓眞は陽菜の指定した待ち合わせ場所に辿り着いた。急いで来たため息が切れている。別にそこまで急ぐ必要はなかったのだが、陽菜をひとりにしておくのは何となく躊躇われ、結局駆け足で来てしまった。

「あっ、たっくん」

今日の陽菜はベレー帽に赤い縁の伊達眼鏡、マフラーと、いつもと違う格好だった。拓眞は、今日はよく眼鏡をかけた人に会うな、と思った。

「あ、これ？　一応、変装のつもりー」

陽菜は眼鏡の位置を指で直す。正直、眼鏡をかけても美人は隠せないし、あまり変装にはなっていなかったが、ないよりはましだろう。

「身体の調子はどうだ」

「うん、よくはないかな」

「……そうか。それで、何が食いたいんだ」

「あれです」

陽菜が指し示したのは、喫茶店のガラスケースに飾られた巨大なパフェだった。これでもかと言うほどクリームや果物でデコレーションされており、まるでそれ自体が白いクリスマスツリーのようだった。

「うえ、見てるだけでお腹いっぱい」

「へへー、来てくれてありがとう」

陽菜はにこにこと笑っている。自然と拓眞の顔も綻んでくる。

「いざ出陣！」

「ちょっと待てよ」

陽菜はずんずんと先に歩いてしまう。拓眞としては息を整えたかったのだが。ただ、すぐに拓眞は走り出すことになる。陽菜の身体がぐらりと揺らいだからだ。ただ、少し遅かった。

「あっ」

陽菜の身体は通りを歩いていた頭を金や茶色に染めた若い男性の集団の中のひとりに当たった。

「いってて。って、うわ、すごい美人」

イラついた青年の声がすぐに興奮したものに変わる。陽菜は半ばその男性に抱き着いているような形になっていたからだ。

「ねえ、それ誘ってる？」

「……っ」

陽菜は驚いて声が出ないようだった。すぐに男性の集団が陽菜を取り囲む。陽菜の姿が隠される。

「よっしゃ、連れて行こうぜ」

「ひゅー、やったぜ！」

拓眞は慌てて陽菜に駆け寄る。

「すみません、俺の連れが」

「あ？」

ドスの利いた声と顔で拓眞は凄まれる。

「誰お前？　何？」

「俺ら今からカラオケ行くんだけどどいてくんない？」

口々に拓眞に浴びせられる尖った言葉。拓眞は思わずたじろいだ。だが、引き下がるわけにはいかない。陽菜はどう見ても怖がっているし、相変わらず身体に力が入らないようだ。

「彼女は俺が連れて行きます」

「なに、彼氏？」

「いや、なくない？　こんな冴えない奴が？　おら、すっこんでろよ」

笑い声。ここまで典型的なガラの悪い者が令和の時代に残っていたことに驚きを隠せないが、怖いものは怖い。

「いや、俺は……」

「たっくんはかっこいいです」

その時、陽菜の小さな、だが、はっきりとした声が響いた。そして、陽菜は何とか身動ぎして男から身を翻していた。

「は？」

「たっくんを馬鹿にするな！」

陽菜が叫ぶのを初めて聞いたかもしれない。それは怒りだった。恐怖よりも、驚きよりも、煮えたぎる思いだった。

「ちょ、叫ぶのは勘弁して」

「っていうか、何で俺ら悪者扱い？　ぶつかられたのこっちじゃん」

男性達はぞろぞろと文句を言いながらも退散していく。

陽菜は無言で拓眞の胸に飛び込む。そして、拓眞のコートに顔を埋める。どうやら相当怖かったらしい。その頭を撫でながら、拓眞はため息をついた。

「ごめん、すぐ助けられなくて」

「私が悪いの。足の力が抜けて」

「……俺、かっこ悪いよ。全然動けなかった。言われたとおり冴えない奴だよ……」

「たっくんはかっこいいよ」

陽菜は泣きこそしていないが、潤んだ瞳で拓眞を見上げてくる。拓眞の心臓がドキリと揺らいだ。

「たっくんは優しいし、頼りになるし、背も高いし、顔もいいし、あと時々かわいい」

「……」

拓眞は急に恥ずかしくなって陽菜をコートから引き剝がそうとする。だが、陽菜は離れない。幸いにして辺りはカップルだらけだ。そこまで目立ってはいない。

『おひな様はどう思ってるんですかね？　もしかしたら栗生先輩のこと待ってるかもしれませんよ。だから今まで誰にもなびかなかった』

凜子の言葉が頭の中で再生される。その声を振り払う。

(そんなことあるわけがない。陽菜は関係が変わることを望んでいない。今のだってただのお世辞で……)

ただ、陽菜が先程の男達に連れて行かれそうになった時、拓眞は本当に恐怖を感じた。陽菜がどこか遠くに行ってしまう気がして。

「パフェ……食いに行くか」

「うん」

＊＊＊

パフェを食べ終え、すっかり気を取り直したふたりは人の少ない路地を歩いていた。今は午後一時だ。パフェが昼食になってしまった。

「はー、限定パフェ、美味しかった。まさかあそこでパッションフルーツを使っちゃうとは」

「あー、甘かった」

陽菜が心配そうに拓眞の顔を覗き込んでくる。

「美味しくなかった？」

「いや、そんなことないよ」

拓眞は慌てて取り繕う。

「そういえば、陽菜に渡す物があった。本当はクリスマスにしようと思ったんだけど、会えるかどうか分からないから今渡す」

「えっ、会ってくれないの。……もしかして彼女が。私もしかしてすごい迷惑なことを」

「違う違う、違うから！」

拓眞は慌てて否定しながらも、紙袋を陽菜に手渡す。

「開けてもいい？」

「手袋だよ」

「何で先に答え言っちゃうの！」

自分でリクエストしたのだから答えは既に知っていたはずだが、陽菜は憤慨している様子で頬を膨らませている。だがそれも一瞬、すぐに破顔すると、嬉しそうに紙袋を受け取った。

「なあ、陽菜」

「うん？」

陽菜は小さな手で紙袋からプレゼントの包みを取り出し、リボンを解いている。

「陽菜は今でもおひな様を続けたいのか」

陽菜の動きが止まる。

今日もそうだが、陽菜の行動には警戒心がまるでないと言わざるを得ない。グループチャットにも無言を貫いているし、拓眞とは外にもかかわらず会いたがる。おひな様ならもっと異なる行動をするだろう。

もしかして陽菜は、拓眞との関係を幼馴染ではなく、もっと別の名前のものにあてはめたいのではないか。

「たっくんはおひな様の私をどう思う？」

質問を質問で返された。

「陽菜が安心できるならそれでいいと思う」

「たっくんの意見を聞きたいな」

似たようなことを先程も言われた気がする。

「俺？」

「そう、たっくん」

「俺は……まず、陽菜は病気を治して」

「その後は？」

陽菜の純真な瞳が拓眞に刺さる。いつ外したのか、陽菜は眼鏡を取っていた。いつもの、気の抜けたように優しく微笑む陽菜がそこにはいた。

「その後は、おひな様はもうやめても、いいと思う」

拓眞は少し噛みながらも、そう言った。どうしてそんな言葉が出たのか分からなかった。ただ、口を突いて出た言葉だった。

途端に陽菜の顔が明るく輝いた。

まるでその言葉を待っていたかのように。

そんな時、雨が降り出した。

「狐の嫁入り」

陽菜がぽつりと呟いた。狐の嫁入りとは天気雨のことだ。今日は雲ひとつない快晴だ。だが、どこからか雨粒が飛ばされてきたのか、雨が降っている。

「随分古い言い回しだな」

「好きなんだ。狐の嫁入り」

陽菜は鞄の中から折りたたみ傘を取り出した。それをポンと開くと、今日一番の笑顔で拓眞に笑いかけた。そして、スキップをするように飛び跳ねてこう言った。

「きっと虹が出るよ」

それは、拓眞が見た今年最後の、陽菜が自分の足で立っている姿だった。

第二話　アンフィンセンのドグマ

約半年後、夏。


知らないポップスが流れる店内は冷房がよく効いており、肌寒いくらいだった。最盛期の蟬しぐれもここではほとんど聞こえない。

知らない歌手はこう歌っている。神様の定めた運命なんてない。君が信じる道こそが正しい。さあ、愛に歌おう。愛を叫ぼう――鼻をつまんだような高い声で叫ばれる使い古されたフレーズをぼんやりと聞きながら、拓眞は大人しくされるがままになっていた。

目の前にある鏡の中で、ウェーブがかった茶髪のイケメン美容師が、慣れた手つきで自分の髪を切っている。つい先程まで視界を覆うほど長かった前髪が短くなり、少し世界を明るく感じる。

チョキチョキ、という音と共に自分の真っ黒な髪の毛が目の前に降ってくる。落ちた髪の毛はどれも湾曲していて、まるで三日月みたいな形をしていた。

美容室には沈黙が一番いい。それは拓眞の持論だった。アパレルショップでも美容室でも、店員に話し掛けられるのはあまり好きではない。必要最低限のことだけを伝え、サービスを受け、金を払って帰る。それだけの単純作業で十分だ。そこに雑談などというものは不要だ。だが、アパレルショップの店員も美容師もそれを是としない。

「お兄さん、だいぶ髪の毛の癖、強めですね」

なぜなのか。どうして話し掛けてくるのか。しかも自分の気にしていることを。だが、きっとそれは仕事で、あるいは善意なのだろう。取り敢えず、苦笑いを浮かべ、美容師の言葉に応答する。

「うねりが強くて毎朝困っているんです」

ヘアアイロン、朝洗髪、ドライヤー、ワックス、ジェル。あらゆる手を尽くしたが、拓眞の髪の毛は意固地に好き勝手な方向へと折れ曲がり、全体的に拓眞の印象を野暮ったく見せていた。

「縮毛矯正、当ててみます？」

美容師の声はマスク越しで聞き取りにくい。

「縮毛矯正？」

生憎と、お洒落ワードに拓眞は詳しくなかった。

「ストレートパーマみたいなもんです。癖を直していい感じに直毛にできます」

「いい感じ、ですか。普通のパーマとは逆なんですね」

パーマと言えば、髪の毛をウェーブさせるものだと勝手に思っていた。だが、よく考えれば、そういったパーマがあってもおかしくない。

「そうですね。原理は同じですけど」

「原理……」

「何か、アルカリ剤で髪を軟らかくして、酸性剤で髪を曲げたり伸ばしたりするんです。美容師の資格取るときに勉強しました」

美容師は得意げに笑っている。拓眞はあくまでも正義感で、少し早口にこう言った。

「あー……それちょっと正確じゃないですね」

「そうなんですか」

美容師はやや不服そうだ。

「正確に言うと、アルカリ溶液で髪のタンパク質の水素結合とイオン結合を切断します。そして、還元剤でタンパク質のジスルフィド結合を切断します。三つの結合が切られた髪の毛はどんな形にも変えられるので、髪を巻いたりして形を決定し、次に酸性溶液と酸化剤で先程切断したイオン結合とジスルフィド結合を再度結合させ、髪を乾かすことで水素結合も繋がり、決まった形に維持できるんです」

一瞬の沈黙が降りる。ハサミの音だけが聞こえる。

「はあ。お兄さん、詳しいですね」

「あ……えっと。そういう勉強をしているので」

「お兄さん、頭いいんですね。理系ってやつですか」

「ええ、まあ……」

やってしまった。つい、自分の知っている知識を得意げに披露してしまった。だが、拓眞は、間違った知識、特に科学に関する間違った知識は、正さないと気が済まないタイプなのだ。それでよく友人などに煙たがられる。現に、美容師も拓眞の解説にはさほど興味がないようだった。

美容師が拓眞に話し掛ける。

「で、縮毛矯正、どうします？」

拓眞は絞り出すような声で答える。

「お願いします……」

＊＊＊

「ははは、それでお前、そんなバケツの水を被ったようなぺったんこな髪になったのか」

研究室に入って開口一番、大笑いで拓眞を迎えたのは、同期の横溝武だった。

「もうあそこの美容室には二度と行かねえ。一万円も取られてコレだぜ」

散髪に行ったつもりが思わぬ出費だ。貧乏学生の拓眞には手痛い出費と言えるだろう。しばらく食事が質素になることは間違いない。

自分の髪を触ってみる。真夏の高湿度の時季は特にうねりが酷かったが、今はさらさらとした直毛になっており、自分の髪ではないみたいだ。ただ、これで少しは朝の髪型を整える時間が減るかもしれない。それはいいのだが、問題はこの髪型が自分に似合っているかだ。武に笑われたということは期待薄だが。

「縮毛矯正を強くかけすぎたんだよ。要は美容師が下手クソだったってこった。まったく、お前は押しに弱いんだから」

「うるせえハゲ」

「これは坊主だ。ハゲじゃねえ」

武はまるで野球部のようにさっぱりとした髪型をしている。今時の大学院生としては珍しい。

「ま、問題は『おひな様』がどう思うかだよな」

「……」

「今日も行くんだろ」

「まあな」

拓眞はデスクの上の自分のノートパソコンを開く。そろそろ溜まっている実験データを整理しなければならない。散髪で途中抜けした分を取り戻す必要がある。

「幼馴染か。いい響きだよなあ。それも、あんな美人の幼馴染なんて」

「ただの幼馴染だよ。陽菜の両親から様子を見ておいてくれって頼まれてるだけ」

「ふーん……」

武はニヤニヤと笑いながら拓眞の横顔を覗き込む。

「じゃあ、俺も見舞いに行こうかな。連れてってくれよ」

「お前みたいな下心満載のゴリマッチョが来たら陽菜の病状に悪影響だ。自重しろ」

「お前はおひな様の護衛か」

「ただの幼馴染だよ」

そう言って、拓眞は適当に武をあしらうと、ノートパソコンの画面を覗き込む。そこには、なにやらクネクネと複雑に折れ曲がった紐のようなものが映し出されていた。その紐は、様々な色で塗り分けられ、ところどころ螺旋形になっており、まるで色の付いたバネの集合体のようになっていた。

これは、タンパク質の立体構造と呼ばれるものだ。

タンパク質といえば、食品の栄養素や人体を構成する重要な物質として有名だ。筋トレの後に飲むプロテインもタンパク質の英訳であるし、髪や爪を構成するケラチンもタンパク質の一種だ。

そんなタンパク質の化学構造をじっと眺めている拓眞は二十三歳になった。北稜大学大学院の修士一年生へと進学し、理学部化学科の有機合成化学研究室に所属している。そして、主に生体内のタンパク質に作用する有機化合物について研究を行っている。先程、美容師にパーマの原理について説明できたのも、こうしてタンパク質のことを学んできたからと言える。

そして、今、拓眞が眺めているタンパク質の名前は、ＳＯＤ１と呼ばれるものだ。正式名称は銅・亜鉛スーパーオキサイドディスムターゼという。

「またＳＯＤ１を見てるのか」

「ああ」

武は拓眞のノートパソコンを横から覗き込むとそう言った。

「医者もお手上げの状態なんだよな」

「ああ……そういう病気だからな」

タンパク質の構造は複雑だ。もちろん、目に見えないほど小さい分子であるし、こうして、ノートパソコンの画面でＣＧ（コンピューターグラフィックス）を駆使して立体的に表示しなければ、その構造を視覚的に捉えることすらできない。

タンパク質と言えば、誰もがその単語を知っているし、日常的に使用しているだろう。だが、人類はまだタンパク質に関する知識に乏しいと言って差し支えない。それは、その構造が複雑なのが大きな理由と言っていいだろう。

「修士一年になって研究テーマを変えさせてください、だもんなあ。たまげたぜ」

このＳＯＤ1タンパク質は、今現在の拓眞の研究テーマだ。


今まで、拓眞はＳＯＤ1とは全く異なる研究テーマを持っていた。大学四年生で研究室に配属された時から一年間続けてきたテーマだった。卒業論文もそれで書き終えた。だが、今まで取って来た研究データをなげうってでも、拓眞はＳＯＤ1についての研究をしたかった。

「愛の力だよなあ」

「そんなんじゃないって」

否定はしたものの、拓眞が陽菜のためにＳＯＤ1の研究を始めたのは事実だった。

「それで、研究は順調か」

武の問いに拓眞は首を横に振った。研究の進捗具合は週次のミーティングで確認し合っているが、それでも直接同期が聞かないと分からないこともある。

「多くの研究機関や製薬会社が多額の資金と豊富な人材を投じて研究してきたテーマが一介の大学院生によってそんな簡単に為されるわけないだろ」

「お前そんな心持ちで研究してんの」

「うるさいな。俺だって何とかしたいけど、上手くいかないんだよ」

実際、拓眞は焦ってイライラしていた。卒業がかかっているのもあるが、何より心配なのは陽菜の病状だ。病気の進行速度と拓眞の研究の進捗速度にはかなりの差があった。陽菜はもうベッドからろくに動くこともできない。一刻も早く研究を進めたいところだが、陽菜の『たっくん髪伸びすぎ』のひとことで、伸び放題だった髪を先程ようやく切ってきたところだ。

「それで意味もなくSOD1の立体構造見つめてたんじゃや、世話ないぜ」

「要はフォールディング（おりたたみ）なんだよ。それが正しくないから、変異型SOD1が……」

「聞きやしねえ」

お手上げといった様子で武は肩を竦めた。

武の目から見ても、拓眞の研究テーマは相当に難易度が高いものであった。研究は日進月歩には進まない。なので、慌てずに腰を据えてじっくりと行うものだが、拓眞はどうみても浮足立っている。だが、自分の幼馴染の命が懸かっているかもしれないのだ。ＳＯＤ1タンパク質の研究の行方が陽菜の運命を左右すると言っても過言ではない。

といっても、武も友人を助ける術は持っていなかった。ただ、傍にいて、拓眞が壊れてしまわないように見ていることしかできないのだ。


そして、数時間後、ふと拓眞は時計を見上げた。

今は夕方の五時だ。そろそろ病院に行かないと、色々と都合が悪い。

「また研究室に戻って来るか」

「ああ、試したい反応があるんだ。陽菜と飯食ったら戻って来るよ」

隣の席でノートパソコンのキーボードを叩いていた武が、席を立って荷物をまとめている拓眞に話し掛ける。

「あんま無理すんなよ」

武は苦笑いを浮かべている。

「ああ……さっきは突っかかって悪かったな」

「別に、気にしてねえよ。おひな様によろしく」

「はいはい」

武の言葉にそう返すと、拓眞は薬品臭い研究室を抜け出した。

＊＊＊

北稜大学のキャンパスは仙台市内を中心に点在しており、拓眞のいる理学部のキャンパスは標高約200メートルほどの丘陵群のひとつ、青葉山の頂上付近に位置している。仙台駅から青葉山までは地下鉄や市営バス路線が延びており、移動手段はあるが、大学生の多くは原付バイクなどで青葉山を上り下りすることが多い。自転車でキャンパスまで登ってくる猛者もいるが、拓眞はそこまでの労を負いたくないため、原付での移動を基本としている。ただ、冬場は道が凍結し、交通事故の一因となっているほか、たまに熊の目撃情報が寄せられるため、公共交通機関を使う方が安全なのだろうと思うが、研究が夜間にも及ぶ拓眞にとって、やはり終電、終バスを逃すことを考えると、原付は手放せない。

拓眞は今、夕日の沈む空を背に青葉山を下り、北稜大学医学部のある、聖稜(せいりよう)キャンパスに向かっていた。そこには北稜大学病院がある。仙台市民や、東北地方の難病を抱えた人のための医療機関で、陽菜もそこに入院しているひとりだ。

大学病院内の駐輪場に原付を止めると、拓眞は病院の受付へと向かう。つうっ、と拓眞の頬を汗が伝う。風を切って原付を走らせてきたが、八月の仙台は東北地方といえども暑い。

拓眞と陽菜の出身地である埼玉県に比べると、幾分かましだが、それでも暑いことには変わりない。蟬の声も同じだ。

陽菜とは、今日の夕食を一緒に食べる約束をしていた。と言っても、あまり動き回れない陽菜と一緒に、拓眞はコンビニ弁当を、陽菜は入院食を食べるというだけだ。同じ時間を共有することに意味があり、飲食はそれに付随する行動に過ぎない。

病院の受付で陽菜との面会を申し込む。

「いつもご苦労様。こうして栗生くんが会いに来てくれるから、桃瀬さんも頑張れるみたいよ」

いつしか、顔見知りになった受付スタッフに励まされながら、陽菜の病室へと向かう。途中のコンビニで弁当を仕入れると、507号室を目指してエレベーターに乗り込んだ。

エレベーターの中では車椅子の老人と一緒だった。看護師に付き添われながら、点滴チューブと一緒に移動している。どうやら、夕方の散歩を終えたようだ。彼らは三階で降りていった。老人の顔は無表情で、散歩の時間に満足したのかそうでないのか分からなかった。そもそも、病院で車椅子生活という境遇に満足も何もないかと勝手に想像する。

陽菜もまた、出歩くには車椅子が必要だった。彼女はいつも笑っているが、自らの境遇に満足しているとはとても思えない。ついこの間まで、普通の大学生活を送っていたのが、急に入院生活だ。納得できるわけがないはずだ。

五階に到着したエレベーターが静止する。拓眞は頭を振って、エレベーター内の鏡を見遣る。疲れた表情の、見慣れない髪型をした男性がそこにはいた。

「かっこ悪……」

陽菜に疲れた表情は見せられない。拓眞は口角を上げ、無理やり笑顔を作ると、閉じかけのエレベーターの扉から抜け出した。


ナースステーションを通り過ぎようとすると、看護師から声を掛けられる。彼女は陽菜の担当の看護師で、遠藤晴美（えんどうはるみ）という。

「ああ、栗生くん。ご苦労様。ちょっと髪型が変わったね」

「ええ、色々ありまして」

「今日はね、陽菜ちゃんも髪を切ったの。私が切ったんだけどね。前髪だけちょこっと」

院内にも理容室はあるが、きっとそこは利用しなかったのだろう。

「ちょっと失敗しちゃって……陽菜ちゃんに悪いことしちゃった。でも、大丈夫よね。陽菜ちゃんって本当に可愛らしいから。どんな髪型でも自分のものにしちゃうものね。さすがおひな様って呼ばれるだけあるわ」

「あはは……また、すぐに伸びますよ」

「そうよね。でも、怒ってないかだけ確認しておいて。あの子、いつもニコニコしているから。優しい子よね」

手を合わせて、拓眞へお願いのポーズをする晴美は、よく陽菜の面倒を見てくれている。

「怒ってないと思いますよ」

これは本心だ。陽菜とは幼い時からの付き合いだが、彼女が怒っている姿はほとんど見たことがない。いや、本当はあるが、少なくとも前髪の散髪を失敗されたくらいで怒ったりはしない。本物の姫のように大らかで、老若男女誰からも好かれるのが、陽菜が「おひな様」と呼ばれる所以のひとつだ。

「ところで、遠藤さん。俺のこの髪型、どう思います?」

「うーん……。ノーコメント! 答えはおひな様から聞いてね」

「はあ……」

肩を落としながら、ナースステーションを後にする。そして、すぐに507号室の前へと辿り着く。拓眞は軽く病室の扉をノックすると、返事も待たずに中に入った。

「陽菜ー。来たぞー」

ベッドの上に陽菜の姿はなかった。代わりに洗面所の方から陽菜の焦った声がした。

「あ……わわっ」

洗面所の方を見ると、そこには車椅子に乗った陽菜が前髪を両手で隠すようにして慌てていた。

　今、陽菜は拓眞に背を向けているが、その後ろ姿だけでも可愛らしい。ゆるくふわふわとした長い髪が背中まで伸び、低い身長からまるで冬毛でもこもこになった小動物を思わせる容姿だ。彼女は手を額に当てたまま、拓眞の方を振り向く。彼女がくりくりとした大きな瞳でまばたきする度に、ぱちぱちと揺れる長く伸びたまつ毛。全体的に色素の薄い肌は気恥ずかしさから、上気していることがすぐにばれてしまう。

「た、たっくん……」

　気まずそうな陽菜の声。

「あ、はは……いらっしゃい」

　陽菜の顔はずぶ濡れだった。水滴がポタポタと落ち、入院着に染みを作っていた。よく見れば、洗面所の鏡にも水が跳ね散り、水滴が輝いている。

「何してるんだ」

　拓眞はコンビニの袋をベッドの横の小さな机に置くと、陽菜の傍に歩み寄る。

「えと、その……」

　陽菜は前髪を押さえたまま、目を拓眞から逸らす。

「前髪、切り過ぎちゃって」

「ああ……」

先程、ナースステーションの晴美から聞いたばかりだ。

「遠藤さんが失敗したんだって？」

「あの、遠藤さんは悪くないの。私が頭を傾けてたからシンメトリーに切れなくて……」

「それで切り過ぎたのか。ずぶ濡れじゃんか」

「うう……水で濡らしてドライヤーしたらちょっとはマシになるかなって」

「見せてみろよ」

「恥ずかしい……」

「ほら、拭いてやるから」

そう言うと、恐る恐る、陽菜は額を隠していた両手をどけ、拓眞を見上げた。陽菜の前髪は先日会った時は目にかかるくらいの長さだったが、今は額の半分くらいまで短くなっている。

「おお……デコ星人」

「ああー！　デコ星人って言った！」

「デコ星人だからな。それにしても遠藤さん、だいぶ深く抉ったな」

ナースステーションでは『ちょっと失敗した』と言っていたが、これが美容院なら返金を要請されてもおかしくない。

「うう……たっくんだって、キノコ頭！　しいたけ！　えのき！」

「マッシュ系と言え、マッシュと」

「ツキヨタケ！　テングタケ！　クサウラベニタケ！」

「全部毒キノコじゃねえか」

「うう──……」

陽菜は少し息を切らしていたが、やがて噴き出した。

「ぷっ、あははっ」

「くくっ、あははは！」

少しの間、笑い続ける。

「ふたりとも髪型失敗したってことで」

「そうだね」

拓眞は乾いたタオルを取ってくると、陽菜の白くて柔らかい肌を傷付けないように、水を拭っていく。

「ごめんね。お手数をおかけします」

「別にいいよ。笑ったから」

「うん……面白かった」

そのまま、陽菜の頭にドライヤーをかけ、彼女をベッドに寝かし、鏡をタオルで拭き上げると、拓眞もまた椅子に腰掛けた。

「そろそろ夕食の時間だな」

「そうだね。今日のメニューは鮭の塩焼きだよ」

「よく覚えてるな」

「食べることは私の生き甲斐だからね」

「俺は牛丼弁当」

「ちゃんと野菜食べてね？」

「そう言われると思ってサラダも買って来た」

コンビニの袋から牛丼とサラダを取り出すと、陽菜は微笑んだ。

「私も、いつまで自分の口で食べられるかなあ」

「陽菜……」

拓眞は悲愴感の漂う、陽菜の顔を見つめることしかできない。

この病気の症状は、ひとことで言えば身体の筋肉が段々と痩せて力が出せなくなっていくことだ。その一方で、身体の感覚、視力や聴力、内臓機能などは全て保たれることが通常であり、自身が衰えていくのを日に日に実感してしまう恐ろしい病でもある。

原因は不明。治療法も確立されておらず、対症療法や病気の進行を遅らせるのが現代医学の限界だ。進行速度は人によるが、およそ数年で人工呼吸器が必要となる場合もある。陽菜はまだ、人工呼吸器が必要なレベルには達していないが、既に手足は痩せ細ってしまっている。筋肉は使わなければどんどんと失われていくのだ。

「また、美味しいもの、食べられるさ」

拓眞は努めて明るく振る舞う。

「ふふ、そうだといいなあ」

「諦めんなよ」

「諦めてないよ。そう言えばね、ワラスボっていうお魚知ってる？」

「聞いたことないな」

「有明海にしかいない珍しいお魚でね。顔が凄いグロテスクでエイリアンみたいなの。食べてみたいなあ」

「本当に陽菜は顔に似合わずゲテモノが好きだよな」

「珍しい食べ物が好きなの！　あちこちに行ってね。現地でしか食べられない独自の味に舌鼓を打って、楽しみたいの」

そう言って、陽菜は布団の中で力を失っている自分の足を眺めた。

「まだ、完全に動かせなくなったわけじゃないだろ。筋肉もそんなに衰えちゃいない。リハビリすれば大丈夫だ。それに、車椅子でも行きたいところに行ける時代だろ。俺が連れてってやるよ。エイリアンだって食わせてやる」

「うん……ありがとう。ワラスボね。エイリアンも食べてみたいけど……」

陽菜はベッドの上で座りながら目を閉じる。

「たっくんはいつも私を勇気づけてくれるね。本当、昔から私のことを面倒見てくれて」

「家も近いし、ご両親からもお前のこと頼まれてるからな」

陽菜の実家のある埼玉に転院することも考えたが、北稜大学病院の最先端の高度な医療体制と何より本人の希望により、陽菜は仙台に留まっている。陽菜の両親がそれを認めたのは拓眞の存在が大きいだろう。『たっくん』が見てくれるなら……そう言って、陽菜の両親は拓眞に彼女を託した。もちろん、事あるごとに訪れるが、それでも新幹線に乗ってやって来るのは労力も費用も要する。

「ううん。そんなことなくても、たっくんは私のことを助けてくれたよ。たっくん、私に甘いから」

「まあ、そうかもしれないけど」

改めて言われると何だか気恥ずかしい。拓眞は頬をポリポリと掻く。

「私ね、筋力を失って初めて気付いたんだ。筋肉の大切さに」

「マッチョみたいな発言だな……。ただ、まあそうだな。人間、何をするにも筋肉は必要だよな」

「歳を取るとね、どうしても食べる量が減って、タンパク質の摂取量が減るの。そうすると、フレイル（虚弱）の状態になっちゃう。そうすると、身体機能だけじゃなく、認知機能も衰えてしまう。筋肉ってね、肉体だけじゃなくて、脳にも影響を与えるのね」

「ふーん……」

「まあ、全部、農学部の授業で習ったことなんだけど。私、この病気になったからこそ、食品化学の道に進みたいなって思えた。高タンパク質の食事とか、研究したい。美味しい食事で、長生きできる時代を作りたいな」

今、陽菜は休学中だ。そのため、卒業はできずに留年となり、陽菜は拓眞のひとつ下の後輩となった。

「それが、陽菜の夢か」

「そう」

「色んなもの食べて、色々知らなきゃな」

「そうなの」

その時、部屋の扉がノックされた。閉じていた陽菜の目がカッと開き、輝き出す。

「ごはん！」

ガラガラと音を立てながら、配膳車を押してやって来たのは晴美だ。

「はーい。おひな様、本日のメニューは……」

「鮭の塩焼き！」

「ご名答」

晴美は陽菜のベッドの上にテーブルを出すと、食事を配膳していく。

「ふふ、今のご時世、孤食じゃないっていうのはいいわねえ」

晴美は拓眞を見てにやりと笑う。

「しかも、ナイト様とお食事だからね。羨ましい！　イメチェンには失敗してるけど」

「ひとこと多いですよ。遠藤さんも早く白馬の王子様を見付けられるといいですね」

「うるせえ、根性焼きすっぞ」

「白衣のナース怖過ぎ」

「じゃ、後は若いおふたりでイチャコラやってくださいな」

晴美はそう言いながら、再びガラガラと退散していく。

先程から、陽菜はひとことも発さず、料理を見つめている。よだれが垂れそうなくらいの勢いだ。『食べていい？』と、目で訴えかけてくる。まるで犬だ。

「じゃあ、食うか」

拓眞は自分で調達した弁当の蓋を取り外すと、それを見た陽菜は「いただきます！」と言い、食事に手を付け始める。彼女は、ゆっくり口の中で塩焼きされた鮭を咀嚼すると、頬に手を当ててこう言った。

「美味しいー」

「病院食でそんなに喜べるのお前くらいだよ」

「何で？　美味しいよ」

「味が薄いんだよ」

「薄い方が素材の味が分かるんだよ」

「そんなもんかね」

拓眞はコンビニの牛丼の肉を口に含む。確かに醤油の味が利きすぎている。

「研究室生活、どう？」

「うん、上手くやってる」

「研究テーマ、タンパク質と有機合成だよね。何だかタンパク質って難しそう」

「お前の大好きなお肉の素だぞ」

「そうなんだけど……。聞かせて欲しいな。たっくんの研究テーマについて」

多くの者が、タンパク質とは、肉や卵に含まれる栄養素の一種だと認識しているだろう。

その認識は間違っていない。ただ、肉に含まれるということは、当然、生物の身体を構成する物質のひとつであるということだ。すなわち、タンパク質には、生物の身体を活動させるための大切な機能が備わっているということだ。

「ヒトって幾つの細胞からできていると思う？」

「さあ……細胞っていったら顕微鏡を覗かないと見えないアレだよね」

拓眞は頷くと、すぐに答えを言う。

「約三十七兆個」

「わあ、国家予算みたい」

確かに、「兆」などという単位は国家予算の話をする時くらいしか使わない。

「そんな一個の細胞の中にタンパク質は幾つ入っていると思う?」

「うー、分かんないよ……」

「約八十億個。しかも、このタンパク質は常に生成と分解を繰り返して新陳代謝していて、そのスピードは最もアクティブな細胞では、一秒間に数万個の」

「待った待った。もう数が多過ぎてついていけない」

陽菜はレタスをもしゃもしゃと食べながら拓眞を止める。いけない、つい理系のことになると語り過ぎてしまう。

「まあ、とにかく天文学的な数値だ。人間の身体は小宇宙とはよく言ったもんだな。そんだけタンパク質があれば、ひとつくらいなくても大丈夫なんじゃないかと思うだろ。でも違うんだ。重要なタンパク質はひとつでも欠けてしまうと、人体に大きな影響を与えるんだ」

そう、目の前の陽菜のように。

彼女には、拓眞の研究テーマのことをくわしくは伝えていない。彼女を病から救うために研究テーマを変えたなどと言ってしまっては、彼女の心に余計な負担をかけてしまう。だから、内容をはぐらかさなければならない。でも、嘘は言いたくはなかった。

「そのタンパク質はどんな働きをするの」

「ああ、身体の中の悪い奴をやっつける働きだ」

「何だか白血球みたいだね」

「もっとミクロな世界だけどな。その白血球みたいなタンパク質が、壊れてしまっている人が世の中にはいる。そんなタンパク質を活性化させる薬を作っているのが俺の研究」

「有機合成？」

「そう。有機物をルート通りに順番に合成していく。大抵の薬はそうやって作られる」

嘘はついていない。ただ、表面的に概要を説明しただけだ。

「……何だか、かっこいいね。ザ・サイエンスって感じ。白衣を着ているたっくんも見たかったな」

「俺も白衣に着られている陽菜が見たかったよ」

「今、『着られている』って言った？　私の背が低いの馬鹿にしてるでしょ」

「はは、してないよ」

拓眞は箸を置いた。話しているうちに食べ終わってしまった。陽菜はもう少しかかりそうだ。

「着られる、かな」

陽菜の箸を動かす手が止まる。

「着られるよ、絶対」

陽菜が弱音を吐くのを見たことがない人は多いだろう。恐らく、彼女の両親ですらあまり見たことがないはずだ。だが、陽菜は拓眞にだけは弱音や愚痴を吐く。それは信頼の証でもあるが、今は拓眞も一緒に暗い気分に沈んでしまいそうだ。

彼女の白衣姿を目にするためにも、拓眞は気を奮い立たせなければならない。


時刻は夜七時になろうとしていた。

晴美が食器を片付けていき、ひとしきり談笑した後、拓眞はそろそろ病室から帰ることにした。

「明日も早いから、俺、そろそろ帰るな」

本当は、研究室に戻って実験をするつもりだったが、それを言うと陽菜に心配されるので伏せておいた。

「うん、今日も来てくれてありがとう」

陽菜は既に眠そうだ。

「ちゃんと歯を磨けよ」

「子供じゃないですよーだ」

頬を膨らませる陽菜に手を振ってから、拓眞は荷物をまとめ、病室を出た。


薄暗くなった外を窓から眺めながら、拓眞は病院の廊下を歩いていた。ナースステーションで挨拶をし、エレベーターに乗り込もうとした時に背後から声を掛けられた。

「栗生、ちょっといいか」

振り向けば、白衣姿の眼鏡をかけた青年が立っていた。

「橘……」

尚央とはサークルを離れた今も頻繁に会っている。彼は今、北稜大学医学部医学科の五年生で、現在は臨床実習中だ。臨床実習とは、医療従事者を目指す学生が実際に患者と対面し、診察や治療などを行うことで経験を積む授業の一環である。

「陽菜の病状、どうだ」

拓眞は尚央に尋ねる。彼は、首を横に振った。

「経過観察中、としか言えないな。病状はかなりのスピードで進行している。筋肉を動かせないから、筋肉量も落ちてきている。食事量も減ったな……」

尚央は、陽菜の担当というわけではない。だが、こうして、陽菜の病状を逐一、拓眞に伝えてくれている。

「俺が見ていると全部食べるんだけどな」

「きっと無理をしているんだろう」

「無理……」

拓眞は陽菜に無理をさせているのだろうか。食べることがあんなにも好きだった陽菜が、食事を残すなどとは考えにくかった。恐らく、病状は相当進んできているのだろう。

「ああ、誤解させたらすまない。お前が来ると桃瀬は喜ぶ。それは患者にとっていいことだ。見張りがいれば食事をきちんと取る。これもいいことだ。お前が改めるべき行動は何もない」

尚央はそう言って拓眞の肩を叩いた。

拓眞と尚央はひとつの約束を結んでいた。それは、陽菜に関することだ。尚央が陽菜の病気の分析をし、仮説を立てる。その仮説に沿って拓眞は有機合成し、陽菜の病の特効薬を作るという約束だ。

ひとことで言えば、これはきっと闇の取引だ。法に触れる可能性もある。

尚央にとって、言ってみれば陽菜の身体は実験台だ。ＡＬＳの治療薬を作るという大義名分の下、拓眞に実験の指示をする。拓眞はそんな尚央の野望の成就と、陽菜を救うという目的のために有機合成を行う。

尚央はALSの治療薬を作って名声を得るために、拓眞は陽菜を救うために。

ふたりの利害は一致し、ふたりは共犯となった。

「それで、研究の方はどうだ。僕は臨床実習で忙しい。有機合成のスキルもない。この計画は君に懸かっている」

「順調、とは言えないな」

「……通常、ALSは五十〜七十代にかけて発症することの多い病だ。なのに、桃瀬は二十二歳という若い年齢でALSを発症している。例がないわけではないが、彼女のALSは特殊だ。また、彼女の家族にALSを発症した者はいない。ALSが遺伝する確率は約5％だが、家族性ALSではなく、孤発性ALSであることは確かだ。この特殊性をどう見るか……何にせよ、急いだ方がいい。急に病気が進行することもあるかもしれない」

「ああ。分かってる」

この言葉を何回も繰り返している。拓眞の焦りを見て取ったのか、尚央は尋ねた。

「何が足りない？　金か？　時間か」

拓眞は自虐的に肩を竦めた。

「俺のスキルだよ。金なら研究室にたんまりある。うちの教授、金稼ぎは上手いからな」

研究費用は基本的には研究室が稼いできた金から賄われる。企業との共同研究、国からの補助金、スポンサー……様々な機関が研究室に金を投資し、新たな成果を待ち望んでいる。幸運なことに、拓眞の所属する研究室は、スポンサーが多くつき、研究資金は潤っている方だ。

「スキルがないなら磨け」

それができたら苦労はしない。だが、正論だ。ないものねだりはできない。手に入れる術があるならば、それに執心するしかない。

「やってるよ。今もこれから研究室に戻って試したい反応があるんだ」

「他人の知恵を拝借するのも有効だ。論文を死ぬほど読め。人脈を生かせ。この世のありとあらゆるものを総動員しろ。……彼女を救いたいんだろ」

「もちろんだ」

有機合成は創薬の基本だ。比較的低分子な有機物を一から合成していく。目的の物質の構造が分かっていても、合成経路が分からないことは多い。また副産物が多過ぎて、目的の物質が採取できなかったり、目的の物質の抽出が難しかったりと、越えるべきハードルが幾つもある。

拓眞は今、とある合成経路で悩んでいた。目的の物質の立体異性体が多く存在し、目的の物質そのものが採取できないのだ。合成方法の見直しが必要かもしれない。

「薬ができたら僕に渡せ。そうしたら、ＡＬＳ発症マウスに投与し、経過を観察する」

医学部では研究目的で大量のマウスを飼育している。その中には、特定の病気を発症させるために遺伝子改変を施されたモデルマウスがいる。北稜大学医学部ではALSを遺伝的に発症させたマウスを飼っているため、拓眞の作った薬を投与し、その効果や安全性を確認することができる。

尚央は態度こそ偉そうだが、今の拓眞にとってなくてはならない存在だった。共に科学の叡智に挑もうとする仲間だ。

「ああ、なるべくすぐに合成する。だから待っていてくれ」

今の言葉は尚央に向けたものであったが、同時に陽菜に向けたものでもあった。

創薬とは、大企業が何十億もの資金と何十年もの歳月をかけて行うものだ。それをいくら優秀とは言え、一介の学生ふたりが行うというのは無謀以外の何物でもなかった。それでも、拓眞にとってそれは、いくら無理と言われても挑まなければならないものなのだった。

その夜、拓眞は研究室に戻るとすぐに、誰もいない実験室の明かりを点けて実験を開始した。実験室は静かだ。拓眞が実験器具を操作する時に立てる、ガラスとガラスが触れ合う音以外は微かな物音しかしない。

フラスコ内の溶液と試験管の溶液を混ぜ、マグネティックスターラーで攪拌し、恒温槽で一定時間温める。ロータリーエバポレーターという蒸留装置で溶媒を飛ばし、別の溶媒に溶かし、また新たな反応を起こす。

気付けば、時刻は日付をまたぎ、深夜の二時になっていた。

疲労を自覚する。

だが、ひとまず完成だ。

拓眞はビーカーに取り分けた液体を蛍光灯にかざして眺めていた。目には見えないが、この透明な溶媒の中に目標となる物質の中間体が溶けているはずだ。目に見えない以上、確かめる術は機械に頼るしかない。

拓眞はその液体から少量のサンプルを取ると、適度にメタノールで希釈し、それを分析装置にセッティングする。後は自動でＬＣ（エルシー）－ＭＳ（マス）／ＭＳ（マス）（液体クロマトグラフィー質量分析）が目的の中間体が予想通りの分子量を持っているか定量してくれるはずだ。構造決定は、明日以降、共通機器室の予約が空いている時にＮＭＲ（核磁気共鳴分析）で分析すればよいだろう。

分析は夜通し仕掛けておいて、帰って寝ることにした。夜も更けてきたし、連日遅くまで実験しているせいでくたびれてしまった。ここで自分まで倒れてしまっては意味がない。拓眞はカラムに流す溶媒が十分に残っていることを確認すると、実験室を後にした。

＊＊＊

　青葉山を降り、広瀬川を渡って、青葉通りを仙台駅の方に向かって走り、脇道にそれた晩翠通りに拓眞のマンションはある。当初は、日当たり良好、交通の便良しという謳い文句に惹かれて借りたが、最近はほとんど寝に帰っているだけで、交通の便も原付を手に入れてからというもの恩恵にあずかることは少なくなった。

　ベッドに倒れ込む。ぎしっとベッドのフレームが抗議するような音を立てる。

　疲労と眠気が一気に襲ってくるが、そんな中でも、拓眞は目的の化合物を合成する方法を頭の中で模索していた。このまま、完成に漕ぎ着ければいいが、たとえ、合成が完了したとしても、それが本当に陽菜のＡＬＳに効くかどうかはまた別問題だった。

　もしかしたらそれは、強い生体毒性を持っていて、陽菜の身を危険に晒す可能性もあった。安全は最優先だ。いったい陽菜に投与できるのは何年先になるだろうか。その頃まで、陽菜は持ち堪えてくれるだろうか。

　四ヶ月前に尚央から話を持ち掛けられた時のやり取りを振り返る。

　見せられたのはひとつのタンパク質の立体構造だった。尚央が用意したと思われるノートパソコンの画面に映し出されている。

「このタンパク質はGPCRだ。生理機能は不明。リガンドも不明のオーファン受容体だ」

病院へ陽菜の見舞いに来ていた時、尚央にいきなり別室に連れ込まれたと思ったら、そう言われたものだから、拓眞は思わず声を荒らげた。

「いやいや、ちょっと待ってって。何を言っているのか分からない」

「何だ、生化学の授業は受けただろう」

「そういう問題じゃない。いきなり、『桃瀬を治療できるかもしれない』と言われて、連れ込まれたうえに訳の分からない話をされたら誰でもそうなるっていう話だ」

「そうか……」

「確かに、一緒に陽菜を救う方法を見付けようとは言ったけど……。もう少し分かりやすく説明してくれ」

「そうだな……」

尚央は眼鏡を指先で直すと、腕組みをした。

「SOD1というタンパク質を聞いたことはあるか」

「ああ。陽菜がALSと診断されてから嫌というほど調べた。ALSの原因のひとつは変異型SOD1タンパク質だ」

ALSの原因は解明されていないが、原因となる物質の候補はある。そのひとつが、SO

D1タンパク質の変異体だ。SOD1タンパク質は通常時、細胞を傷付けてしまうフリーラジカルを消去し、細胞を守る働きを持っているが、変異型SOD1にはその機能がないどころか、変異型SOD1自体が強い毒性を持って神経細胞を傷付けてしまうのだ。

傷付けられた神経細胞は、脳からの「動け」という指令を筋肉に伝えなくなる。そして、陽菜のように動けなくなってしまうのだ。

「ああ、他にも、TDP-43タンパク質の異常蓄積というのもあるが、今はSOD1の話をしよう。彼女の遺伝子を先生に黙って調査したことがある。SOD1をコードする遺伝子は正常だった。なのに、彼女の脳脊髄液には毒性の高い変異型SOD1が多く確認されている。酸化ストレス値も高い」

「つまり、正常なSOD1が作られてもいいはずなのに、変異型SOD1が観測されるということだよな」

「その通りだ。遺伝子情報に基づいてタンパク質は作られる。設計図は正しいのに欠陥住宅が造られてしまう状況だ。そうなった時、悪いのは誰だ？」

設計図が正しいのにきちんと家が建てられない場合、大工の腕が悪いと考えられる。

「フォールディングか」

「その通りだ。僕もそう考えている」

タンパク質とは、アミノ酸が数百個一列に繋がってできた高分子の有機物だ。ただ、一列に繋がっているだけでは、ただの長い紐であり、何の役にも立たない。

タンパク質がきちんと機能するためには、その紐が適切に折りたたまれなければならない。どのように折りたたまれるべきか。それは神のみぞ知る、といった領域だが、ひとつのタンパク質にはひとつの折りたたまれ方しかないのだ。これをアンフィンセンのドグマという。

「二十種類のアミノ酸が数百個連なってできたタンパク質。アミノ酸の組み合わせは天文学的な数が考えられる。だが、折りたたまれ方は、たったひとつしかない。ひとつのタンパク質にひとつの折りたたまれ方。現実では、黄色の折り紙からなら花でも鶴でも何でも折れるが、生物の体内では黄色の折り紙からは鶴しか折れないと決まっている。ふっ、生命の神秘だな」

「その折られた状態というのが最もエネルギー的に安定しているというだけだろ。一番自然体でいられる折られ方でいようとしているだけさ」

拓眞はそう返す。

「話が逸れたな。今言えることは、恐らく、SOD1のフォールディングに異常があるということだろう」

「SOD1……」

拓眞はその言葉を咀嚼する。ただ、少なくとも、目の前のパソコンの画面に表示されているタンパク質はSOD1ではない。

「そこで、君に提案がある。それが今回君をここに呼び付けた理由だ」

「この目の前の訳分かんないタンパク質が関係ある？」

「そうだ」

尚央は頷いた。

「君は確か有機合成の研究室所属だったな」

「ああ。薬学部の真似事をやっている」

「ならば、問題ない。栗生、今から君は研究テーマを変えろ」

「問題あるわ。俺の卒業はどうなる」

尚央はかなり強引に話を進めるきらいがある。恐らく、彼の育ってきた環境が影響していい
そうだと拓眞は思っていた。

「まあ、一応、聞くけど」

そして、押しに弱いのが拓眞の性質だ。

「さっきも言ったが、このタンパク質はＧＰＣＲだ」

「Ｇタンパク質共役受容体のことだな」

「そうだ。生物の細胞膜にはこのＧＰＣＲが何種類も存在している。ＧＰＣＲは言わば鍵穴だ。正しい鍵（リガンド）を差し込んだ時に、ＧＰＣＲの形が変わり、扉が開くように細胞内に様々なシグナルが送られる。代表的なのが、味覚だな。例えば、塩をしょっぱいと感じるのは、舌

の細胞膜上にあるGPCRがナトリウムイオンというリガンドをキャッチして脳に信号が送られるからだ」

ここでの例ならば、鍵穴が舌の細胞のGPCRで、鍵となるのが食塩（塩化ナトリウム）のナトリウムイオンということだ。

「じゃあ、このパソコンに映っているGPCRは？」

「不明だ。立体構造も計算で出した推測に過ぎない」

「何じゃそりゃ」

「鍵穴であることは分かっているが、鍵も機能も分かっていない。ただし、このタンパク質はSOD1のフォールディングに関連していると僕は見ている。ALSの多くの患者にこの遺伝子の欠損があった。桃瀬もそうだ」

「そうなのか。それはちょっとした大発見じゃないか」

「……ああ。だが、これは僕の推論に過ぎない。公開もしない。だから、君に頼みたい。僕に乗るか？」

どうやら、『乗る』と答えなければ、尚央はこの先のことを話すつもりはないようだった。

難しいところだが、拓眞が結論を出すのにそう時間はかからなかった。

「分かったよ。今の研究テーマも行き詰まっていたところだ。修士一年の四月ならまだ変更もきく」

拓眞は自分のことを押しに弱いと改めて実感した。

「このGPCRはSOD1を正しく折りたたむタンパク質――シャペロンの産生に関わっているんだ。だが、このタンパク質の346番目のセリンがメチオニンに変わっているため、シャペロンが正しく作れなくなっている。これが僕の仮説だ」

「……」

尚央の話を翻訳するとこうだ。

GPCRはタンパク質だ。タンパク質はアミノ酸が数百個連結してできている。そして、その346番目のアミノ酸が本来ならば、セリンというアミノ酸でなければならなかったのに、別のメチオニンというアミノ酸に入れ替わっているというのだ。アミノ酸配列が決まれば、タンパク質の折りたたまれ方はひとつに決まる。アミノ酸が変わったせいで、GPCRの形が変わってしまっているのだ。そのせいで、このGPCRは機能不全に陥っている。

「シャペロンっていうのは、タンパク質を折りたたむ役割を持ったタンパク質だな」

「ああ、DNAがタンパク質を作る設計図ならば、シャペロンは設計図通りにタンパク質を折りたたむ大工だ」

そして、本来であればこのGPCRはSOD1を正しく折りたたむシャペロンを作るよう細胞に指令を送る役割を持っていたのだろう。だが、アミノ酸の置換――すなわち、陽菜の遺伝子が異常であったことにより、SOD1を折りたたむ大工の役割をするシャペロンが作られない。

「それで、変異型SOD1が次々と乱造されることになるわけだ」

拓眞は納得した。SOD1を作る遺伝子は正しかったが、目の前に表示されているGPCRを作る遺伝子が正しくなかったということだ。

「それで、どうすればいい」

問題はそこだ。陽菜の遺伝子に問題があることは分かった。だが、生まれてしまった人間の遺伝子を変えることなどできやしない。

「栗生、君は、このGPCRのリガンドを作れ」

「は……？　お前、それがどれだけ難しいことか分かっているのか」

拓眞は思わず尚央に食って掛かる。

「このGPCRは正しく機能していない。要は、鍵穴の形が変わってしまっているせいで、本来の鍵が差し込めなくなっているんだ。だから、正しく機能できるように、鍵穴の形から想像して鍵を合成しろ」

「いや、理屈は分かるけど！　そのGPCRの形って、さっきお前、『立体構造も計算で出した推測に過ぎない』って言ってなかったか。立体構造も分からないのに、リガンドなんて作れるわけない！」

「ならば、立体構造を予測しろ」

「無茶苦茶だ！　俺は降りる」

「待て」

　立ち上がった拓眞を尚央が引き留める。

「桃瀬を助けたいんじゃないのか」

「助けたいけど、こんな情報だけじゃあ、動くに動けない」

「しかし、リガンドさえ合成できれば、シャペロンが正常に作られてSOD1も正しく折りたたまれる！　そうなれば、彼女は治るんだ」

「創薬を甘く見んな！　確かに、オーファンGPCRのリガンド探しは製薬界においては至上命令だ。あらゆる可能性を秘めている。万能薬が作られる可能性もな！　でも、その方法は手当たり次第の人海戦術だ。この化合物なら鍵と鍵穴が合うかもしれないという試しを幾度となく繰り返す無間地獄だ」

「その手当たり次第を、やれ、と言っている」

　尚央の目は真っ直ぐ拓眞を射貫いた。

「お前さあ、どうしてそんなにALSにこだわるんだよ」

「病気で苦しむ人を救いたい。医者の卵である僕がそれを願うことがそんなにおかしいか」

「おかしくはない。でも、もっと、お前の輝ける道はあるだろ。天才外科医とかさ。お前の親父さんみたいに。どうしてこんなに難しい道を選ぶ？」

「ならばなぜ君は桃瀬陽菜を救いたいと思った？」

「それは……」

「同じことだ。僕は必ず成功者になる。手段は問わない。目の前に道があるならそれを選ぶ。楽かどうかは関係ない」

「橘……」

拓眞は頭をボリボリと掻いた。

今、自分は人生の岐路に立たされている気がした。この選択が、拓眞と陽菜の、ひいては尚央の人生を変えていくことになるかもしれないのだ。

「ああ、もう、本当に俺は押しに弱いな！　……持ってるデータを全部俺に送れ」

拓眞は荷物をまとめる。この決定をしたからには、とにかく時間が惜しい。少しでも早く、GPCRの解析をして、リガンドの構造を予測しなければならない。卒業と陽菜の命が懸かっている。

「君の目的はただひとつ。変異型SOD1を生成されなくし、正しい形のSOD1が生成されるようにすること。そのためにGPCRに合うたったひとつの化合物（リガンド）を見付けるんだ」

鍵を作れ。

それがたったひとつの命題。

言っていることは単純なのに、それを解きほどこうとすればするほど、どんどんと複雑になってしまう。大抵の物事がそうだ。

「分かったよ。言っておくけど、それ、大海原でたったひとつの宝石を見付けろって言っているようなもんだからな」

「僕達ならできるさ。答えは必ずある」

「その自信。いつもそうだけど、どっから来るんだ本当に」

「企業秘密だ」

こうして、拓眞は鍵作りに奔走することになった。

新しい化合物を合成しては、尚央に渡し、首を横に振られる日々だ。

＊＊＊

いつしか、朝を迎えていた。

カーテンを閉め忘れた窓から朝日が差し込んでくる。

「うっ、今何時だ……」

充電し損ねたスマートフォンは電池が切れていた。ちゃぶ台の上の置時計を見ると朝の九時だった。

「コアタイムのある研究室なら遅刻だな……」

　幸いなことに拓眞の研究室にコアタイム（一日の内で必ず出席していなければならない時間）は設定されていない。行くも行かないも言ってしまえば自由だ。もちろん、自由には責任が伴うのだが。

　ひとまず、シャワーを浴び、眠っていた身体を無理やり起こすと、ようやく見られる顔になった。拓眞は慌ただしく服を着ると、朝食代わりに菓子を幾つかつまむ。恐らく、昨晩仕掛けた分析の結果がもう出ているだろう。

「行きますか」

　こんな生活を続けているせいで、部屋の中は荒れ放題だ。陽菜が見たら卒倒してしまうだろう。いつか時間を作って掃除をしなければならないとは思う。うどんをふたりで作っていた時が懐かしい。あれから陽菜は一度も拓眞の部屋を訪れていない。

　拓眞は部屋のエアコンを切ると、鍵を持ってマンションの部屋を出る。そして、原付にまたがると、つい数時間前までいた青葉山に向かって再び走り出した。

　強めにアクセルを回す。安く手に入れた原付が悲鳴を上げる。青葉山を一気に駆け上がった拓眞は駐輪場に原付を停めると、研究棟の中に入っていく。廊下を進み、研究室の扉を開

ける と、嗅ぎ慣れた有機溶媒の臭いがする。

「おはよう」

武は既に席に着いてノートパソコンを操作している。

「おお、おはよう。昨晩は何時までやってたんだ」

「うーん、二時くらいかな」

「完全に今日じゃねえか。身体壊すなよ」

「分かってるよ」

そう言いつつも、荷物を下ろした拓眞の足は既に分析室に向かっている。昨日の分析結果を早く確かめたい。

そこには既に先客がいた。

「奥柿、おはよう」

眼鏡をかけ、凜々しい顔をした凜子は、学部四年生となり拓眞と同じ有機合成化学研究室に配属されていた。拓眞と武にとってはひとつ後輩に当たる。

「ああ、おはようございます。栗生先輩、またメタノールのガロン瓶を空にしたんですか。いったい何リットル使う気ですか……。先輩が湯水のように使うから発注が大変ですよ」

凜子は唇を尖らせて苦情を言う。彼女は研究室に入りたてで、使用する薬剤や実験器具の発注係をやらされている。要は研究室に慣れるまでの雑用係だ。拓眞達が使う試薬類の在庫チェックも彼女の仕事で、どうやら拓眞のせいで苦労しているようだ。

「ああ、ごめんごめん。なるべく節約するから」

拓眞は取り敢えず謝罪する。

「廃液処理もちゃんとやってくださいよ。赤いポリタンクは有機溶媒のみ。緑のタンクは水と混ざったもの。最近、緑の量が増え過ぎです。なるべく水と混ぜないでくださいね。ポリタンク持ち上げるの、女子にはつらいんですから」

「ああ、気を付ける。言ってくれたら手伝うから」

「あと、ポリタンクの中に攪拌子を沈めてそのままの人がいるんですけど、先輩は違いますよね」

「ち、違う、と思う……」

凜子の小言は研究室内でも有名だ。学部四年生なのに物怖じしない性格と、反論できない理路整然とした物言いで、もはや数ヶ月で研究室を掌握しているとも言える。

「まあ、先輩が人一倍頑張っているの、知ってるんですけどね」

「そんなことないさ」

「その目の下のクマは、スマホゲームに興じて寝不足だからついたわけではないですよね」

凜子はそこで表情を崩した。

「かっこいいと思いますよ、病気の彼女さんのために頑張るのって」

「いや、彼女じゃないし」

「え、まだだったんですか」

「……それに、自分の研究で助けられると思うほど驕ってもいないから」

拓眞の言葉を聞き、凛子は顔をしかめた。

「じゃあ、何のためにやってるんですか。素直に彼女を救うためって言った方がかっこいいですよ」

「自分のため、かな。何かしなきゃいけないって思って空回ってる感じ」

「それ、自分で言っちゃうんですか」

凛子は肩を竦める。

「かっこ悪いだろ」

「かっこ悪いですね」

凛子は拓眞の言葉に力強く頷いた。

「そんな人のためにメタノールを発注したくないですね」

「ええ……かっこ良さ必要なの」

「メタノール一瓶で三千九百円。タダじゃあないんです。先生も栗生先輩ならやれると思って研究テーマの変更を許可したんですから、期待に応えないと」

「手厳しいな……」

「クラウドファンディングでも始めたらどうですか」

「は？　別に金は……」

「違いますよ。もっとこう、『俺は愛する者を救いたいんだ。だから知識を分けてくれ』って知識のクラウドファンディングをするんです。私、目標に懸ける想いって大事だと思うんです。驕りとか体裁とか気にせずに、自分の心に正直になれる人が、かっこいいなって思います」

「奥柿はかっこいい人が好きなんだな」

「ええ、もちろん。私の一番はもちろん橘様ですけど」

凜子は鼻息荒く肯定した。ゆらゆらと彼女の黒髪が犬のしっぽのように揺れる。

「でも、味方はひとりでも多いに越したことないじゃないですか。同情を誘う手も悪くないですよ。私もそんな人のためにメタノールを発注するなら苦じゃないです」

「それはお前、単にかっこいい人が見たいだけだろ。っていうか、研究費はお前のじゃないから」

「てへぺろ」

凜子は舌をペロッと出して首を傾げ、とぼけた振りをする。眼鏡のせいで真面目そうな印象の強い凜子だが、その実、かなり茶目っ気のある性格をしているのが特徴だ。

「それで、もう一回聞きますけど、栗生先輩は何のために研究しているんですか」

「そりゃあ卒業のためだろ」

「本音は？」

「……陽菜を、救いたい」

凜子は満足げに頷いた。

「それで、よろしいです。かっこいいの頂きました」

「なら良かったよ」

「分析結果出てますよ。印刷しておきました」

「おお、助かる」

拓眞は凜子から分析結果を印刷した紙を受け取ると、それを食い入るように見始めた。

「うんうん、橘様に負けず劣らず、かっこいいですなあ」

凜子はそんな拓眞を見て、ぼそりと呟いた。

「……」

拓眞にはもう周りの音は聞こえていないようだった。

＊＊＊

結果から言えば、拓眞の合成した中間体は意図した通りの構造をしていた。このまま目的のシード化合物まで合成を続けることになる。シード化合物とは、鍵穴たるＧＰＣＲに結合すると考えられる鍵の候補だ。作り出した化合物とＧＰＣＲが反応すれば、鍵と鍵穴が合うことになり、シード化合物はリード化合物となる。その後、リード化合物の安全性や薬効を調整して、ようやく薬（鍵）になる。これが創薬の流れだ。

拓眞の研究の状況はまだシード化合物の捜索――いわゆる種を見付ける段階であり、まだ初期段階だ。

今は夜中の十一時だ。相も変わらず、拓眞は研究室にひとり残って実験を続けていた。そして、そろそろ帰ろうか、と考えていた時だった。

拓眞の背後から声がした。

「うーん、この化合物じゃ、駄目だね」

それは少年の声だった。驚いて拓眞は振り返る。

見れば、そこには研究室には似つかわしくない小学校高学年程度の見た目の子供がいた。少年は、先程、拓眞が合成した化合物の溶けた溶媒の入った三角フラスコを電灯に透かして覗いている。

「うわっ」

深夜の薄暗い研究室に少年。そんなちぐはぐな状況に拓眞の脳は恐怖を感じ、口からは悲鳴が漏れた。

「そんなに驚かないでよ。傷付くなあ」

「だ、誰だ」

知り合いにこんな少年はいない。教授の息子という線も考えられたが、いずれにせよ、こんな時間にこんな場所にいるはずがない。

「ふふ、自己紹介するね。僕はカミサマ。君のシャペロンとして君にギフトを授けに来たよ」

「は……？」

拓眞は、目の前の少年が何を言っているのか、欠片も理解できなかった。

「もう一度言おうか。僕は、カミサマ」

「神様……？」

子供の妄言だ。自分を万能の神か何かと勘違いしている、夢見がちな子供なのだろう。そう考えるのが最も妥当なのに、目の前の少年はどこか神秘的なオーラを感じさせ、その言葉には有無を言わせない迫力があった。

「そう。崇めて欲しいな」

「いやいや……何言ってるんだ。子供はもう帰る時間だよ。お父さんかお母さんはどこ。っていうか、そのフラスコを置こうか。それは劇物が入っている。危ないよ」

拓眞はだんだんと落ち着きを取り戻していく。突然の出現に驚きはしたが、目の前にいるのは年端もいかない子供だ。

「この化合物じゃあ、ＧＰＣＲのリガンドにはなり得ないよ」

「えっ」

「まず、構造が全然異なる。フェニル基の数と位置が見当違いだね。ＧＰＣＲの立体構造を全く予測できていないんでしょう。それがよく分かる失敗例だ」

「何を言って……」

「君は栗生拓眞。君は幼馴染の桃瀬陽菜を救うためにＧＰＣＲに合うリガンドを探している。そして、君が作ったこの中間体は間違いなく、リガンドにはなり得ない、と言っているんだよ」

「何でそれを知って……」

研究室のメンバーでもなければ、そのことを知り得ないはずだ。やはり、研究員の親族なのだろうか。だとしても、拓眞の現状を知り過ぎている。気味の悪さを覚える。

「カミサマだからさ」

カミサマと名乗る少年はさも当然とでも言いたげだ。

「君の作った中間体は、フラボノイド構造を持った化合物で、恐らくこれから糖鎖を付けるつもりなんだろう。でも、全然違うよ。闇雲にやったって新薬はできやしない」

拓眞は少年の知った風な話し方に苛立つ。恐らく、大人から吹き込まれたのだろうが、人の実験にケチをつけるのは子供であろうと腹立たしかった。拓眞は少年の背後にいる人物を探ろうとする。

「何で俺の作った中間体を知っている？　俺の実験ノートでも盗み見たのか。何にせよ、誰がお前にそんなことを吹き込んだ？」

「あはは、おかしなことを言うね。僕はただ見えるだけさ。化合物の形が。タンパク質の構造が。だから、見たままを言っただけだ」

「見ただけ？　お子様には分からないかもしれないけど、そこの化合物の大きさはせいぜい数ナノメートルだ。見えるわけがない」

「でも僕はカミサマだから見えるんだ」

「こいつ……！」

少年の飄々とした言い回しにいいように翻弄されている。

「信用できない？」

「当たり前だろ。神様なんているわけない」

「夢も希望もないね。いたっていいでしょ」

「神様が本当にいるなら俺達、科学者はやっていけない」

「神を信じる科学者も海外では一般的だと思うけどね。じゃあ、こう考えたらどうかな。神とは科学者である」

少年は持っていた三角フラスコを実験台の上に戻すと、拓眞の背後を指差した。

「論より証拠。そこに君が読んでいた論文の束があるでしょう。それを持ってくれるかな」

「は？」

「いいから、それを頭上に掲げてみせてよ」

拓眞は渋々、背後の数枚のA４用紙に印刷された論文を頭より高く持ち上げる。

「そこと、そこと、そこと、そこだ」

少年は拓眞の周囲を指差す。

「僕がいいよ、と言ったら、その論文の束を離して落としてほしい」

「何……？」

「いいよ」

拓眞は自分が何をさせられているのかもよく分からなかったが、取り敢えず言う通りに持っていた論文の束を手から離した。ホッチキスで留められていなかった紙はバラバラになり、ひらひらと空中を舞い、地面へと落ちていく。幾枚かは、床を滑っていく。

「えっ」

そして、論文の紙は、先程少年が指差した場所で停止した。

「どう？」

得意げに少年は笑う。

「お前、今何をした……？」

拓眞にはこう見えていた。『紙が勝手に少年の指差した場所に落ちていった』。一見すると簡単なことかもしれない。だが、紙は空気抵抗や空気の揺らぎ、拓眞の落とし方によって落下する場所が変わるはずだ。それをいとも簡単に落下箇所を予測してみせた。

「簡単だよ。現在の温度、湿度、風速、気圧、空気抵抗、床と紙の摩擦係数などの条件を全て計算し、君の手から紙がどこに落ちるかを予測した。それだけだ」

「か、簡単なわけない……！」

不確定要素が多過ぎる。それを見ただけで計算などできるはずがない。恐らく、スーパーコンピューターの演算能力を以ってしても、落下位置の正確な予測は難しいはずだ。

「神は科学者だ。ただし、君達よりも遥か高次元の、だけどね」

「……」

拓眞は二の句が継げない。何かトリックがあるはずだ。だが、周りには変わっているところはない。いつもの研究室だ。床に散らばっている論文も先程、拓眞が気まぐれに印刷したものに過ぎない。

「馬鹿な……」

「あはは、この実験がいかに難しいことか――そう、ただの人間には不可能なことか分かってくれる程度には君が賢くて助かったよ。神はね、確かにいるんだ。愚かな人達には分からないだろうけれどね。栗生拓眞、君は愚かな人かな？」

神がいるかいないか。それは有史以降、人が時間を尽くして議論してきた命題のひとつではないだろうか。形而上学、哲学、生物学、歴史学、宗教学、あらゆる学問において、神の存在は議論され、そして、多くの人間の人生を変えてきた。信じる心が暴走し、戦争にまで発展することもある。

拓眞は、神は人間の作り出した偶像だと思っていた。自分の都合のいいように、自分や他者を操るための架空の存在。

でなければ、悲しいと思っていた。

神がいるならば、この不条理な世界を救ってくれると思っていたからだ。

だが、現実には、神を巡って人は争い、死んでいく。

陽菜の顔が脳裏をよぎる。

陽菜の病だって不条理だ。彼女は誰からも愛され、将来を嘱望され、本人にも夢があり、生きたいと願っている。なのに、病は刻一刻と彼女の余命を奪っていく。誰も望まない不条理な現実だ。

「神なんていない」

神の存在を認めるわけにはいかなかった。それを認めてしまったら、陽菜があまりにも可哀想だった。神の救いに選ばれなかった憐れな人間になってしまう。

「ふーん……」

　拓眞の回答に少年は目を細めた。

「神がいるなら……そんな演算能力を持った凄い奴なら、この世をもっといいように変えられるだろ。もっと幸せな世界に」

「神は科学者だと僕は言ったよね。科学者は必ずしも世界を幸せにしていない」

「それは……」

　ノーベル賞が設立されたきっかけは、ダイナマイトの発明だ。アルフレッド・ノーベルは優秀な発明家だった。ダイナマイトは彼の発明したものの中で最も重大な成果だ。彼は、ダイナマイトを土木工事を安全かつ効率的に進めるためのものとして創り出した。

　一方で、ダイナマイトは殺人兵器として転用された。ノーベルは死の商人としても名を馳せた。

　彼は、晩年、自身に貼られた不名誉なレッテルを憂い、自身の築いた莫大な資産を用いてノーベル賞を設立することを言い遺したのだ。

　元々は平和利用のためのダイナマイトも、殺人兵器として使われた。ノーベルという科学者は、多くの人を幸せにし、それと同時に多くの人を不幸にした。

　科学者は必ずしも世界を幸福にするわけではない。それは歴史が証明している。

「神も同じさ。そもそも、僕らカミサマのお仕事はこの世を幸福なものにすることじゃあない。人類の正しい進化の方向性を決めているだけだ」

「人類の進化の方向性……？」

「そう。君は無限の猿定理を知っているかい」

「知らない……」

「猿がタイプライターの鍵盤をいつまでもランダムに叩き続ければ、ウィリアム・シェイクスピアの作品を打ち出す可能性がある、という考え方さ。つまり、ハムレットのように複雑な文字列でも十分な時間があればランダムに鍵盤を叩くだけで完成する——それこそ無限の時間があればね」

少年は人差し指を立てて解説する。

「まあ、言っている意味は分かるけれど……。つまり、今の人類はランダムな事象の結果、生まれたってことか」

「そう。でもそれは、まずもって無理だね。だって無限の時間だよ？　宇宙がビッグバンで誕生してから百三十八億年が経ったと言われているけれど、まだ単位が『億』だよ？　無限までであと何年必要かな。それこそ無限か。笑っちゃうよね」

少年は自らが話した定理をいとも容易く否定する。

「つまり、何かが介入して今の世界ができた、と」

「その通り。こと人類の進化に対しては、僕のようなカミサマが大きく関与している。ダーウィンの進化論はもちろん知っているよね」

「生物は突然変異と自然淘汰の繰り返しで進化を続け、今のような生態系が築かれた」

　生物は皆、遺伝子を親からコピーして生まれる。その際に、遺伝子のコピーに失敗して、本来存在しない形質が表出することがある。それが突然変異だ。通常は、突然変異体はすぐに死んでしまう。だが、まれに通常よりも強い個体が生まれることがある。そういった個体は、環境が変化しても生き残る。従来の個体が死んでしまうような厳しい環境を生き抜く。これが自然淘汰だ。強い個体がたまたま生まれ、それが生き残り、子孫を紡いでいく。この流れが進化だ。

「そう。でもさあ、無限の猿定理じゃあるまいし、そんな突然変異だけで今の人類が生まれるわけないよね。だって、偶然、遺伝子が都合よく環境に適応した形に変わると思う？その偶然を必然に変えているのが、僕達、カミサマということさ」

　そう言って胸を張る少年がその神だとはとてもではないが思えなかった。百歩譲って神がいるとしても、神なんてものがこうして拓眞の前に現れること自体が有り得なかった。

「……それで、お前は何しに来たんだ？　俺の実験に文句を言うために来たわけじゃないんだろ」

　目の前の少年を神と信じることはできないが、少なくとも何か目的があってここにいるのだろう。普通の人間にはできない芸当も先程見せられたばかりだ。拓眞は少し付き合ってみることにした。少なくとも、ただの少年とは思わない方がいいようだ。

「納得はしていても、信用はしていなそうだね」

「当たり前だろ。今から俺の目の前で天地創造をしてくれるって言うんなら信じるけどな」

「ふふ、それは無理かな。僕はただ『観察』をしたいだけだから」

「観察？」

「さっきカミサマの仕事は人類の進化の方向性を決めることだと言ったよね。それこそ、猿から猿人、ホモサピエンスと続く系譜をデザインしてきたのが僕達だ。もちろん、完全に僕達が創ったわけじゃない。淘汰に耐えられる個体がどんな遺伝子を持っているか、都度実験しながら君達人類を見守って来た」

カミサマは拓眞の胸を指差す。

「君がここにいるのはカミサマのお陰だ」

目の前の少年の言うことが真実なのだとしたら、カミサマには遺伝子改変を行うだけの技術があるということだ。だが、それは今の人間にもできる。遺伝子の一部分をノックアウトし、あるいは新たな機能を持つ遺伝子を導入し、遺伝子を改変させることはできる。ただ、ヒトにそれを行うのは倫理的に問題がある。

「有り得ない」

「有り得るんだよ。君達が実験動物、ネズミなんかを遺伝子改変するのと同じさ。僕達にと

って は造作もないこと」

でも、とカミサマは続けた。

「僕達がデザインした人類の遺伝子が完成形ではないことは君も知っているよね」

人類といっても人種は様々だ。人類のルーツはアフリカだ。そこは紫外線が大量に降り注ぐ場所で、それから身を守るためにメラニンを合成し、皮膚の色は濃くなった。ただ、紫外線は有害なだけでなく、ビタミンDの生成にも必要だ。そのため、アフリカから北上した人類は、今度は白い肌を手に入れた。場所によって身体を作り変える必要のある人類は確かに未完成といえるだろう。

「人間は菌やウイルスにすぐ負けるし、暑さにも寒さにも弱いし、水や食料がないと生きていけないし、同族で殺し合ったりもする。到底、完成形には程遠い」

「そりゃそうだろ」

「うん。だからね。そろそろかなって」

「何がだよ」

「そろそろ、人類、進化させようかなって思ってさ」

ニコリとカミサマは笑った。まるで、適当なレベルに達したポケモンを進化させるかのように、いとも容易く言ってのけた。とてつもない衝撃発言だ。人類の進化。それこそ、猿がヒトになったように、ヒトが何かに進化する。

「な……」

「色々考えたんだよ。羽を生やしてみようかな、とか。光合成ができるようにしようかな、とか」

「お前、人間を何だと思ってる」

人間はカミサマの玩具ではない。

「人間は人間でしょ。この星の覇権を握る種族だ。この星の代表。そして、この星の環境は着々と変わっている。温暖化に海水面の上昇。そういったものに人間も対応できなくちゃならない」

「お前……！」

拓眞は一歩前に踏み出す。さっきから、クリエイター気取りで話しているカミサマとやらが気に喰わなかった。そんな拓眞の様子を見てカミサマはため息をついた。そして、あのさあ、と拓眞を見上げて口を開いた。

「じゃなきゃ死ぬよ？　人間？」

カミサマの笑顔が消えた。いや、正確には笑っているのだが、それは表情で見せているだけだ。畏（おそろ）しい。その感情を拓眞は生まれて初めて抱いた気がした。

「ま、そういうわけで、僕は人類の次の進化の形を探している。まあ、流石に羽や光合成は冗談だとしてもね、それくらいの変化は必要なんじゃないかと僕は思っている。君達は脳に特化して進化した。それゆえ、地球を支配している。ならば、もっとその脳を精巧なものにするのが進化としては妥当、そう思わない？」

今度は拓眞は後ずさりする。それは、カミサマがまるで獲物を見付けた肉食獣のように見えたからだ。餌を見付けて舌なめずりをしているかのようだ。

「おめでとう、栗生拓眞くん。君はカミサマに選ばれた栄えある人間だ」

「選ばれた……？　俺が……？」

何だか不穏な響きだ。

「そう。選ばれたんだ。僕は人類のこの先を占うための観察対象として、君を選んだ」

ケタケタ、とカミサマは笑っている。そこからは神秘的なオーラなど微塵も感じず、どちらかと言えば邪悪なものを感じた。

「俺を観察する？」

「そう。観察。君達もするだろ？　実験と観察」

脳裏に浮かんだのは動物実験棟で飼育している実験動物だ。彼らは、科学のため、人類の幸福のためという名目で、身体に様々なものを入れられ、切り刻まれて死んでいく。

「よせ……」

冷房の効いている研究室は寒いくらいなのに、つうっと拓眞の頬を汗が伝った。

「君にはとあるギフトを授けようと思う」

ギフトとは才能のこと。神様からの賜り物ということで、才能のある者はギフテッドと呼ばれることもある。

「俺に何かする気か」

「そうだよ。さらって脳改造しちゃうぞ」

「やめろっ」

カミサマが一歩拓眞に近付く。拓眞はさらに後ずさる。ゴミ箱に足が当たり、転びそうになる。

「大丈夫、殺しはしないよ。ただ、ほんのちょっと協力してもらうだけだって」

目の前の少年は小柄だ。拓眞の体軀ならば簡単に組み伏せられるだろう。だが、それをする気にはならなかった。感じる。目の前の少年はただ者じゃない。それこそ、神のような何かだ。

「……ね？」

ふわりとカミサマの身体が浮かび上がる。何の準備動作もせず、ただ重力から解放されたかのように。まやかしではない、本物の空中浮遊だ。窓の外の月がまるで後光のようにカミサマを照らしている。

「……っ！」

カミサマの見下すような暗い笑みが拓眞に突き刺さる。恐怖が限界に達した。拓眞はカミサマの前から逃げ出した。それこそ脱兎のような勢いだった。荷物もそのままで、白衣のまま、研究室を出た。

「ありゃ……？」

ひとり残されたカミサマは首をかしげる。

「ちょっと怖がらせ過ぎちゃったかな」

でも、まあいいか、とカミサマは笑う。

「もう、魔改造しちゃったもんね」

＊＊＊

拓眞は転がり落ちるように研究棟の階段を駆け下りると、壁に手を突いて切れた息を整える。背後をちらりと振り返る。どうやら、追いかけてきているわけではないようだ。

改めて先程の出来事を振り返る。カミサマの狙いは拓眞に何らかの能力を付与することだったようだ。それがどんな能力なのかは分からないが、カミサマはそれを観察すると言う。それは、人類の進化に関連することらしい。

「くそ……」

拓眞は頭を抱える。まだ動悸が収まらないが、子供を前に逃げ出した自分が馬鹿らしくも思える。だが、あの時感じた恐怖は本物だった。

「俺、正常だよな……」

両の掌を見る。特に身体に違和感はない。だが、相手は自称カミサマだ。既に何かされている可能性もある。

「荷物……」

拓眞の持ち物は研究室に残したままだ。原付の鍵はデスクに置きっ放しだ。

「……」

スマートフォンは持っている。家の鍵も財布もある。

「歩いて帰ろう。そんで朝イチでまた来よう」

今、研究室に戻る気にはなれなかった。まだカミサマが残っているかもしれない。拓眞はそのまま全てを置き去りに帰ることにした。

研究棟から一歩外に出ると、生温い夜風が拓眞の頬を撫でる。キャンパス内を歩いて一番近いコンビニに向かう。とにかく、人のいるところに行きたかった。何の気なしにスマートフォンを見る。現在時刻は十一時三十八分だ。今日もすっかり遅くなってしまった。終電はもうない。

「ん……？」

その時、見慣れないアプリがスマートフォンにインストールされているのに気が付いた。アイコンにはAやS、M、Tといったアルファベットが表示されている。

「何だこれ」

インストールした覚えはない。

「GIFT……？」

アプリケーションの名前だ。そしてすぐにピンと来る。

「ギフトって……！」

ギフトとはすなわち天賦の才のことだ。天とはすなわち神。

「アイツの仕業か……！」

どうやら、改造を施されたのは、拓眞の身体ではなく、スマートフォンだったようだ。

「くそ、消せねえ……！」

アプリをアンインストールしようとしても、アイコンが消えない。どうやら特別仕様のようだ。

「どうする……開いてみるか……？」

アイコンのアルファベットから推測するに、英会話アプリかとも思ったが、さすがにカミサマがそんなものを用意するとは思えない。

「アミノ酸か……？」

ヒトのタンパク質を構成しているアミノ酸は全部で二十種類あるが、名前が長いため、それぞれアルファベット一文字で表現することが多い。Aならばアラニン、Sならばセリン、Mならばメチオニン、Tならトレオニンといった具合だ。

アプリを起動したらどうなるのか分からない。だが、スマートフォンにインストールされているということは何らかの視覚情報が表示されるのだろう。洗脳装置かそれこそ脳改造か。

だが、放っておくわけにもいかない。目を閉じて起動すれば問題ないだろうか。

心臓が高鳴る。恐る恐る、できるだけ画面から目を離して拓眞はアプリのアイコンをタップした。

すると、すぐに画面が切り替わる。GIFT Ver.1と黒い背景に白文字で表示されたかと思えば、トップ画面らしきものが表示される。

「え……これって」

メニュー画面を見ると、そこには『低分子モデリング』、『ペプチド・タンパク質モデリング』、『核酸モデリング』、『分子シミュレーション』、『リガンドデザイン』といった機能が並んでいた。

「これは、タンパク質解析ソフトウェアか……？」

タンパク質という物質は生体内で重要な役割を果たす一方で、非常に構造が複雑であり、人類はまだその構造をほとんど解明できていない。その解析が進めば、医薬品の開発などに役立ち、今まで難病とされていたものにも特効薬ができる可能性がある。

そんなタンパク質の構造を力場パラメーターから算出し、予測をするソフトウェアが世の中には幾つかある。だが、その精度は怪しいものもあり、現実にタンパク質の構造を解析できているわけではないのが実情だ。それらのソフトウェアはあくまで参考程度に用いるのが通常なのだ。

「何でカミサマがタンパク質解析ソフトなんて……？」

その時、カミサマの台詞が思い出される。

『神は科学者だ。ただし、君達よりも遥か高次元の、だけどね』

カミサマは先程、驚異の演算力を見せ、論文の束の着地地点を予想して見せた。それに、拓眞が作製した中間体の構造も当てて見せた。どれも、人間にできる芸当ではない。

「まさか、これはカミサマの作ったアプリってことなのか」

カミサマは、人類の進化の形を模索していると言っていた。そして、拓眞をその検証に用いたいらしい。

「このアプリを使って何かを俺にさせたいのか」

カミサマは拓眞を選んだと言っていた。つまり、拓眞にはその素質があるということだ。

「確かに有機化学の知識は持っているけど」

このアプリケーションの有用性は有機化学者でなければ分からないだろう。だが、本当にタンパク質の解析ができるとなれば、有機化学者にとっては垂涎（すいぜん）もののアプリケーションだ。まさに夢の技術で、科学界の時の流れが百年は進むと言っても過言ではないかもしれない。百年後の未来を想像はできないが、今よりも多くの薬ができていることは間違いないだろう。そして、多くの者がその薬によって命を救われるのだ。

「人類の進化……ＧＩＦＴ……タンパク質の構造解析……」

声に出して、得たキーワードを重ねていく。何かが見えてきそうだ。

「このアプリがもし本物なら、創薬だけじゃない。それこそあらゆる分野での発展が望める。それこそ大きなイノベーションが起こるだろうな」

拓眞は天を仰ぐ。薄い雲を透かして月が見える。今日は満月のようだ。

「進化か……」

ヒトに最も近いチンパンジーの脳の容量は約４００ccだ。そして、アウストラロピテクスの段階で４５０ccになった後、ホモ・ハビリスで５５０cc、ホモ・エレクトスでは１０００ccとなり、ネアンデルタール人になると現代人と同じ１５００ccにも達した。進化と共に大きくなっていく脳。これすなわち知能の発達を意味する。

もしも次に人類が進化するとしたら、やはり知能のさらなる発達が見込まれるだろう。それこそ、カミサマの見せた驚異の演算力を持つほどに脳が発達する可能性は高い。

「このＧＩＦＴの持つ能力を人間が獲得したら、それは進化と呼べるんじゃないか」

進化の定義を知能の発達と捉えれば、あながち遠い仮説でもない気がした。それならば、カミサマの「観察」という言い方にも納得だ。カミサマはそれこそ「観察」しているのだ。知能を手に入れた人間がそれをどう使うのか。

「進化は氷河期などの逆境が起これば加速する。自然淘汰が多く発生するからだ。すなわち、逆境にいる人間に能力を付与すれば、疑似的に進化を体現できる、か」

手にしたスマートフォンをじっと見つめる。

さて、拓眞は今まさに逆境に立たされている。何よりも大切な幼馴染の命が懸かっている研究がなかなか進まない。

「アイツ……俺の状況をよく知っている風だった。俺が逆境に立たされていることを知っていたんだ」

だが、確かに拓眞にとっては逆境だが、人類の逆境と言えるかは分からない。ＡＬＳの根絶が人類の進化に繋がるかも微妙なところだ。

「でも、このＧＩＦＴが本物なら、活かさない手はないよな」

先程まで感じていた恐怖心は薄れてきていた。まだ、このアプリケーションに薄気味悪さは感じるが、カミサマの意図が何となく見えてきたことで、少なくとも何らかの危害を加えられることはなさそうだという安心感を抱くことができた。

拓眞はつい今しがた出てきたばかりの研究棟を振り返る。

「戻ろう。戻ってこいつが本物かどうか確かめるんだ」

そこにカミサマがいるなら、詳しい話を聞けるかもしれない。ただ、もう既にカミサマはいない気がした。だが、カミサマはきっと拓眞をどこかで「観察」しているに違いなかった。きっと今頃、拓眞のことを見てほくそ笑んでいることだろう。

＊＊＊

「有り得ない……」

夜の研究室で拓眞は思わずそう呟いた。

カミサマの作ったと思しきアプリケーションGIFT、そのデザインの完成度の高さもさることながら、最も重要なその機能について拓眞は調べていた。このアプリケーションにはアミノ酸配列を入力するだけでそのタンパク質の立体構造を推測する機能が備わっていた。たとえて言うならば、一本の長い紐がどのように折りたたまれるのか（立体構造）を完璧に予想しているのだ。

本当にその推測が正しいのか確かめるために、拓眞は既に構造が解明されているタンパク質のアミノ酸配列を試しに入力してみた。スマートフォンの画面に表示されるタンパク質の構造は、どれも正しく、このアプリケーションがきちんと機能していることを表していた。

「まるでドラえもんの秘密道具だな」

間違いなく今の技術では為し得ないオーバーテクノロジーだ。スマートフォンの小さなCPUでこのアプリケーションが機能するとも思えない。予想通り、既に研究室からいなくなっていたカミサマとやらは、もしかしたら本当に神様なのかもしれない。

「これが人類の進化……。俺の脳を改造するんじゃなくて、俺の脳に外付けハードディスクをつけて容量を拡張したってことか。だけど、この技術があれば何だってできるんじゃないか」

タンパク質の構造が分かる。それだけで、創薬のみならず、化学、工学、生物学においてもイノベーションが見込まれるだろう。もしかしたら、人工の細胞を作ることができ、生体移植、クローン技術、生体を用いたアンドロイドの開発などもできるようになるかもしれない。人類から病を根絶することも夢ではない。そうすれば、それは間違いなく、人類の進化と呼ぶことができるだろう。

「そんな夢の技術が俺のスマホに……」

実感が湧かない。だが、事実だ。

「俺、使いこなせるのか」

拓眞は途端に目の前のスマートフォンを重たく感じる。これは神の技術だ。まさしく、ギフトなのだ。間違った使い方をして、このアプリケーションを活用できなければ宝の持ち腐れだ。カミサマが拓眞に失望すれば、ＧＩＦＴも没収され、人類の進化の可能性を潰してしまうかもしれない。

「責任重大だな」

乾いた笑いが浮かぶ。のび太はもっとドラえもんに畏敬の念を抱くべきだ。

その時だった。拓眞のスマートフォンが鳴動した。

「うおっ」

拓眞は持っていたスマートフォンを落としそうになる。壊しでもしたら大変だ。ＧＩＦＴが失われてしまう。

「着信……病院から？」

それは、陽菜の実家からの電話だった。

「は、はい、もしもし」

悪い予感がした。

「えっ……陽菜が……？」

拓眞は電話を終えるとすぐにスマートフォンを乱雑にポケットに突っ込むと、原付のキーを手にした。

＊＊＊

「陽菜っ」

拓眞はノックもせずに507号室に駆け込んだ。

今は深夜の零時を回ったところだ。既に病棟の中は消灯され、明かりが点いているのは陽菜の病室だけだった。

陽菜はベッドの中で動けないようだった。

陽菜は拓眞の入室に反応しなかったが、代わりに病室の中にいた晴美が拓眞を振り返った。

「ちょいちょい、お静かに。今、鎮痛剤が効いてきてようやく眠れたところだから」

「あ、すみません……」

拓眞は晴美にたしなめられて謝罪する。

「それで、陽菜は……。転んだだけなんですよね」

「そう。トイレに行こうとしてね。でも、手足をろくに動かせない人間が転んだらどうなると思う？　受け身も取れないし、転倒の衝撃を身体がもろに受けることになる」

「陽菜は……」

「肋骨にひびが入ってしまったみたい。ごめんなさい。私達、看護師の安全配慮義務違反。

院内での怪我なんて訴えられても仕方ないわ」

拓眞は陽菜本人でもないし、彼女の親族でもない。ただの幼馴染だ。その謝罪をどう受けるかは、拓眞の決めることではない。

「肋骨にひび……」

「頭も打ったけど幸いにして脳に異常は見られなかったわ。ただ、凄く痛いと思う。鎮痛剤があってもね」

拓眞は陽菜に歩み寄る。痩せ細った彼女の身体に転倒の衝撃は堪えただろう。拓眞は眠る陽菜の手をそっと握る。

拓眞は陽菜の親の電話を受けてここに来たが、正確に言えば、来いと言われたわけではない。ただ、陽菜の親から陽菜が怪我をしたという連絡を受けただけだ。それでも、拓眞には行く以外の選択肢はなかった。

「栗生くん。取り敢えず、今晩は帰りなさい。深夜にご苦労様。気を付けて」

「はい……」

言われるがまま退室した拓眞は、病院の廊下をトボトボと歩く。

握った陽菜の手は冷たかった。そして、額にはうっすらと汗をかいていた。きっと酷く痛むのだろう。

「おい、栗生」

そこで声を掛けてきたのはやはり尚央だった。

「何だ、お前も夜勤か」

彼は白衣姿で廊下の壁に寄りかかって拓眞を待っていたようだった。

「まあ、そんなところだ」

尚央が何かを放る。缶コーヒーだった。

「サンキュ」

拓眞はそれを受け取ると、缶の蓋を開けて飲む。ちょうど喉が渇いていたところだ。

「今回の事故、看護師の不手際と言えばそれまでだが、桃瀬の身体が弱ってきていることが最大の要因だ」

「ああ」

耳が痛い言葉だった。恐らく、尚央も分かっていて言っているのだろう。拓眞を奮い立たせるために、敢えてきつい物言いをしているのだ。

「昨晩の実験は上手くいったのか」

「いや、駄目だった」

昨晩合成した化合物はカミサマに否定されたばかりだ。

「中間体は合成できたが、あれはシード化合物にはなり得ないらしい」

「『らしい』?」

「カミサマとやらの御言葉だ」

「ふざけているのか。このまま桃瀬がどうなってもいいのか」

「いいわけないだろ!」

拓眞はドンと壁を拳で打ち付ける。それを見て尚央は眼鏡の奥で目を細める。

「もう知ってるかもしれないけどさ、俺、多分、陽菜が好きなんだよ。その陽菜が、傷付いているのを見て平気なわけないだろ」

「ああ、知っている。だから僕は君に頼んだんだからな。その期待には応えてみせろ」

尚央の態度は横柄そのものだ。

「お前、本当に何でそんなにALSにこだわるんだよ」

「言っただろう。彼女のALSの治療薬ができれば難病に苦しむ多くの人を救うことができる。仮説は僕が立てた。まだ誰も立てていない仮説だ。この仮説が証明されれば僕は栄誉を手にすることになる。そのための君だ。言い方は悪いが、利用している、それだけだ」

尚央は冷たく言い放つ。

「本当に、それだけなのか。俺も焦ってるけどさ、何かお前も焦っているように見えるんだよな」

じっと拓眞は尚央の目を見つめる。数秒の沈黙が降りる。先に目を逸らしたのは拓眞だった。

「いや、悪い。協力には感謝しているよ」

「こちらこそ、協力に感謝している」

尚央の瞳は揺るがなかった。

「それで、次の手は？」

当然、決まっているのだろう、とでも言いたげに尚央は尋ねる。

「ああ。タンパク質の立体構造が分かる、とあるソフトを手に入れた。そいつを使って……ほら、このＧＩＦＴってアプリだ」

拓眞はスマートフォンを尚央に見せる。

「ＧＩＦＴ？　聞いたことがないな。どれだ」

「ほら、これだよ」

拓眞はＧＩＦＴのアイコンをタップして見せる。ＧＩＦＴが起動する。

「何をやっている？」

「は？」

「何もないところをタップして『ほら』と言われても僕には意味が分からない」

「いや、そんなわけ……」

確かにアプリケーションは起動している。現に、ＧＩＦＴメニュー画面が表示されている。

「お前、今、スマホに何が見える？」

「何って……ホーム画面が見えるな。待ち受け画像はどこかの夜景だ」

「えっ」

拓眞と尚央とで見えている画面が異なる。

「まさか……見えてないのか」

「どうした栗生。疲れているんじゃないか。おかしいぞ」

カミサマの言葉が思い返される。

『おめでとう、栗生拓眞くん。君はカミサマに選ばれた栄えある人間だ』

「選ばれたのは……俺だけ……？」

尚央にはどうやらＧＩＦＴが見えていないようだ。もしかしたら、ＧＩＦＴには拓眞以外の人間が見えないように視覚情報を遮断する機能があるのかもしれなかった。

「つくづく、神っぽいな」

拓眞は思わず呟いた。

「本当にどうした」

「いや、悪い。何でもない。ただ、ＧＩＦＴは本物だ。きっと、ＳＯＤ１を正しく折りたたむシャペロンを産生するＧＰＣＲの構造も分かるはずだ。ＧＰＣＲ、鍵穴の構造が分かれば、鍵の構造も分かる。そっからは俺の分野だ」

「ああ……」

尚央は拓眞の勢いにやや押されているようだ。

「リガンドが合成できるのなら、それでいい。やってくれ」

「分かった」

拓眞は頷いた。

「俺、帰るわ。コーヒーありがとうな。お前も夜勤、頑張れよ」

拓眞はそう言うと、尚央の前から立ち去っていく。尚央もまた、拓眞とは反対方向に向かって歩いていく。

「君はどう思った？」

尚央は歩きながら、そう言った。尚央の周りには誰もいない。薄暗い闇があるだけだ。

「希望を感じましたわ」

だが、尚央の問いに応じた者がいた。その声は高く、まるで少女が発したもののようだった。

「希望、か……」

「ええ、希望です」

少女の声は闇の中から聞こえてくる。だが、姿は見えない。尚央も気にしないで会話を続ける。

「わたくしがこの世で最も嫌いなものですわ」

＊＊＊

翌日、研究室に九時に着いた拓眞は早速、ＧＩＦＴを起動した。

「何だ、今日は早いな」

武が朝早く訪れた拓眞に驚きの声を上げる。

「ああ」

だが、拓眞はそれを適当に受け流すと、件のＧＰＣＲのアミノ酸配列をＧＩＦＴに入力していく。

「S、M、P、G、G、A……」

アミノ酸の略号をひとつひとつ正確に入力する。ＧＰＣＲのアミノ酸の配列自体は尚央が調べてくれている。問題はそのアミノ酸の紐がどのような立体構造を取るのか分からないことだったが、ＧＩＦＴがあれば、それを算出できる。このＧＰＣＲのアミノ酸は全部で586個ある。ひとつでも間違えたら全く違うタンパク質になってしまう。入力には細心の注意が必要だった。

「何そんな真剣な顔でスマホの画面見てるんだ」

「何でもないよ。気にすんな」

　やはり、武にもＧＩＦＴは見えていないようだった。これも、観察対象を拓眞ひとりに絞るためのカミサマの計らいなのだろう。

「いや、ホーム画面を無心にタップしている奴がいたら突っ込みたくもなるだろ」

　確かに、武にはそう見えているのだろう。何と誤魔化したものかと拓眞が思案していると、武の背後から凜子が声を掛けた。

「横溝先輩、ちょっといいですか。ここの化学反応式についてなんですけど」

　凜子はちらりと拓眞に目配せすると、武に質問をする。どうやら、実験の相談のようだ。

　何にせよ、凜子のお陰で助かった。拓眞は人のいないところでスマートフォンを操作することにした。


　全５８６個のアミノ酸の入力を終えた。なかなか根気のいる作業だった。だが、これでＧＰＣＲの構造が分かる。後は、解析開始と書かれたボタンをタップするだけだ。

「よし……」

　ボタンをタップして数秒、スマートフォンにＧＰＣＲの立体構造が表示された。

「これがSOD1のシャペロン産生にかかわるGPCRの構造……」

見た目はバネのような螺旋構造が幾つも連なった複雑な図形だ。

「αへリックス構造が七つ……GPCRに間違いないな」

GPCRの特徴はバネのような螺旋構造が七つあることだ。表示されたタンパク質はその条件を満たしている。

「これが陽菜を救う鍵穴」

鍵穴の構造が分かれば次は鍵のデザインだ。今までは当てずっぽうで合成せざるを得なかったが、今回は異なる。拓眞は『リガンドデザイン』と書かれた機能に、先程構造解析したGPCRを登録する。結果はすぐに表示された。

「凄い、凄いぞ……GIFT……!」

そこに表示されたのは、ひとつの化合物だった。

「メトキシフェノール基を含むふたつの芳香族環がふたつの不飽和カルボキシル基で繋がれている」

目の前の化合物は見たことがなかったが、そこまで複雑な構造をしているわけではない。

「これなら合成できる……!」

合成経路が次々と拓眞の頭に浮かんでくる。

「いけるぞ、これなら陽菜を救える!」

「本当ですか？　やりましたね！」

　拓眞は不審に思われないよう、無人の分析室に隠れてＧＩＦＴを使用していたが、どうやらたまたま部屋に入ってきてしまったと思しき者がいた。凜子だ。

「おおっ、びっくりした！」

　拓眞は思わずスマートフォンを後ろ手に隠す。凜子は不思議そうな顔をして拓眞を見つめていた。

「あ、驚かせてすみません。でも、それよりも」

「そうなんだよ。これなら陽菜を救えるかもしれないんだ！」

「えっ」

　興奮した拓眞の勢いに凜子はやや押され気味だ。

「リガンドの構造が分かったんだ！　このリガンドを陽菜に投与すれば！」

「え、あ、おめでとうございます！　でもどうやって……？」

　リガンドを見付けることが難しいのは凜子もよく知っていた。それが急にこの変わりようだ。驚きもするだろう。そして、拓眞が悪戦苦闘しているところも見ていた。

「詳しくは言えないけど、とにかく分かったんだよ」

「だ、大丈夫ですか、それ。ちなみにどんな化合物なんですか」

「ああ、今、書くよ」

拓眞はペンを白衣の胸ポケットから取り出すと、手近な紙に判明したリガンドの化学式を書こうとする。

「いや、わざわざ書かなくても、そのスマホに表示された構造を見せてくれればいいんですが」

「えっ、ああ、そうだよな……」

凜子は拓眞がスマートフォンを隠したのを目敏く気付いていたようだ。拓眞は何と言い訳したものかと思案しながらスマートフォンを凜子の前に差し出す。凜子にはきっとスマートフォンのホーム画面しか見えないだろう。

「んんー?」

凜子はしげしげとスマートフォンの画面を見つめる。

「これは……」

「あー、奥柿。これはその」

「クルクミンですね!」

「……は?」

拓眞は耳を疑った。

「クルクミンって……?」

「知らないんですか。ポリフェノールの一種ですよ」

「いや、それよりも、見えてるのか」

「はい？」

凜子は怪訝そうな顔をする。これまでの会話はＧＩＦＴの画面が見えていなければ成り立たない。

「ちょっと待て」

拓眞はＧＩＦＴを中断し、クルクミンをＷｅｂ検索する。結果はすぐに表示された。

「『クルクミンは黄色のポリフェノール色素でウコンなどに含まれる成分としてよく知られている』……？」

ページをスクロールし、化学式を探す。

「これは……同じだ」

ＧＩＦＴに表示されている化合物と全くの同一だった。

「だから言ってるじゃないですか。クルクミンだって」

凜子は頬を膨らませている。

「はは、は……」

思わず拓眞はよろめいた。

「ちょっと、栗生先輩？　大丈夫ですか」

凜子が慌てて拓眞の腕を摑む。

「ずっと探していたリガンドがクルクミン？　まさか、天然に存在しているなんて」

「しっかりしてください。このクルクミンが本当に桃瀬さんを救う薬なんですか」

「ああ、そうみたい」

拓眞は脱力し、近くの椅子に座り込む。

安堵の気持ちと無力感が同時に襲ってくる。ずっと探していた鍵はウコンに含まれるポリフェノール。もうそれが分かっているならば、合成する必要もない。今までの努力は全て無駄だった。だが、それでもいい。陽菜を救えるならば。

「ウコンからクルクミンを抽出して……」

「そんなことしなくても、いいじゃないですか」

「え？」

凜子はくすりと笑った。

「カレーを食べれば全て解決です！」

＊＊＊

「カレーだと？」

いつになく尚央は不機嫌そうだった。それもそうだろう。陽菜を救う手立てがカレーを食すことだと聞かされれば不機嫌にもなるだろう。

「ああ、そうだ。カレーに使われているターメリック――ウコンのことだな。それに含まれるクルクミンが陽菜を救う鍵だ」

「クルクミン。確か、カレーが黄色いのはクルクミンが原因だったな」

ここは、北稜大学病院内の小さな打ち合わせスペースで、話したいことがあると言って押し掛けた拓眞を尚央が通してくれた場所だ。

「このクルクミンはリガンドとしてGPCRに結合し、正常にシャペロンが創られる。そうしたら、SOD1はきちんと折りたたまれ、これ以上、神経細胞を傷付けることもなくなる」

「それがGIFTとやらが出した回答か」

「ああ。俺の出る幕ではなかったよ。クルクミンなら食経験もあるし、安全かどうか調べる必要もない。ただ、カレーを食べればいい。ノーリスクハイリターンだ。GIFTが信用できなくても、試してみる価値はあるだろ」

「しかし、カレーなら彼女がALSになってからも食べただろう」

「陽菜は辛い物が苦手であまりカレーは食べない。それに、薬と一緒だ。摂取し続けなければ効果がないのかもしれない。それに、クルクミンはなかなか吸収されづらいらしい。根気よく、カレーを食べる。一日一カレーだ」

「はあ……」

拓眞の言葉に尚央は頭を抱えてため息をついた。

「やっぱ、信じられないか」

ＡＬＳという難病の治療法がカレーなどとなっては医学界の常識はそれこそ引っくり返るだろう。そして、多くのＡＬＳ患者がカレーを日常的に食べているだろう。今さら、そんなことで治るとは思えない。尚央の考えは容易に想像できた。だが、尚央の答えは意外なものだった。

「いや、桃瀬に毎日カレーを食べさせるのに、どうやって遠藤さんを説得しようか頭を悩ませていたところだよ」

いつの間にか、不機嫌に思えた尚央の様子が変わっている。

「お前、信じてくれるのか」

「カレーを食べさせるだけならお安い御用だ」

「ありがとう！」

拓眞は思わず前のめりになって言った。

「俺、ずっと不安だったんだ。このまま、治療法が見付からずに陽菜がどんどん弱っていくのを見ていることしかできないんじゃないかって。当てずっぽうでリガンドの合成なんてできるわけない。でも、何かしていないと落ち着かなくて」

「栗生……」

「でも、希望が見えた。最初に俺に希望を与えてくれたのは、お前だよ、橘。本当にありがとう！」

「僕は何もしていない。感謝されるのもお門違いだ」

尚央は眼鏡の位置を人差し指で直す。

「ここからだろう。栗生」

「ああ……！」

こうして陽菜にカレーを食べさせる算段を付けたところで、拓眞は研究室に戻っていった。

尚央は、拓眞を見送ってから、院内へと戻る。白衣の裾をはためかせ、歩いていく。

そんな尚央の耳にくすくす、という笑い声が聞こえてきた。

「『本当にありがとう！』ですって」

くすくす。くすくす。耳をねっとりと舐められるような笑い声だ。

「笑ってしまいますわね」

少女の声だ。

「僕はきちんと感謝の対象であることを否定した」

「カレーなんて……希望が絶望に塗り替わる……。ああ、楽しみですわ」

少女の恍惚とした声だけが響いた。

＊＊＊

その夜、再び病院を訪ねた拓眞は陽菜の病室で夕飯を共にしていた。

「これは、何かな……？」

陽菜が小首を傾げて拓眞を見上げる。

「特濃カレー極甘口飲みきりサイズだ」

「カレーは飲み物、かな……？」

早速、スーパーでカレーを仕入れた拓眞は、陽菜の前にドンとそれを置いた。ストロー付きの紙パックでいかにもな見た目をしている。

「好きだろ、ゲテモノ？」

「私にもインド人にも失礼だよ」

「いいか、これは治療なんだ。陽菜の身体を治す可能性がある食品成分としてクルクミンが候補に挙がった。故に、お前は毎晩これを飲む！　陽菜用の辛くないカレーだ」

「確かに、クルクミンは抗菌作用に加え、抗癌（がん）作用、抗酸化作用と生薬の王者みたいなものだけど、さすがにALSには効かないんじゃ……」

陽菜は農学部で食品化学を専攻しているだけあり、クルクミンについては知っていたようだ。

「そう言うと思ってな、今回は特別ゲストを用意してある。俺の言葉より医者の言葉だ。橘さん、どうぞ」

そう言って拓眞は隣に立つ尚央に拍手する。

「さっきからそこにいたよね？」

「橘尚央、医学部生だ」

「何で自己紹介？　知ってるよ？」

「ALS、クルクミン、効く。これ、確か。カレー、食え」

「何で片言なの？」

陽菜はため息をついた。

「ふたりともありがとう。でも、カレーなんかで良くならないよ」

陽菜は胸に手を当てた。入院着の下はひびの入った肋骨を治すためにバストバンドが巻かれているのだろう。そんな陽菜の様子は痛々しく、弱っているようだった。

「そんなのやってみなきゃ」

「分かるよ。私の身体はどんどん弱くなっていっている。この前、トイレに行くために車椅子に乗ろうとして転んで痛感した。もう、私の身体が私のものじゃないみたいだった。そうやって私のものじゃないものがどんどん増えていって、ついには私がいなくなっちゃうの。

「……怖いの」

陽菜は肩を震わせて俯いている。

「陽菜……」

「その恐怖がふたりには分かるかな」

「それは……」

それは陽菜が入院後、初めて見せた怒りだったのかもしれない。

「あんまり、私の身体で遊ばないでほしいな」

遊び。拓眞と尚央がやって来たことは遊び。決してそんなつもりはなかった。昼夜を問わず努力して、寝食を削って打ち込んできた。

「桃瀬、その言い方は……」

「待て、橘」

拓眞は反論しようとした尚央を遮った。

「陽菜の恐怖は分からない。ごめん。手足が動かない苦しみも、肋骨の痛みも、何も分からない。代わってあげることもできない」

「ううん、気にしないで。私は別にふたりに」

「でも、怖いよ」

拓眞はしっかりと陽菜の目を覗き込む。それは精巧なガラス細工のように澄んでいた。

「えっ」

陽菜は聞き返す。

「怖い。俺は怖い。大事な陽菜がいなくなってしまうのが、何よりも怖い。陽菜の恐怖とは比べ物にならないし種類も違うかもしれないけど、怖いんだ」

拓眞の視線に陽菜はたじろぐ。

「陽菜の恐怖は分からないけど、陽菜が怖がっていることは俺にも分かる。でも、俺の恐怖も信じて欲しい。陽菜、俺達は冗談でカレーを飲めって言ってるんじゃない。本気なんだ。俺は恐怖を払拭したくて頑張って来たんだ」

最後の方は声が詰まって上手く言えなかった。だが、陽菜は最後まできちんと拓眞の言葉に耳を傾けていた。

「分かった。信じるよ。そして、にこりと微笑んだ。

「分かった。信じるよ。私のことを大事に思ってくれるたっくんの恐怖。それと、ありがとう」

陽菜はそう言うと、カレーの紙パックを手に取った。ストローを差し込み、それを口に咥える。そして一思いにカレーを吸い上げた。

「んむ……意外に美味しい」

陽菜がストローを咥えたまま感想を述べる。

「ひとまず一週間だ。毎日、そのカレーを飲むことで、だいたい5ミリグラムのクルクミンの摂取が期待できる。遠藤さんには言ってあるから、何とか続けて欲しい」

尚央の言葉に陽菜が頷いた。

「ありがとう、尚央くん」

「いや」

尚央は眼鏡の位置を直すと、踵を返して歩き出した。

「あれ、もう行っちゃうの」

陽菜は少し寂しそうだ。

「役目は果たした」

「特別ゲスト？　今度は普通に来てね」

「……また来る」

尚央はそう言って病室を後にした。

「多分、あれは照れてるな」

拓眞は分析する。陽菜ほどの美人に礼を言われて照れない男子はいないというのが拓眞の持論だ。

「そういや、いつから橘のこと名前呼びしてたっけ」

「んー、最近、かなあ。病院でよく会うから」

「そっか」

拓眞は納得すると、陽菜の側の椅子に腰掛ける。

「ふふん、それにしても、たっくんがそんなに私のことで怖がってたなんて知らなかったなあ」

陽菜は嬉しそうだ。

「なっ、バカやめろ、恥ずいだろ」

「やめないよーだ。だって、嬉しかったもん」

陽菜は悪戯っぽく笑う。彼女が笑う度にふわふわの髪が揺れる。

「そっかあ。たっくんは私がいなくなると怖いのかー」

拓眞は俯いたまま言った。

「怖いよ」

「そっか」

その時、拓眞の頭に陽菜の手が触れた。震えて、ぎこちなくしか動かない手だ。

「でも大丈夫だよ。よしよし」

拓眞の頭を撫でる陽菜。

「たっくんが頑張ってくれたから、ね」

その言葉は拓眞の胸を打った。

「俺……頑張ったよ……」

小さな声で言ったからきっと陽菜には聞こえなかっただろう。拓眞は目を閉じた。今は頭の上の小さな手に身を委ねていたい。

＊＊＊

それから陽菜は毎日カレーを食べ続けた。時に、クルクミンを配合したサプリメントを飲むことで、積極的に摂取した。

そんなある日のことだった。

拓眞はいつものように夕飯を陽菜と一緒に食べるために病室に立ち寄っていた。

「最近ね、腕や足がいつもより動かせる気がするの」

「おお、それは良かったな！」

「うん、本当にカレーが効いたみたい」

陽菜はとても嬉しいようで上機嫌だ。

「見て」

陽菜はゆっくりとだが腕を上げ、ベッドの手すりに摑まると、身体を起こした。そして、足をベッドから降ろし、車椅子に乗る体勢を作る。ここまでは今までもできていた。だが、先日、車椅子に乗ろうとして失敗したため、彼女がひとりで車椅子に乗ることは禁止されている。

「お、おい……無理するなって」

拓眞は慌てて止めようとするが、陽菜に「大丈夫だから見てて」と言われ、いつでも支えられるような姿勢を取りながら様子を見ることにする。

そして、陽菜の足が地面に着き、ベッドから手を離した時、彼女は立った。

「え……」

拓眞は呆気に取られて陽菜を見た。

数ヶ月ぶりの陽菜の立ち上がった姿だった。

腰の辺りまで伸びたふわふわの髪が、さらさらと揺れる。

「陽菜……」

「あっ」

その直後、陽菜はバランスを崩し、拓眞は慌てて倒れる陽菜の身体を抱きかかえた。小さな身体が小刻みに震えているのが分かる。相当無理をしたのだろう。

「陽菜、すごいよ。すごい！」

「私、立てた……！　また、立てたよ！」

陽菜は必死で拓眞の背に手を回す。力はほとんど出ていないが、確かに拓眞の身体を腕で抱いている。

「今ならいけるんじゃないかと思って。最初に立ったところを見てもらうのはたっくんにしようって前から決めていたの」

陽菜が潤んだ瞳で見上げてくる。

「うん、うん……良かった。ありがとうな」

拓眞もまた、目が潤むのを止められなかった。

拓眞はゆっくりと陽菜の身体をベッドに戻す。陽菜の身体はとても軽くて、立っているのがやっとだったろう。

「これからリハビリだな」

「うん。でも、頑張れる気がする。たっくんが私に希望をくれた」

「橘にも感謝しなくちゃな」

「そうだね、尚央くんにも伝えなきゃ。ふたりとも、私のためにすっごく頑張ってくれたんだよね。私、感謝してもしきれないよ」

「橘はともかく、俺のことは気にしなくていいさ」

「だって幼馴染だから？」

「ああ……そうだな」

「本当にそれだけ、なのかな？　普通、兄弟でもここまでしてもらえないよ」

「……」

陽菜は特に深い意味はなく尋ねたのだろうが、拓眞にとってその質問は大きな意味があった。拓眞は逡巡する。何と答えたものか。想いを伝えるのか。想いを伝えたらどうなるのか。

だが、いつまでも保留にしておくことはできない。陽菜がどこかに行ってしまう前に、伝えなければならないと拓眞は決心した。

「なあ、あのさ。陽菜が立てたら俺に真っ先に見せようとしてくれたみたいに、俺も陽菜が完治したら伝えたいことがあるんだ」

「うんうん、何かな」

陽菜はにこにこと笑いながら尋ねる。彼女が拓眞の話を聞こうと首を傾けてこちらを見上げてくれるのが心地よい。

「まだ完治してないだろ。リハビリが終わってからだ」

拓眞の言葉に陽菜は頷いた。

「分かった。待っててね。すぐに元気になるから」

陽菜の微笑みに胸が締め付けられる。拓眞は改めて陽菜に対する恋心を自覚した。赤面した顔を見られたくなくて拓眞は思わずこう言った。

「じゃ、じゃあ、俺、今日は帰るな！　頑張ってな」

拓眞は手早く荷物をまとめると、慌ただしく、病室から退室していく。拓眞が動いたことで空気が揺れる。拓眞が開けた扉を通して廊下からひんやりとした風が病室へと流れ込んできた。もう八月も終わりだ。短い秋を駆け抜ければ、そこはすぐに冬だ。

ひとり残された陽菜はこう呟いた。

「うん、待っててね……」

その顔に笑みはなかった。

「それで終わりにしよう」

それは冷たく乾いた声だった。

＊＊＊

二ヶ月後、時は移ろい、季節は秋へと変わった。秋といっても、東北の十月はこれから訪れる本格的な冬の前の準備期間のようなものだ。長い冬に備えるための刹那。今朝の気温も14度と低く、拓眞は自宅の窓を開けた際、思わず身を縮こまらせた。息を空中に吐き出してみる。まだ白くはならない。

雨が降りそうだった。雲はどんよりと重く、鉛色の煙みたいで、その後ろに暖かい太陽があるなどとは信じられなかった。けれど心配はいらない。拓眞は常に折りたたみ傘を持ち歩いている。陽菜の習慣を真似したのだ。

今日は陽菜の退院の日だった。あれから陽菜はリハビリに励み、入院生活で失われた筋力を徐々に取り戻していった。その間もカレー生活は続け、彼女の四肢は意思通りに動くようになっていった。

彼女の主治医は信じられないといった様子だった。カレーの話をしても頭を横に振るだけだ。それどころか、彼女を検体として調べたいようで、数々の検査を提案されたが、全て拓眞や陽菜の両親は断った。せっかく彼女が自由を手に入れようとしているのに、それを邪魔するのは許せない。最終的に主治医は陽菜の病はALSではなく、別の何かであったとするつもりらしい。その辺りのことは拓眞にはどうでも良かった。

陽菜は朝一番の退院と聞いている。今日は埼玉から陽菜の両親も会いに来るらしい。およそ半年振りに陽菜は自身の足で大地を踏みしめることになる。きっと両親は泣いて喜ぶだろう。今からでも目に浮かぶ光景だ。

陽菜の両親からSNSのメッセージが入っていた。たった今、仙台駅に新幹線が到着したらしい。どこかで昼食でも一緒にどうかとの誘いだった。もちろん、退院した陽菜も一緒だ。陽菜の両親はたいそう拓眞に感謝しているようだった。

「早めに行っておくか」

晩翠通りから北稜大学病院へは徒歩で十五分ほどの距離だ。拓眞は久し振りに徒歩で移動することにした。北四番丁通りは多くの人と車が行き交っていた。いつも通りの日常だ。だが、拓眞の心境はいつも通りとは言えなかった。何と言っても今日は約束の日だ。陽菜が立ったあの日に交わした約束。リハビリを終えたら、伝えるという約束。それは、告白の言葉だった。今までずっと抱えながら、閉じ込めてきた言葉。ずっとずるずると引き摺ってきたが、決して欠けたり汚れたりしていないことには自信があった。その宝石のような告白を今日、陽菜に渡すのだ。

陽菜は喜んでくれるだろうか。

もしかしたら、陽菜はずっと前から拓眞がその宝石を持っていることを知っていたかもしれない。それでも待っていたのかもしれない。

「俺、頑張ったよな……。ずっと陽菜のために頑張ってきたし、陽菜も俺のこと頼りにしているし」

今までの頑張りを打算とは認めたくなかった。純粋な気持ちで拓眞は今まで頑張ってきたつもりだ。

「断られたらどうしよう……」

だが、その不安はどうしても付きまとう。

「でも、陽菜も俺にだけは心を開いてくれているし、そんなの好きじゃなきゃできないよな」

小さい頃から陽菜の色々な姿を見てきた。中には拓眞にしか見せなかった姿もあっただろう。陽菜は他に見せない可愛らしい面がたくさんある。拓眞だけが知っている大切な思い出だ。

「大丈夫。大丈夫だ」

胸が高鳴る。そうだ、もっと先のことを考えよう。

「付き合ったら何をしよう。そうだ、旅行に行かなきゃな。陽菜にエイリアンを食べさせる約束だった」

思いを巡らせるだけで、期待に胸が躍る。

陽菜は喜んでくれるだろうか。

拓眞の思いはそれだけだった。陽菜が喜んでくれるかどうか。彼女が幸せかどうか。

気付けば、病院の前に辿り着いていた。

いつものように受付で面会の申し込みをする。

「おめでとう、栗生くん。本当に良かったわね」

受付のスタッフは笑顔で拓眞を通してくれる。

そう。本当に良かった。

拓眞は改めてスマートフォンの中に入ったＧＩＦＴのことを考える。あれ以降、カミサマはコンタクトを取ってきていない。拓眞もまた、ＧＩＦＴを使うことはなかった。それよりも、どうやって研究をまとめたものか思案していた。修士論文にＧＩＦＴのことを書くわけにはいかないからだ。

ただ、何にせよ、カミサマのお陰で拓眞も陽菜も救われた。恐らく、尚央もだ。感謝を伝えたいが、カミサマへの連絡の取り方を拓眞は知らない。観察とやらがどうなったのかも分からない。

エレベーターに乗り込む。エレベーターは車椅子の老人と付き添いの看護師と一緒だった。朝の散歩が終わったのだろうか。老人の顔は無表情で口を半開きにしている。何の病気で入院しているのかは分からないが、ＧＩＦＴがあれば何かできるだろうか、と拓眞は考えた。老人達は三階で降りていった。

拓眞はエレベーターを五階で降りると、ナースステーションの晴美に挨拶する。

「あら、退院前の最後の面会かしら」

「ええ。お世話になりました」

「昨今の若者は礼儀正しいわね。それにしても、何だかおひな様の保護者みたいね」

「いや、俺は別に……」

「最後だから言うけど、栗生くんそれでいいの？」

晴美の言葉に拓眞は苦笑した。笑みを見せた拓眞を怪訝に思ったのか、晴美が眉を吊り上げる。

「最後だから決めてきます」

拓眞の回答に、晴美は「ああ、なるほど」と頷くと、破顔した。

「じゃ、頑張ってきなさいよ。せいぜい骨は拾ってあげるわ」

「何で玉砕前提なんですか」

「冗談冗談。大丈夫でしょ。おひな様に栗生くんの愛の献身は伝わっていると思うし、彼女もそれを受け入れていた。だから、ドン、と胸張って行ってきなさい」

「はい！　遠藤さんも頑張ってください！」

「うるせえ、上から目線で物言ってんじゃねえぞ」

「白衣のナース口悪過ぎ」

晴美に追い立てられるようにして拓眞は陽菜の病室へと向かう。５０７号室。もう何度訪ねたか分からない病室だ。この中の空気はいつも重くて拓眞はどうも好きになれなかった。だが、それも今日で終わりだ。

扉の前で深呼吸すると、拓眞は扉をノックした。返事はすぐに聞こえてきた。拓眞は扉をゆっくり開けると中に入った。すると、そこには、尚央に支えられて立ち上がる陽菜の姿があった。

「おはよう、たっくん」

陽菜は拓眞の名を呼ぶ。

「何だ、橘もいたのか」

「何だとは何だ。僕だって功労者だ。いてもいいだろう」

「はは、もちろんだよ」

出鼻を挫かれたのは事実だが、拓眞は笑って受け流す。だが、尚央は拓眞の様子から何かを察したようで、「ふむ」と顎に手を当てると、陽菜から手を離し、病室から出て行こうとする。

「もう行っちゃうのか」

「何だ、今度は引き留めるのか」

「別にそういうわけじゃないけど」

「なに、邪魔をしないようにと思って急用を思い出したところだ」

「お前……」

尚央は得意げに笑うと、眼鏡を直して病室を出て行った。白衣の裾が廊下に消えていく。

拓眞は気を取り直して陽菜を振り返る。陽菜は支え無しでもしっかりと自分の足で直立していた。リハビリしているところを見たことがあるため、驚いたわけではなかったが、それでも感慨深いものがあった。

「退院おめでとう、陽菜」

「うん、ありがとう」

陽菜は少し涙ぐんでいた。それもそのはずだ。彼女は絶望していたのだ。難病として知られるＡＬＳにかかり、徐々に失われていく身体機能。だが、その暗澹たる未来にも希望の光が差し込んだ。

「それじゃあ、聞かせて。私に伝えたいことがあるんだよね」

まさか、陽菜の方から催促されるとは思わなかった。拓眞はごくりと唾を飲み込み、頷いた。

ざわざわと外で風が吹いている。雲が生き物みたいに形を変えていく。

拓眞は一歩前に出て、陽菜に近付く。頭ひとつ分の身長差があるため、陽菜は拓眞を見上げ、拓眞は陽菜を見下ろす格好になる。

「陽菜……」

「うん」

言うしかない。思いのたけをぶつけるのだ。

「俺、陽菜が好きだ。いつから、とかは分からない。でも、気付いたら好きだった。ずっとずっと好きだった」

告白の言葉を考えてきたはずだった。格好をつけるはずだった。だが、そんなものは全て吹き飛んでしまった。何を話しているのか自分でも分からない。頭の中が真っ白になった。

「今までいくらでも伝える機会はあったのに告白できなかった。それで陽菜が病気になってずっと告白できないでいた。もやもやとした気持ちをずっと抱えたまま、焦って空回りしてた」

陽菜は黙って拓眞の言葉を聞いている。

「でも、こうして陽菜の病気は治って、またこうして楽しくやっていけるんだって思った時、俺はこのままでいいのかなって考えたんだ。俺達、ずっと幼馴染としてやって来たけど、その関係性を更新したいなって思えたんだ」

拓眞はそっと手を陽菜に差し出す。

「改めて、おめでとう。また立てて良かった」

陽菜はその手を見つめる。この手を取れば、陽菜はおひな様であることをやめることになる。

「それで、もし良かったらなんだけど、俺の隣で恋人として一緒に立って欲しいんだ。陽菜のことが好きだ。俺と付き合ってほしい」

沈黙が降りる。

この沈黙が果たして何秒だったのか、拓眞には分からなかった。ほんの一秒に過ぎなかったかもしれないし、何十秒も経ったのかもしれない。それでも、言いたいことは言えたという気がしていた。

陽菜の目から一粒の涙が零れた。

「陽菜……」

一粒の涙が、やがていくつもの涙に変わっていく。

どうして泣いているのか、拓眞には分からなかった。だから、戸惑った。

雨が降り始めた。どうやら本降りの雨になるようだ。退院の日にしては幸先が悪いが、こういうこともあるだろう。そんなことよりも陽菜が次に発する言葉が拓眞には待ち遠しかった。

陽菜は涙を自由に動くようになった手で拭うと、こう言った。

「ごめんなさい」

その言葉はちょうど雨粒が窓を叩いたのと同時に発せられた。

「あ……」

陽菜が拓眞の手を握り返すことはなかった。

「どうして……」

その言葉がつい口から出た。

あれだけ頑張ってきたのに。陽菜を救ったのは自分なのに。昔から陽菜のことを知っている。誰よりも自分が特別なはずだったのに。

「ごめんね、たっくん。私、尚央くんと付き合っているの。だから、たっくんの想いには応えてあげられない」

陽菜は俯きながらも、はっきりとそう言った。まるで、最初からその言葉を今日この時、伝えることを決めていたかのように。

「え……橘……？」

尚央は先程、退出していった。だが、拓眞が来る前に尚央は陽菜と会っていた。立ち上がるのを助けていた。確かに親しげには見えた。だが、それは医者と患者の関係だと思っていた。

「私、尚央くんが好きなの」

陽菜はそう言うと、荷物を置いて病室を駆け出していった。つい二ヶ月前まで車椅子生活を送っていたとは思えないほどの足取りだった。恐らく、尚央に会いに行ったのだろうな、と何となく拓眞は考えていた。

飾られた見舞いの花から、花弁が一片(ひとひら)落ちる。

第三話　シャペロン

彼女の軌跡を全て知った気でいた。軌跡とはいわば一本の紐のようなものだ。過去に経験したありとあらゆることがその紐を複雑に色分けし、ひとりひとりに異なった軌跡を描き出す。それが絡まってひとつの塊になったものを人は人生と呼ぶのだろう。人生はその人が今まで経験したことによって大きく形を変える。だが、その形はその軌跡によって一意的に決まる。

ひとつの軌跡にひとつの人生。

それはタンパク質の構造と同じだな、と拓眞は何となく思っていた。タンパク質はアミノ酸が連なってできた構造物だ。アミノ酸の配列でタンパク質の構造はひとつに定まる。ひとつの紐にひとつの帰結。アンフィンセンのドグマ。タンパク質も人生も同じだ。

要するに、陽菜の人生に橘尚央という要素が入ったことで、彼女の人生は形を変えたのだ。そう、尚央と結ばれるという形に。

ちで。

「どうして俺、フラれたんだ」

空虚なその言葉を受け止めた者がいた。

「ええっと。僕にも分からないなあ」

「うわっ。お前、どこから」

いつの間にか、カミサマが病室の中にいた。深夜の研究室で見たのとまったく同じ出で立ちで。

「分からない」と言いつつも、にこにこと微笑みを浮かべて小首を傾げている少年に、拓眞は思わず本当に殴り掛かりそうになった。だが、大人が子供に殴り掛かったら大問題だ。辛うじて残った理性で拓眞は思い留まると、少年の見た目をした者に食って掛かる。

「お前、カミサマだろ。何でも分かるんじゃないのか」

少年は柔和な笑みを崩すことなく、拓眞を窘める。

「僕は全知全能ではないよ。それに、言ったはずだよ。僕はシャペロンだと」

「シャペロン？　タンパク質を正しく折りたたむタンパク質のことか」

「シャペロンの語源は介添人。西洋の貴族社会において社交界に初めてデビューする女性に付き添う女性を意味している。要は、手助けはしても、望んだ結果を引き寄せるのは君自身の役目だ」

望んだ結果。それは陽菜の病の完治、並びに、拓眞の恋の成就。

「そんなこと言われても、どうしたらいいんだよ」

「別に無駄だったわけじゃないでしょう。現に彼女は元気を取り戻し、好きな人と一緒になった。めでたしめでたしじゃないか」

カミサマと名乗る少年は座り込んだ拓眞の正面に立ち、そう言った。

「ああ、そうだよ！　無駄なんかじゃなかった。でも、『それでいい』って納得できるほど俺はできた人間じゃないんだ」

拓眞の頬を涙が伝った。それはぽとりと地面に落ち、跳ね散った。

「なら、続ければいいじゃない。そのための力はあげたでしょう」

カミサマはそう言った。

「だから、どうやってさ。これ以上やったら彼女の気持ちは……」

「じゃあ、ひとつだけ教えてあげる」

雨音が激しくなる。風も強い。もしかしたら、雷が鳴るかもしれない。

「シャペロンは僕だけじゃない。今回の件、他のシャペロンが関わってる」

カミサマの声は小さく、雨音にかき消されそうだった。

「えっ」

耳を疑った。思わず拓眞は顔を上げた。

「それってどういう意味……」

それ以上の言葉をカミサマは紡がせなかった。微笑みを浮かべたまま、拓眞の唇に人差し指を押し当てると、もう一方の人差し指を自らの唇の前に立てる。

「これ以上は言えないよ」

どうして、という言葉を拓眞は飲み込まざるを得なかった。

「自分で確かめるんだ」

カミサマは言った。

「運命は時に残酷だ。君達人間を苦しめ、翻弄する。でも、そんな逆境の運命に自ら抗うからこそ、人間は前に進める。だからこそ、神というものは人間が好きなんだ」

カミサマは拓眞を背に歩き出す。

「醜く足掻くからこそ人間は美しい。その様を、可能性を僕に見せてよ」

カミサマは病室の扉を開け、外に出て行く。

「ちょ、ちょっと待てって」

拓眞は慌てて立ち上がり、カミサマが出て行った扉の外に出る。だが、辺りを見回してもカミサマの姿はなかった。まるで煙のように消えてしまった。

拓眞は大人しく病室へと戻る。

そして、そのまま荷物をまとめると、再び扉の外に出る。

「陽菜……俺は……」

拓眞が立ち去り、無人となった病室はまるで見送るように扉を閉じた。

＊＊＊

拓眞はとぼとぼと歩き、気付けば自宅の前に辿り着いていた。昼前に帰ってくるのは最近では久し振りだ。ここのところずっと忙しく、家は寝るための場所だった。玄関の扉を開ければ、乱れた室内が見通せた。うっすらと埃の積もった床の上には、ゴミやら服やらが散乱している。拓眞は靴を脱いで部屋に上がると、ベッドにごろりと横になった。

考えるのはどうしても陽菜のことだ。陽菜は尚央が好き。その事実がゆっくりと脳内に浸透していく。正直信じられなかった。陽菜と最も仲が良かったのは自分だ。陽菜が最も信用していたのも拓眞だろう。彼女が素を見せるのも拓眞だけだ。拓眞は特別だった。だが、ただ特別なだけではない。彼女の病を治すために奔走し、カミサマと出会い、クルクミンを見出した。

「あれ、でも俺、結局、有機合成の技術なんて使わなかったな」

拓眞が実質したことといえば、カミサマから授かったＧＩＦＴを操作し、凜子の助言を受け、尚央と晴美の協力を受けて陽菜にカレーを食べさせただけだ。

「俺が今まで頑張ってきたことって……」

ただ、陽菜の特別という立場に胡坐をかいていただけではなかっただろうか。陽菜の特別が変わらないと思い込んで。

「かっこ悪……」

拓眞は枕に顔を埋めた。そのまま いつしか眠っていた。


数時間後、拓眞は身体の重さで目を覚ました。ずっしりとした何かが身体の上に乗っかっているかのようだ。連日の無理が祟って身体を壊したのかもしれない。拓眞は呼吸しやすい体勢に移行しようと、寝返りを打った。

「あう」

自分の身体の上から声がした。

「は?」

思わず飛び起きると、拓眞の身体の上から何かが転げ落ちた。それはベッドの上にぼふりと倒れると、呻きながら身を起こした。

「いたたた、わたくしがいるのに急に身体を動かすなんて何を考えているのかしら」

それは少女だった。長い金髪の小学生くらいの女の子。どうやら外国人のようで、少し日本人とは異なった彫りの深い顔立ちをしている。服装はどこかのお嬢様のようで、ゴシック調の黒いドレスだった。

「え、誰！　子供⁉」

拓眞は混乱して思わずベッドから転がり落ちる。拓眞の脳裏に児童誘拐という不穏な単語が浮かぶ。

「どっから入った？」

「どこって……普通に玄関からですわ。鍵は閉まっていませんでしたわ」

少女は乱れた服と髪を整えている。どうやら、目の前の少女は寝ている拓眞の上に座っていたらしい。

「え、いや、普通に入っちゃ駄目だろ。出てけ！」

「せっかく気を利かせてお前が起きるのを待っていてあげたというのに酷い言い草ですわ」

「俺の上に乗ってただろ！」

「この清潔感の欠片もない足の踏み場もない部屋のどこに待てる場所があると？」

「少なくとも俺の上じゃねえ」

「叫びますわよ」

「それはやめろ」

少女の恐ろしい脅しに拓眞は屈した。このままでは一気に犯罪者扱いだ。

「で、誰なんだお前は」

「ふ、よくぞ聞いてくれましたわ。わたくしは誰もが畏怖する幻想世界の王——マオウですわ！」

「……」

少女が何を言っているのか、拓眞には分からなかった。分からなかったが、同じような雰囲気を感じたので尋ねてみる。

「お前、友達にカミサマっている？」

「あんなやつ友達なわけないですわ！」

「そっか知り合いかあ」

「一括りにしないでくださいまし！　カミサマは敵、にっくき敵ですわよ！」

マオウと名乗った少女はまるで威嚇する猫のように毛を逆立てている。

「でも、もしやと思って来てみましたが、やはりお前、カミサマに選ばれた者でしたのね」

マオウは拓眞のベッドの上にちょこんと座りながら腕組みをする。

「ああ、どうやらそうらしい」

「納得ですわ。道理でわたくしのマンドラゴラの根の解毒ができたわけですわ」

「マンドラゴラ？」

「幻想世界の魔法植物ですわ。抜くのに一手間かかりますが、マンドラゴラの根は媚薬として非常に効果が高い呪いのアイテムですわ」

「媚薬？」

「異性に使えばその者を虜にすることができますわ。ただし、欠点がひとつだけ」

「……？」

「使った相手を死の病に陥れてしまうことですわ」

マオウは得意げに笑った。

「駄目じゃん。死んじまったら意味ないだろ」

「そう思うと思いますわ。正常ならば。でも、人間は愚かですわ。相手が苦しむと分かっていても、相手を手に入れたい時、手段を選ばない者も多いのですわ。マンドラゴラの根は引き抜かれる時に叫び、その叫び声を聞いた者は死にます。それゆえ、幻想世界では高値で売買されておりますわ。それでも、需要は衰えることを知らない。まさしく、禁断のアイテムなのですわ」

マオウの言葉に拓眞は首を傾げた。

「さっきから何の話をしているんだ。ゲームか？」

「わたくしの故郷の話ですわ！」

どうやらマオウは短気らしい。

「わたくしの故郷の名は幻想世界。魔法や呪いが実在する、この世とは大きく異なる別次元の世界なんですの。わたくしはその世界でマオウとして君臨しているのですわ。崇めなさい、人間よ」

そうは言われても見た目は子供だ。拓眞は頭を抱える。カミサマも不思議な力を使っていたが、まだ理解が及ぶ範囲だった。だが、目の前の少女の言うことはまさしくファンタジーだ。

「その幻想世界ってのは何なんだ」

「幻想世界は、言ってみればこの世界とは鏡映しのようなものですわ。この世界は科学技術が発達しているようですが、幻想世界は科学の代わりに魔法が発達していますの」

「魔法……？　ゲームであるような炎の魔法とかを出すやつか」

「そういうのもありますわね。明かり、食べ物、水……人々の生活は全て魔法をもとに成り立っていますわ。この世界にはいない魔法生物……ほら、ドラゴンとかもいましてよ」

「ドラゴン？　こっちじゃ架空の生き物だけれど」

「恐らく幻想世界の情報が一部伝わった結果、そういう伝説が生まれたのでしょうね。ふふ、何にせよこの世界よりも素晴らしい世界ですわ」

マオウは鼻高々に幻想世界について語っている。マオウということは、その幻想世界の一部を支配している存在なのだろう。自身の治める地を自慢したかったのだろうか。

「それで、そのマオウ様は一体全体何が目的なんだ」

「決まっていますわ」

ふふん、とマオウは笑う。

「この世界の人類を滅ぼし、征服することですわ」

まったく迫力がないが、とんでもないことを言っている気がする。

「幻想世界とこの世界は別次元に存在しますわ。でも、次元転移の術を使えばこうして行き来することが可能ですわ。マオウ軍を送り込んで徐々に侵攻を進めても良かったのですが、邪魔が入りましたわ」

「邪魔？」

「カミサマですわ。奴はこの世界を統べる神の一派。にっくき敵！」

どうやら拓眞の知らないところで世界は危機に瀕し、そしてカミサマに救われたらしい。

「弱いものは淘汰される。その不変の原則を奴は踏みにじったのですわ！」

「無茶苦茶な……秩序ってもんはないのか」

「ありませんわ。混沌こそ進化の礎。現状維持に甘んじるなんて愚の骨頂ですわ」

「カミサマに同情するよ」

「あら、そんな悠長に構えている場合ではなくてよ。カミサマもまた、弱肉強食、淘汰の摂理を重んじるものですわ。現に奴は今、人類の次の進化の形を模索しているのではなくて？」

そういえば、確かにそんなことを言っていた気がする。

「今の愚かな人類が滅び、代わりにマオウ軍が地球を支配する。素晴らしい進化の形ですわ。ただ、カミサマは人間に生き延びるチャンスを与えただけですわ」

「どういう意味だ」

「カミサマは人類に選択の機会を与えただけですわ。人類が愚かなら、マオウ軍に滅ぼさせる。人類に可能性があるなら、生き残らせる」

「あいつ、そんなこと何も……」

「ふふふ、言うわけないですわ。だって、何の情報もないまま人類がどう行動するのかを見たいのですから」

戦争に環境破壊、差別に偏見。人類の罪を挙げたらキリがないだろう。それら全てをカミサマは観察しているのだろうか。だとしたらカミサマの出す答えは自ずと決まってくるような気もする。

「それで結局、お前は何がしたいんだ」

「わたくしはカミサマとひとつ賭けをすることにしたのですわ。お題は単純。人類が愚かであることをわたくしが示せればわたくしの勝ち」

「人類は十分愚かだと思うけど」

「わたくしもそう思いますわ。でも、そこは進化の余地が残されている、とカミサマは考えているようですわね」

「進化の余地……」

それはＧＩＦＴのことを指しているのだろうか。人類の脳がより進化すれば、人類はカミサマの望むような存在になれるのだろうか。

「これはいわばカミサマとわたくしとのゲームですわ。お前達、人間はその駒でしかありませんわ」

酷い言い草だ。

「あのなあ、人間だって銃やミサイルを持っている。お前達の訳の分からない力になんて屈しないぞ」

「あんな鉄の塊、わたくし達の魔法に比べたらただの玩具ですわ」

マオウは鼻で笑う。

「本気で言ってんのか」

「手始めにこの国の原発に向けて沖縄に駐屯している米軍の全兵器を仕向けましょうか。次いで核兵器とやらを世界中に発射する。自らの科学力に溺れるがいいですわ」

「……」

マオウはくすくすと笑う。あどけなさの残る笑いだ。だが、拓眞は口を噤んだ。この少女は本気だ。

「カミサマとのゲームの話に戻しましょう。わたくしはとある魔法アイテムを、とある男に授けましたわ」

「魔法アイテム……」

「さっき言ったマンドラゴラの根、ですわ」

呪いのアイテム、マンドラゴラの根。強力な媚薬だが、同時に使った相手を病気にする。

「まさか……」

この状況は拓眞の身の回りに起きている事件と酷似している。陽菜はＡＬＳを患い、それと同時に尚央に惚れている。陽菜は以前、尚央のことはタイプではないと言っていた。なのに、今は尚央と付き合っているという。

「お前がマンドラゴラの根を渡したのって、橘か！」

マオウの話が事実ならば、今の状況に符合する。

「ご明察ですわ。わたくしは橘尚央のシャペロンでしたわ。わたくしは彼にマンドラゴラの根を渡し、彼はそれを使って姫を落とした。それでわたくしは人間の愚かさをカミサマに見せつけてやるはずだった。愛する者を苦しませてでも手に入れる。矛盾した歪んだ愛ですわ。……なのに、彼はあろうことかマンドラゴラの根の呪いを解くアイテムを探し出したのですわ」

そのアイテムこそがクルクミン。つまり、陽菜の病はＡＬＳではなく、マンドラゴラの根の呪いだったということだろう。

「悔しいですわ！　有り得ないですわ！　まさか、解毒不可能と言われたあの呪いを解く薬がこの世界にあるなんて予想外ですわ。これではカミサマとの賭けに勝ったとは言えないですわ」

　拓眞は絶句した。これで、尚央がやたらと陽菜の病気を治すことに積極的だったのも納得だ。彼は、マンドラゴラの根の呪いの効果を打ち消し、媚薬効果だけを手に入れて、陽菜を手に入れる算段だったのだ。

「ふざけんな……！」

　拓眞は怒りで目の前のマオウの首に手をかけようとした。だが、マオウは軽い動作でそれを避ける。

「これが幻想世界にはない科学技術の力。正直、侮っていましたわ」

「ですが、まだまだこれからですわ」

　マオウは悔しそうに唇を噛み締めている。

　マオウはじっと拓眞を見つめた。

「お前は姫を好いていますわね？」

「姫……陽菜のことか？」

　マオウは怪しく微笑んで首肯した。

「手に入れたいでしょう？　あんなぽっと出の男に取られたくはないでしょう？　姫を病に

し、彼女を苦しめた張本人が、彼女の心すら操って自分のものにしているのですわ」

マオウの口角が上がっていく。

「陽菜の心を操って……」

「そう、それは媚薬の効果に過ぎませんわ。本当の姫の心とは違うかもしれない」

拓眞は俯く。陽菜は自分でもそうとは気付かずに、尚央に心を奪われているのかもしれない。そのような状況が許されていいはずがない。心の中で憤怒の炎が燃えている。

「俺は……陽菜を助けたい」

「そうでしょう、そうでしょう」

マオウは歯を見せて笑う。

「ならば、わたくしが今度は、お前のシャペロンになりましょう」

「マオウが……？」

「カミサマの加護を受け、さらにマオウの力添えもあるお前はいわば最強ですわ」

マオウはベッドから身体を乗り出して拓眞に顔を寄せる。子供とは思えない妖艶な迫力があった。

「わたくしもお前に魔法アイテムを授けましょう」

「マンドラゴラの根か」

「そう、マンドラゴラの根。これを使えば、過去の効果を上書きすることができますわ」

「上書き……でも、そうしたら陽菜は」

「またカレーとやらを食べさせれば病気にはならないですわ。幻想世界の呪いは必ずひとつ解呪の方法があるんですの。よもやそれを当てられるとは思っていませんでしたが」

つまり、拓眞がマンドラゴラの根を使えば、尚央が使ったマンドラゴラの根の効果をノーリスクで打ち消せるということだろう。

「それと別の新しいアイテムも授けますわ」

そう言ってマオウは拓眞に手を差し出す。

「これは……」

「ふふ、どう使うかはお前次第。せいぜい楽しませてもらいますわ」

くつくつと笑うマオウ。彼女から延びた大きく暗い影には、確かに悪魔のような長い角と巨大な翼が生えていた。今は人の姿をしているが、本当の姿は怪物なのかもしれない。

＊＊＊

「欲しいものは勝ち取れ」。それが橘家の家訓だった。

父は大金持ちだった。母は父には優しかったが、ひとり息子である尚央には厳しかった。

父は事あるごとに言った。

「俺が天才だから、女も金も手に入ったんだ」

「勝ち取る」とはこういうことだと、父はまさに身をもって示していた。

最初、尚央は母の愛を欲しがった。母の愛を独占している父を羨ましいと感じた。だから「勝ち取る」ことにした。テストの点数を上げ、運動も頑張り、見た目にも気を遣った。周りはそんな尚央を神童と持て囃したが、母は振り向かなかった。それは尚央が父には到底及ばないからだった。

やがて、尚央にも好きな女の子ができた。中学校で会う度に「欲しい」と思った。その時既に尚央は学年一位の成績で、部活でもエースと呼ばれていた。だが、彼女は尚央にはなびかなかった。その子には恋人がいたのだ。尚央はその子を「勝ち取る」ために、その子の恋人を病院送りにした。だが、その子は尚央には振り向かなかった。ただ、悲しんだだけだった。尚央は気付いた。ただ、知力や武力が優れているだけでは駄目だ。「勝ち取る」には勝負の場を整えなければならない。相手と同じフィールドに立たなければならないのだ。

それからは、尚央は負け知らずだった。

欲しいものを手に入れるために、それを分析し、どのような勝負に出ればそれが手に入るかを予め推定した。恋人も友人も金も成績も、全て「勝ち取った」。時には卑怯な手を使いもしたが、それもまた勝負の一環だった。

父は天才外科医だった。ブラック・ジャックのような手さばきでどんなに難しい手術でも成功させてきた。彼の行く先々では常に凱旋状態だった。尚央は自分も医者になることを決めた。

父はよく尚央に高級ブランド品を買い与えて言った。

「身に付けるものは一級品だ。時計も服もペンも女もだ」

父は女遊びが酷かった。だが、母はそれに文句を零すことなく付き従っていた。どんなにぞんざいに扱われようと、父が勝者である限り、母は父の下を離れなかった。

北稜大学の医学部に入学した初日、一際綺麗な少女を見付けた。彼女は冴えない男と一緒だった。尚央は彼女を欲しいと思った。彼女こそが自分の隣に立つに相応しい存在だと思った。

彼女を勝ち取れば、もしかしたら母も。真の勝者になった暁には、きっと。

＊＊＊

「何でも好きなものを頼めばいい」

仙台市街が一望できるビルの最上階のレストランで、陽菜は尚央と共にテーブルについていた。店内を流れるピアノの生演奏は耳に心地いい。

「こんな素敵なところ、初めて来たよ」

陽菜の小さな顔をキャンドルの優しい光が照らす。

「私、場違いじゃないかな……」

陽菜は辺りを見回し、尚央に心配そうに尋ねた。

「君は美しい。それにその服もよく似合っている。何も問題はない」

陽菜が身に着けているワンピースドレスは尚央が先程見繕ったものだ。

「そうかな」

「ああ。僕の横に立つのに相応しい」

「尚央くんってそんな高貴キャラだっけ」

「僕のことはこれからよく知っていってくれればいい。何と言っても僕達は交際関係にあるのだから」

「うん、そうだね」

陽菜と尚央は正式に恋人関係となった。それは、陽菜が拓眞を振った直後のことだった。

「身体の調子はどうだ」

「うん、本当に毒が抜けたみたい。思うように身体が動くって本当に嬉しいね」

「ああ、そうだな。僕も君が自由に動けるようになって本当に良かったと思っている」

「うん、本当にありがとう」

陽菜の両親は突如現れた尚央の存在に驚きを隠せない様子だったが、陽菜が望むなら、と、尚央との関係を認めてくれた。

陽菜はメニューに視線を落とす。

「本当にいいの、払ってもらっちゃって」

「ああ、快気祝いだ」

「その、慣れてなくて……。これ値段が書いてないよ……」

「値段は気にしなくていい」

尚央は首を横に振った。

「金ならある」

「でも……」

「僕達は恋人同士だ。それに、ゆくゆくはその関係をさらに更新するだろう。そうなったら、どちらが金を払っても同じことだ」

「うん、分かったよ」

尚央がそう言うなら。陽菜は全てを呑み込んだ。

「あ、これ……鬼灯（ほおずき）のカクテルだって。鬼灯って食べられるのかな」

鬼灯といえば、野草の一種だと思っていた。確かに、ミニトマトのような果実が薄く赤い六角状の萼（がく）に覆われており、見た目にも楽しい植物だが、食べられるとは知らなかった。

「日本在来の鬼灯は食用には向かない。むしろ毒があり、特に妊婦が食べると流産の危険がある」

「へえ、物知りだね。ということはこれは海外産の鬼灯かな。興味あるな。頼んでもいい？」

陽菜の目が輝き出す。彼女は珍しい食べ物に目がない。

「恐らくそうだろう。だが、そんなものはやめておけ。もっと美味しいものは山ほどある。酒なら貴腐ワインはどうだ」

「それもいいけど、私は鬼灯が……」

尚央は陽菜の言葉に顔をしかめた。

「勝者には勝者に相応しい物がある。食べ物もまた然りだ」

「勝者……？」

「こっちの話だ。とにかく、そういう変わったものではなく、きちんとした物を頼んだ方がいい。料理は僕が決めよう」

「あ……」

陽菜の手から尚央はメニューを取り上げる。そして、店員を呼ぶと、てきぱきと高級そうな料理を頼んでいく。

「美味しい物を食べて一流になろう。そうすれば、また新しい世界が開ける」

尚央は名残惜しそうな陽菜を見てそう言った。

「……うん、そうだよね」

陽菜は笑う。

愛する者の言葉だ。大切にしなければ。

次々と料理が運ばれてくる。どれも、見た目、味共に一級品だ。窓からの眺望、ピアノの旋律、どれをとっても非の打ち所がない。

でも、どれも美味しいと感じなかった。

「美味しいね」

そう言いながら、陽菜は笑った。好きな人と一緒に過ごせることへの幸福感を抱きながら。

「そういえば、今度、ルイボスの人達が同窓会をしようって」

「ルイボス……ああ、サークルか。久し振りに聞いたな」

陽菜達がルイボスのメンバーと最後に会ったのは昨年の十月の芋煮会の時だ。あれから一年が経ち、文系のメンバーは皆、卒業し、それぞれの職場で働いている。今のルイボスは後輩達が運営しているが、大半は知らないメンバーだ。

「そうだよ。今はもうみんな社会人だけど、今度、北稜大学に集まるんだって」

「そうか」

「ねえ、私達も同窓会に参加しようよ。私が退院したこととか私達の関係のこと、みんなにも知らせた方がいいと思うし」

「そうだな。たまには息抜きも必要か」

「うん。じゃあ、後でメッセージを送っておくね」

陽菜は嬉しそうだ。

「たっくんも来るかな」

「流石に僕達が参加したら来にくいんじゃないか。君は仮にも栗生を振った立場だし、僕は彼からしたら恋敵だ」

「うん、そうだよね……」

「もう、元の関係には戻れないと思った方がいい」

尚央は冷静に言った。

「栗生に潔く君を諦めてもらえるよう、わざとこっぴどく振ったんだ。そのために君に負担を強いたのは申し訳なく思っている。でも、そちらの方が栗生にとっても良かったんだ」

「うん。寂しいけど、仕方ないよね」

拓眞に告白させ、それを陽菜が断るというのは、尚央の作戦だった。尚央にとってそれは、勝負の場を整え、完全に拓眞を打ち負かすための必勝法だった。ギリギリまで引き付け、カウンターを喰らわせる。それが、拓眞に対する最適な勝ち筋だと尚央は考えた。

偵察も念入りに行った。妹へのプレゼントを用意するためと嘘をついて彼を観察した。彼の感情を読み取った。拓眞が陽菜のことを好いていることを利用し、マンドラゴラの根の呪いの治療法を探させた。全て作戦通りだ。拓真はもう二度と陽菜に近付かないだろう。

だが、気掛かりはあった。

それはシャペロンの存在だった。尚央のシャペロンであるマオウ。彼女の力はまさに超常的だった。何と言っても幻想世界とやらの出身なのだ。だが、そんなマオウすら尚央は手玉に取ってみせた。彼女の用意したマンドラゴラの根の薬効のみを得たのだ。きっと悔しがっていることだろう。だが、そんなマオウが姿を消した。そこに尚央は不穏なものを感じていた。


マオウの目的は人類を滅ぼすこと。一介の学生に魔法の力を与えることが人類滅亡と何の因果があるのかは分からなかったが、推論は立てられた。

直接、マオウが手を下すのではなく、わざわざ回りくどい方法を取ったことから、マオウにも制約があることが窺える。制約とはすなわちマオウの敵対者だ。マオウとその敵対者が直接戦うのではなく、あくまで尚央を使って戦争を行っている。いわば代理戦争だ。

（まるでチェスのポーンだな）

マオウはそのチェスで恐らく敵対者に負けた。だから姿を消したのだ。

（僕――チェスのポーンに討ち取られたのがまさかプレイヤー自身だとは想像もしていなかっただろうな）

マオウは負けた。すなわち、敵対者は勝った。

(マオウの目的が人類の滅亡なら、敵対者の目的は人類の繁栄だろう。ならば、敵対者が僕に危害を加えてくることはないだろうが)

油断はならない。

(僕がマオウのポーンならば、敵対者のポーンは間違いなく、栗生だ)

そして、こちらが超常的な力を使うならば、敵対者も超常的な力を使うのが筋だ。

そこまで読んだうえで、尚央は拓眞を煽った。拓眞が敵対者のポーンとなれるよう、陽菜との関係を進めるように促したのだ。拓眞が敵対者のポーンとなれば、拓眞は超常的な力を使うだろう。だが、拓眞を自陣に引き入れれば、その超常的な力は尚央のものだ。

(マオウがどうなったのか、それだけが気掛かりだ。マオウがまた新たな手駒を手に入れようと動いていたとしたら……打てる手は打っておく必要があるな)

尚央はふと陽菜を見遣る。彼女は窓の外の風景を見つめていた。まるで陶器の人形のように繊細で美しい。

「どうかしたか」

「ううん。どうもしてないよ。夜景がきれいだなって」

「ああ……」

尚央もつられて窓の外の風景を見る。宵闇に街の明かりが瞬く。ただそれだけなのに、人はそれを美しいと感じる。美しいものには価値が付く。人も同じだ。陽菜もまた、とても高い価値が付く。そして、それを手に入れた者には、最も高い値が付けられる。

「仙台市の夜景も百万ドルの夜景って言われることがあるらしいよ」

「百万ドル。夜景を構成する明かりの電気代のことか」

「うん。夜景にはそうやって具体的な値段が付けられるんだね。でも、価値があるから人は美しいと感じるのか、美しいと感じるから価値が付くのか。もはやどっちだか分からないね」

「価値とは相対的なものだ。もしこの世に僕しかいなかったら、価値なんて言葉は生まれなかっただろうな」

「うん。きっと争いもなくて、勝ち負けもなくて、素敵な世界だよ」

「だが、争いがなければ人は発展しない。勝ち負けがあるから人類は進化してきたんだ」

「確かにそうだね。過酷な生存競争を生き抜いた者だけが次のステップに進めるんだね」

「その通りだ。僕は勝者になりたい。絶対に勝ち取りたいものがあるんだ」

「私はそれを応援すればいいんだね」

「ああ」

尚央は頷いた。

「それが君の役目だ」

陽菜は尚央の目を見つめて尋ねる。

「そうまでして尚央くんが勝ち取りたいものってことは、相当価値のあるものなんだろうね。きっと、とっても綺麗なんだろうな」

美しいから価値があるのか、価値があるから美しいのか。

「ああ、いつか君にも見せるよ」

デザートが運ばれてきた。

これから陽菜は、両親と一緒に過ごすらしい。久し振りに病院の外で一緒に過ごせることを陽菜達はとても喜んでいた。そういった時間もきっと何物にも代えがたい価値のあるものなのだろう。

「うん、楽しみにしておくね」

陽菜の屈託のない笑顔を尚央は見返した。彼女の嘘偽りのない愛情を感じる。尚央が勝ち得たものだ。それを使って尚央はさらに勝ち続けるのだ。

＊＊＊

月曜日。

拓眞はゆっくりとベッドから身体を起こした。身体が重い。鉛が中に入っているかのようだ。大学に行かなければならない。だが、正直行く気がしなかった。

物が溢れた机の上には昨日マオウが残していった幻想世界のアイテムが置かれている。ひとつはマンドラゴラの根だ。一見するとしなびた大根のような見た目をしているが、明らかに目と口があった。それに小さいが手と足のような突起も見て取れる。それらは、目の前の根菜がかつてマンドラゴラという植物とも動物ともつかない魔法生物だったということを表していた。もう死んでいるのだろうが、大きく開いた口らしき窪みからは今にも叫び声が聞こえてきそうな不気味さがあった。

「橘はこれを陽菜に食べさせたんだな」

マオウによると、乾燥したマンドラゴラの根を煎じて、食べ物などに混入させて相手に少量でも経口摂取させれば効果が発揮されるとのことだ。媚薬効果がどうやって食べさせた人物を対象にできるのか機構は分からなかったが、魔法のアイテムなのだ。いわば何でもありなのだろう。

「科学の敗北だな」

だが、拓眞はその魔法生物が引き起こした呪いを科学的に解明し、それを打破する特効薬を見出してみせた。今なら、陽菜がクルクミンを摂取し続ける限り、マンドラゴラの根を副作用無しで使用することができる。その効果は尚央がかけたものに上書きされ、陽菜は拓眞に恋することになる。

「そんなもの、使えないよな」

いくら副作用がないとはいっても、人の心を操る道具だ。そんなものを勝手に使って倫理的に許されるはずがない。だが、マオウは言った。

『恋心が実るというのは幸福状態にあるということですわ。マンドラゴラの根を使われた者をお前がきちんと愛せば、その者は幸せになれるはずですわ』

恋愛の成就だけが幸せではない。人には夢があり、それを叶えることも幸せだ。だが、マオウはそれを否定した。

『人間の欲望はそれほど複雑ではありませんわ。食欲、睡眠欲、性欲の三大欲求、それに承認欲求が叶えばたいてい満たされるものですわ。恋愛をしようと思える心の余裕があり、それが満たされた時、人は至上の幸福を得るのですわ。何といってもそれが人間という種が今まで繁栄してきた根本の要因なのですから。いいじゃないですの、本人が幸せなら』

拓眞は机の側まで歩み寄るとマンドラゴラの根を手に取った。完全に干物になっている。

「マンドラゴラの根の呪いの効果は恐らく、食べた人間のタンパク質合成経路に何らかの障害を起こし、正常なタンパク質が作られないようにすることなんだろうな。だから、正常なSOD1合成が阻害され、陽菜はALSに酷似した症状になった。だとしたら、媚薬効果も科学的に説明ができるはず」

人の感情は全て科学で説明ができる。人がどんなことを考えていようと、客観的に見たらそれは単なる電気信号でしかないのだ。人が恋に落ちても、それはホルモンの作用によるもの。きっかけが魔法であろうと薬であろうと同じことだ。

カミサマやマオウにとって、恋も感情も幸福も電気信号。きっと、それを操作することに微塵も躊躇いを覚えないだろう。そして、恐らく尚央にとっても。だからこそ、彼はあのような非道徳的な行動を取れたのだ。

「ホルモンが分泌されて恋に落ちるのも、恋に落ちてホルモンが分泌されるのも、結果としては同じこと。カミサマやマオウ、橘にとって、過程は重要じゃない。結果だけが大事なんだ」

それを否定することはできない。それは視点の問題だからだ。主観で見るか、客観で見るか。

「もうひとつのアイテム……」

拓眞はマンドラゴラの根を机の上に戻すと、今度は円錐状の硬い物体を手に取った。長さは30センチほどあり、重量感がある。

「ユニコーンの角、か」

円錐状の物体には螺旋状の筋が入っている。どうやら、幻想世界にはヨーロッパの伝説上の生物が実在しているらしい。

マオウ曰く、その効果は「自分の気持ちに正直になる」らしい。いまいち、効能がはっきりしないが、飲ませた相手が自身の押し殺した感情に素直に従うようになるらしい。マオウはユニコーンの角を虚心坦懐薬と称した。

『もし、お前の想い人が、橘尚央によって捻じ曲げられた恋愛感情を持っているなら、それを矯正し、本当に自分が好きな相手のことを想うようになりますわ』

拓眞の自宅で陽菜とうどんを作ったとき、陽菜は尚央のことをタイプではないと言っていた。その時には既に体調不良になっていたから、マンドラゴラの根を食べた後だったのだろうが、まだ理性は保っていたのだろう。マンドラゴラの根の効能は段階的に作用するようだ。だが、結果的に陽菜の心は無理に尚央に捻じ曲げられてしまった。それを矯正できるのがユニコーンの角というわけだ。

「これなら、陽菜の心を捻じ曲げるわけじゃない」

ただ、もしも陽菜の真の想い人が拓眞でなかった場合、陽菜が拓眞に恋心を抱くことはない。

「それならそれでいい。とにかく、今の異常な状態を何とかしたいよな」

陽菜の心を解放する。ユニコーンの角もマンドラゴラの根同様、煎じて飲むことで効果を発揮するらしい。

「いいんだよな、それで。それが陽菜のためだよな」

尚央とは違い、決して自分だけのためにやっているのではない。

「でも、陽菜は今、幸せ、なんだよな……」

マオウは言った。恋愛は人を幸せにすると。科学的に見て、尚央と恋人関係にある陽菜は今、幸福と言えるのではないだろうか。たとえ、それが歪められたものであっても。

「橘は優秀だし、誰からも一目置かれるような奴だ」

眉目秀麗、頭脳明晰、家柄も人当たりもいい。周りから見れば、陽菜とはお似合いのカップルだろう。

「でも、橘は陽菜の心を弄んだ」

拓眞は頭を強く振り、鞄の中にユニコーンの角を捻じ込んだ。

「そんなの許されない」

拓眞は寝巻を脱ぐと、服に着替え、身支度を始めた。動きたくはないが授業がある。大学に行かなければ。その時、何の気なしにスマートフォンを手に取った。通知が何件か来ている。

「ルイボスのグループチャット？」

久し振りに動いているのを見た。もう十月だが、今年初だろう。今の代のルイボスメンバーは別のグループで連絡を取り合っているらしく、拓眞の入っているグループは彼の代のメンバーしかいない。皆、見知った仲だ。

「同窓会ねえ……」

陽菜に誘われて入会したルイボス、その同窓会。気になることはひとつだけだ。

「陽菜や橘は来るのか……？」

ひとまず、拓眞は静観することにした。

＊＊＊

授業が終わり、拓眞はいつものように研究室に入った。自分のデスクに行き、ノートパソコンを開く。

「何か暗い顔してんな」

隣の席の武がパソコンのキーボードを叩きながらそう言った。

「そうか？」

拓眞はとぼける。

「おひな様は晴れて退院だろ？」

「ああ。十分喜んでるよ」

「マジかよ。ただまあ、ALSが治るなんて聞いたことがねえ」

武はキーボードを打つのをやめて呟いた。

「結局、ALSに似た何か別の病気だったってことだ」

拓眞にはそう言うことしかできない。まさか、マンドラゴラの根の呪いとは口が裂けても言えないからだ。

「ふうん……。クルクミンが特効薬の病気ねえ。確かに、クルクミンは癌やアルツハイマー型認知症の予防にも効果があるとされる万能物質だが、バイオアベイラビリティは著しく低いだろ。すぐにグルクロン酸の抱合体にされて無効化される。本当に効いたのか」

「……正直、怪しいな。わずかに残ったフリー体のクルクミンが効いたのか、クルクミングルクロン酸抱合体に薬効があったのか」

武は肩を竦めた。これ以上、ここで議論しても埒が明かないと思ったのだろう。

「それでお前、結局、研究はどうするんだ」

「それだよなあ」

陽菜のために頑張っていたSOD1の研究。GIFTのお陰で大成したわけだが、それを論文にまとめることはできない。

「まあ、今さら研究テーマを変えることはできないし、続けるよ。SOD1は言わば細胞傷害性スーパーオキシドラジカル捕捉し、無毒化する抗酸化作用を持った酵素だ。そして、クルクミンも同じく強力な抗酸化物質。もしかしたら本物のALSにも効果があるかもしれない。クルクミンは一部の神経変性疾患にも有効とする研究もあるし」

「ふわっとしてんなあ」

研究は難儀だが、GIFTの力を借りれば何らかの結果をまとめることはできるだろう。

ＧＩＦＴを卒業のために使用してはバチが当たるような気もしたが、背に腹は代えられない。

「ま、いいや。俺はちょっと実験してくる」

そう言って武は席を立つ。それと入れ替わりでやって来たのは凜子だった。

「んー、暗いですねえ」

眼鏡に触れながら、拓眞の顔を覗き込む凜子。

「さっき横溝にも言われたよ。そんなに酷い顔してるか」

「そうですね……目鼻立ちは悪くないと思いますよ」

「イケメンかどうか聞いたわけじゃねえよ」

「イケメンかはノーコメントですね」

「うるせえよ」

凜子はさっきまで武が座っていた席に座ると、ニマリと笑った。

「そう言えばあ、聞いてくださいよお」

「何だよ」

「ついに来たんですよ！」

「何が」

「へ・ん・し・ん！」

「はあ？」

拓眞が怪訝そうな顔をすると凜子はより笑みを広げて言った。

「愛しの橘様から返信が来たんですよ！」

そう言えば、クリスマスプレゼント選びの際、尚央は凜子にメッセージアプリのアカウントを教えていた。

(でもアイツ、捨てアカとか言ってなかったか)

尚央が言い寄る女性達を落ち着かせるために用意したダミーアカウントだと思っていたが、まさか返信するとは思っていなかった。

「いやー、毎日アプローチかけてた甲斐がありました！」

「毎日ってそれストーカー……」

「相手が嫌と思わなければ違います！」

「いや、そんなん分からんだろ……」

尚央は何とも思っていなそうだが。

「これを見てもそう言えますか」

そう言って、グイと自分のスマートフォンを拓眞に突き付ける凜子。そこには確かに尚央からのメッセージがあった。

『いつもメッセージありがとう。あまり読めていないが、今度また店に行く時には土産でも持って行く』

正直、尚央がこんなに愛想よく反応するのを初めて見た。

「これ、本当にアイツが……？」

思わず、そう呟かざるを得ない。

「最近、店にも頻繁に顔出してくれてー。もしかして私にも春が！」

「いや、それは……」

それは有り得ない。なぜなら、尚央の恋人は陽菜なのだから。その事実は拓眞にとって辛いことだったが、凜子にとっても同じように辛いことだろう。

「で、先輩はどうなんですか？　退院したって聞きましたけど」

「いや、俺は……」

「もう秒読みでしたよね。まだ告白してないんですか」

「……」

そこで凜子は拓眞の悲痛な表情から察したようだった。

「まさか、フラれた……？」

凜子は眼鏡の奥で大きく目を見開く。

「ええ、えーっと……」

そこで凜子はパンと手を合わせて頭を下げた。

「この度はご愁傷様でした……」

「はー……」

ため息をつくことしかできない。

「えー、何でですかね？　私調べではもう絶対カップルになってると思ってたのに。だって、おひな様にとっては先輩はヒーローですよね。病気治してくれて」

そもそもその病気は陽菜を尚央に惚れさせる際の副作用だったとは言えない。

「どうせそのうち知るだろうから言っておいてやる」

「はい？」

「陽菜は橘と付き合い出した」

「はい？」

「俺もフラれたけど、お前もフラれたんだよ」

「ちょっと先輩、悪い冗談は……マジで？」

拓眞が苦虫を噛み潰したような顔をしているのを見て凜子は口を開いた。そして、そのまま固まった。まるで顎が外れてしまったかのようだ。

「はっ、意識が飛んでました。全部夢ですよね」

「残念ながら正夢だよ」

「しばらく旅に出ます。探してください」

そう言うと、凜子は机に突っ伏した。そのうち、その肩が微かに揺れ始めたので、拓眞は

「お前も本気だったんだな」と思い、静かに見守ることにした。

「乙女の泣きっ面を拝む気ですね」

「じゃあ、去ろうか」

「いいです。いてください。傷心の乙女をひとりにする気ですか」

「はいはい」

しばらくふたりして無言の時を過ごす。幸い、デスク周りには他に誰もいなかった。遠くから、実験作業の音が聞こえて来るだけだ。

「なあ、陽菜は俺のこと好きだったと思うか」

「おかしなことを聞きますね。おひな様は橘様が好きなのでは」

「そうなんだけどさ……」

「その言い方では、好きでもない相手、それも橘様と付き合っている可能性があると？　だとしたらおひな様許すまじ」

腕で自分の顔を見られないように隠しながら、凛子はくぐもった声で言った。

「違う違う。ださ……恋愛感情って同時にふたりに抱くことってあるのかなと思って」

「まあ、有り得るんじゃないですか。あまり褒められたことではありませんが」

同時にふたりを好きになる。それは浮気や不倫に繋がる。そういった感情を抱くことに罪はないが、行動に移せばそれは罪となる。

「栗生先輩はおひな様を諦めきれないんですね」

「お前もだろ」

「そうですね。正直まだ心の整理がついていないです。お優しい先輩に心をへし折られたばかりなので。……こんなことならもっと惚れ薬の研究を進めておくんだった」

「惚れ薬？」

凜子は涙を拭うと顔を上げた。

「いやー、橘様を落とすためにコーヒーに混入してやろうかと思いまして」

「そんな研究してたのか」

くだらない、と一蹴することは簡単だ。だが、現実にマンドラゴラの根という惚れ薬が存在しており、それの被害にあったとすれば笑い飛ばすことはできない。

「ええ。この前、面白い子供に会いましてね。不思議なアプリをスマホにインストールしてもらったんです。それはタンパク質解析ツール……創薬ソフトのようなものでした」

「何だって？」

「最初は眉唾だと思ってたんですけど、意外に正確で。ただ、まだ世に出てないみたいです。私、モニターみたいなことさせられているのかな」

「お前、それGIFTっていうアプリじゃないか」

「えっ、何で先輩がそれを」

「もしかしてそれ、小学生くらいの男の子に貰ったんじゃ」

「ええ、何だか太った子供に……まさか先輩も？　あっ、おひな様のＡＬＳが治せたのってもしかして」

カミサマだ。カミサマは凜子にもＧＩＦＴを渡したのだ。だから、クルクミンの構造式を見せた時、凜子は他の人と違ってＧＩＦＴの画面を見ることができたのだ。ただ、拓眞にＧＩＦＴを授けた子供は太ってはいなかった。カミサマはひとりではないのかもしれない。

「先輩……？」

黙りこくった拓眞を不安げに見上げる凜子。

「奥柿、ＧＩＦＴを使うのはいいが、惚れ薬はやめておけ。あれは危険だ」

「……危険？」

「ああ」

ふむ、と凜子は眼鏡に触れるとこう言った。

「一般的に惚れ薬といえばチョコレートが挙げられますね。チョコレートには、フェニルエチルアミンという物質が含まれており、これがＧＰＣＲに結合することで、恋愛ホルモンと俗称されるドーパミンなどの分泌を促すといいます。これらのホルモンもまたＧＰＣＲに結合し、脳内にシナプス伝達を起こすわけです」

クルクミンがＧＰＣＲに結合して正常なシャペロンの合成を促し、陽菜の病を治したように、フェニルエチルアミンやドーパミンなどもまた、別のＧＰＣＲに結合し恋愛の興奮状態を引き起こす。要は、クルクミンと同じく、これらの神経伝達物質もまた鍵――リガンドということだ。

「ですが、チョコレートを食べて摂取できるフェニルエチルアミンはごくごく微量。到底、恋愛脳にするには至りません。しかも、フェニルエチルアミンは摂取しても二十四時間以内に大半が体外に排出されます。仮に効果があったとしても短期的な効果しか望めません」

クルクミンも同じだ。大半が抱合化されて体外に排出される。だから、陽菜は継続的にカレーを食べねばならないのだ。

「ただ、フェニルエチルアミンは人の体内でも合成されます。恋愛感情が持続するのは三年と言われています。フェニルエチルアミンが生体内で合成されるのが三年ほどだからです。それ以降はセロトニンという幸福ホルモンが出て、気分をリラックスさせる。恋愛のドキドキが長続きしないのはそういう理由ですね」

「つまり、誰かを振り向かせたければ、フェニルエチルアミンを食べさせるのではなく、体内で合成して出し続けさせなければならないと」

「ええ。それが私の研究していた惚れ薬です。あくまで趣味ですからね」

「フェニルエチルアミンを体内で合成する何らかのトリガーがある」

「はい。恐らくそれにはＧＰＣＲに何か特定のリガンドが反応すればいい」

もしかしたら陽菜は、マンドラゴラの根の作用で尚央のことを考えるとフェニルエチルアミンが分泌されてしまうのかもしれない。

「理屈は分かった。でも、それはその人の意思を捻じ曲げる行為だ。俺は看過できない」

「私が惚れ薬を使って橘様を落とせば、おひな様が戻ってくるかもしれませんよ」

「それでもだ。もうこれ以上、陽菜を傷付けたくない」

「……そう、ですよね。橘様はおひな様が好きだった。それが結論なんですよね」

「……」

凜子の頬をつうっと涙が伝う。

「ねえ先輩。同盟、結びませんか」

「同盟?」

「そうです。お互いの傷を舐め合うだけの意識の低い同盟です」

凜子は泣き腫らした目で拓眞を見つめる。

「具体的に何するんだよ」

そうですね、と凜子は考える。

「お茶したり、映画見たり、実験を協力し合ったり、デートしたり」

「デートってお前……」

「だって悔しいじゃないですか。橘様とおひな様はイチャイチャしているのに、私達はただ負けただけですよ。そんなの悔しい」

凜子の表情は真剣だった。

「まあ、たまになら……」

凜子は女性の中では背が高く、スタイルが良い。顔立ちも整っており、美人といえるだろう。

「ふふ、決まりですね。今から私達は同志です。仲良くしましょう」

「……ああ、よろしく」

初めて凜子が笑った。拓眞もそれに微笑みを返す。慰め合って励まし合う。そういった関係も悪くはないかもしれない。何よりも、温かくて居心地がいい。

「そういえばさ、今度、ルイボスの同窓会があるんだ。チャットを見てると、陽菜と橘も参加するらしい」

「そうですか。先輩はどうしたいんですか」

「傷付くかもしれないけど、きちんと見ておきたいんだ。ふたりが本当に愛し合っているのかを」

「ええ、傷付いたとしても、私が癒して差し上げますよ。だから、心配せずに当たって砕けてきてください」

拓眞は凜子を頼もしく感じながら、頷いた。

陽菜が今、幸せなのかどうか。まずは偵察だ。ルイボスの集まりは十日後。十一月三日だ。

＊＊＊

十一月三日の文化の日、拓眞は仙台市内の温泉地、秋保に来ていた。秋保温泉といえば、同じ宮城県の鳴子温泉、福島県の飯坂温泉とともに奥州三名湯に数えられる屈指の温泉地だ。ルイボスの面々は再会の場所として大学時代によく通った場所を選んだようだった。

「流石にもう芋煮会はできないよな」

そう言うのは、今は東京で働いているという同期の篠宮英司だ。彼とは何かと飲みの場で隣になることが多い。

「いや、うちの研究室は今でも芋煮会やるけどな」

「いいよなあ、モラトリアム」

「昨年も聞いたな、それ」

確か芋煮会でも英司には似たようなことを言われた気がする。

「でも、秋保温泉か、懐かしいな。ルイボスでも何度か来たっけか」

「ああ」

今晩は皆でこの秋保温泉の旅館で一泊することになる。拓眞や陽菜、尚央は家に帰ろうと思えばすぐに帰れるが、遅くなるので泊まることにした。今日集まったのは男女合わせて十四人。旅館の宴会場を使わせてもらっている。広い畳の間だ。既に一風呂浴びたのか、浴衣姿の者も多い。

「俺がいて栗生がいて、おひな様と王子様がいて……変わってないな」

英司がしみじみと言った。社会に先に出た身としては感慨深いものがあるのだろう。

「こっちにいると分かんないな」

拓眞はそう答えざるを得ない。

「おひな様は相変わらず美人だし、橘は相変わらずモテモテだ」

そんな会話をしながらちらりと陽菜の方を窺う。彼女は相変わらず多くの人に取り囲まれていた。ただ、その取り巻きの中に尚央の姿もあった。きっと、陽菜の彼氏として、誰か羽目を外す者がいないか見張っているのだろう。皆はまだふたりが付き合っていることを知らないだろう。拓眞は漏れ聞こえてくる会話に耳を澄ました。

「そっかー、桃瀬さん、休学してたんだ。じゃあ、まだ四年生なんだ」

「そうなんだ。みんなの後輩になっちゃった」

「大学四年生とか若いなあ」

「あはは、年齢は変わらないよ」

「でも、体調とか大丈夫？　入院生活長かったんでしょ」

「うん、大丈夫」

窓の外ではとっぷりと日が暮れている。旅館の近くには磊々峡と呼ばれる峡谷があり、谷に流れ込む滝の音が窓の外から聞こえてくる。

（本当に陽菜の体調は戻ったな。他にも特に変わりない）

次々と料理が運ばれてくる。刺身、煮物、焼き魚。どれも美味しいが、拓眞は陽菜と尚央のことが気になって仕方がなかった。

陽菜が退院した後、尚央とはもちろん、陽菜とも会話らしい会話はしていない。尚央とのことを問いただしたかったが、それができるような雰囲気ではなかった。拓眞にとって好きな人と友人を同時に失った心の傷は深い。

誰かが、マイクを手に宴会場のステージに登壇している。カラオケセットが付いているようだ。ミラーボールもある。歌うつもりだろうか。

「栗生さあ、相変わらず彼女いないの」

英司はビールを呷りながらそう聞いてきた。

「ん、ああ、いないな」

「社会人になるとさ、学生時代なんかとは比にならないくらい自分の時間がないんだよ。朝も早いし、残業も多い。休日出勤もある。もうね、出会いなんてないよ。恋人は大学生までに作っておくんだったなあ」

「忙しいな」

「まったくだよ。自分の生活守るだけでも手一杯なのに、彼女のことなんて考えてらんねー。性欲なら風俗で満たせるし」

「それは嫌だな」

拓眞は苦笑する。

「だってさあ、重いじゃん。誰かの気持ちを背負うのって」

「え？」

「二十代で付き合ったら、もう結婚前提だぜ。少なくとも相手はそう考える。結婚っていったら生涯一緒よ？　そんな責任背負えねー」

「好き同士なら平気なんじゃね？」

「有り得ないって。ずっと好きなんて。絶対、どっちかが、いやどっちとも我慢してるもんだよ」

「我慢……」

陽菜はいつものよそ行きの人形のような笑みを浮かべている。久し振りに見た顔だ。彼女にとってその顔は安全地帯を守るための道具であり、我慢でもある。陽菜は尚央の前ではどんな顔をしているのだろうか。

「そーそ、結婚なんて辛いだけ。独りが一番」

そう言って、英司は酒を飲む。

「どうやったら、お前みたいな意固地な奴の気持ちを変えられるかな……」

ぽつりと呟いた拓眞の言葉に英司が意地悪く笑う。

「へえ、恋愛経験のないお前が俺に恋愛道を説いてくれると」

「そういうわけじゃないが、相手のこと、欲しいって思ったことないのか」

「思っても手を出さないんだよ。その方が自分にとって幸せだから。世の中、恋愛が全てじゃねー」

「その割に恋愛トーク好きだよな、お前」

「他人の恋愛は気になるんだよ。とにかく、俺には恋愛は無理。破滅の未来しか見えない」

「自分の気持ちに正直になるのも幸せとは限らないんだな」

「そうだよ。自分に嘘ついてごまかしてご機嫌取って、騙しだましやっていくのが人生なんだよ」

英司は齢二十三にして人生について辞世の句のようなことをのたまう。信用はできなかったが、一理はあるのかな、と拓眞は思った。

「自分に嘘……」

陽菜の人生は自分に嘘をつき続けた軌跡だ。素を出すと周りに引かれる。目立つことは避けたい。そうして、仮面を深くかぶり、今まで生きてきた。我慢せずに素を出せるのは拓眞だけだった。
『たっくんはおひな様の私をどう思う？』
　クリスマスプレゼントを渡した時、陽菜は拓眞にそう尋ねた。拓眞は、病気が治ったら
「おひな様はもうやめても、いいと思う」と答えた。その時の陽菜の顔は明るく輝いていて、
天気雨の中で折りたたみ傘を開いて笑う彼女がとても美しくて――。
　何であの時、陽菜はそんなことを聞いたのだろう。自分の周りに立てた防御壁を取り壊す
ようなことを。もしかしたら、陽菜はこう考えたのかもしれない。壁はなくなるけれども、
誰かが代わりに守ってくれるのではないか、と。そして、その誰かとは……――。
（なあ、陽菜、お前は今、幸せか？）
　拓眞が陽菜に心の中で問いかけた時、先程ステージに登壇していたルイボスメンバーがマ
イクに口を近付けた。
「おっ、何か始まんのか」
『あー、あ……マイクテス、テス……』
　マイクを調整している。どうやら歌うつもりではなさそうだ。
　皆の視線が、一斉に彼女に集まる。
『えー、皆様、この度はルイボスの同窓会にお集まりいただきありがとうございます。ルイ
ボス副リーダーの笹井（ささい）です』

「よっ、笹井ちゃん！」

「瑠奈ちゃーん」

男性陣が手を叩いている。

『えっとお、この度はみんなにお知らせしたいことが幾つかあります』

瑠奈の言葉にどよっと会場が沸く。

「おっ、まさかー？」

『そうです！　私、笹井瑠奈は来月に苗字が変わります』

そう言って瑠奈は薬指に光る指輪を皆に向ける。

「おおおーっ！」

次々に沸き上がる拍手や喝采。「おめでとう」、「結婚式には呼んでね」という声が次々に聞こえてくる。

「あー、笹井も遂に結婚か。きっと学生時代から付き合ってた奴とだな」

「篠宮は相手のこと知ってるのか？」

「知らない。でも、卒業して安定したら結婚する奴も多いよな」

「安定……」

拓眞の就職活動はまだ始まってすらいない。大学院に進んだから当然なのだが、ただ、こうして就職して結婚していく同期を見ると焦る気持ちもある。

『まあまあ、私のお知らせはともかく、次のお知らせは凄いぞ！』

瑠奈は場を宥めつつ、マイクに向かって叫ぶ。

『何とですねえ……』

随分ともったいぶる。何かあるのだろうか。拓眞と英司は揃ってビールのジョッキに口を付ける。

『もうひとつ婚約報告があります！　なんと、ルイボス内カップルです！』

「えっ？」

周囲がどよめく。一年前はルイボス内にカップルはいなかったはずだ。

『言っちゃいますね！　なんと、我らが橘くんとおひな様こと桃瀬さんが婚約されました！』

思わず拓眞と英司はビールを口から噴き出した。皆も狐につままれたような表情で固まっており、会場が静寂に包まれる。永遠とも感じられるひと時。だが、会場はすぐに怒号に包まれた。

「な、何いぃー!?」

「嘘だろー！」

「いやあああっ」

「えーっ!?」

それは悲鳴とも断末魔の叫びとも判別できない大声だった。あまりの声の大きさに、宴会場どころか、旅館全体が震えている。

『凄い反響……私の比じゃないですねー』

こめかみをヒクつかせながらも、瑠奈はマイクを尚央に向ける。

『では、橘くん、みんなにメッセージを。おひな様も一緒に』

尚央はマイクを向けられ立ち上がると、ステージに向かう。周りの女子達は今にも涙を流しそうだ。もう一方の陽菜も同じだ。男子達に惜しまれながらステージに向かう。

『今回の件を誰かに話したのは我々が初めてということで、光栄ですねぇ』

瑠奈はステージに上った尚央にマイクを手渡す。

「ねえ、そう言えば、栗生くんは？　確かおひな様の幼馴染で凄く仲が良かったって」

誰かの声。その声は拓眞の胸に突き刺さった。

「お前、知ってたのか」

英司が隣で囁く。

「……いや」

知らなかった。知らされていなかった。そんな大事なことを今まで一度も聞かなかった。教えてくれなかった。

「何で……」

陽菜は澄ました顔をしている。その顔は作り物めいていて、周りから見れば幸せそうに見えた。

『みんな、驚かせてすまない。僕達は先月から付き合い始めて、先週、婚約した』

「嘘ぉ、電撃結婚！」

　悲鳴のような声。

『ただ、簡単に決めたわけじゃない。ふたりでしっかり悩んで出した結論だ。桃瀬はここしばらく病で臥せっていて、今も完治したわけじゃない。僕は医者として夫として彼女を未来永劫支え続ける決意をした』

「よく言うぜ……」

　拓眞は小さな声で呟き、唇を嚙む。このような流れになることはあらかじめ決まっていたのだろう。尚央は憎しみの視線を向ける拓眞に目もくれず、すらすらと話している。

『僕は桃瀬を支えるなら早ければ早い方がいいと思った。だから、結婚をすぐに申し込んだ。彼女は承諾してくれた』

「そっか、医者なら安泰だもんな……」

　英司の呟き。

『どうか、僕達のことを祝福し、温かく見守ってほしい。さ、桃瀬』

　尚央は陽菜にマイクを手渡す。

『あの、桃瀬です。今日は一番にみんなにこの発表を聞いて欲しくて笹井さんにお願いしました。びっくりしましたよね、ごめんなさい。入籍は私の卒業後になると思うけど、もうあと半年もないんだなって感じです。あはは……』

皆の顔は驚愕や悲愴、あるいは絶望に彩られていたが、だんだんと緩んでいっている。諦めたのだろう。そもそも皆、陽菜や尚央をアイドル視していただけだ。本物の恋愛感情を抱いていたわけではない。会場が徐々に祝福ムードになっていく。

ただひとり、拓眞を除いて。

『だから、みんな、応援してくれると嬉しい、です……』

わっ、と歓声が上がる。陽菜は頭を下げる。

『みんなありがとう』

陽菜が顔を上げた時、会場に拓眞の姿はなかった。

＊＊＊

拓眞は街灯の少ない夜の秋保の街をひとり彷徨(さまよ)っていた。人通りはなく、商店の明かりも全て消えている。コートも羽織らずに出て来てしまったため、少し寒いが、今はそれがちょうどよかった。クリアな空気が徐々に脳を冷やしていく。

「俺は臆病者だ」

婚約が不服なら、尚央や陽菜に対して言いたいことがあるのであれば、ステージに乗り込んで止めればよかった。だが、そんなことをしても無駄だ、怖いという気持ちも大きく、がんじがらめになった感情が発露先を求めている。

「くそ……」

陽菜は笑っていた。ステージの上で、祝福されていた。嬉しそうだった。きっと彼女はこれから尚央に愛され、安定した生活を送るのだろう。尚央は優秀だ。実家も裕福で、まさに玉の輿だ。

「あんな風に笑いやがって……」

きっと陽菜の脳内ではドーパミンが出て、適度な快感と喜びと幸福感を抱かせているだろう。それがきっとマンドラゴラの根の効果だ。

「幸せならもっと素で笑えよ……！」

陽菜の笑顔は誰が見ても美しいと感じるだろう。だが、それだけだ。拓眞ならば分かる。あれは作り物の笑顔だ。

「自分を騙してごまかしただけの紛い物だ」

身を切るような冷たい風が吹く。そんな時だった。もはや聞き慣れた声が背後から響いた。

「面白いね、君には人の幸福の真贋が分かるんだ。幸福感なんてただのホルモンによる化学反応に過ぎないのに」

カミサマだ。厚手のコートとマフラーを着込み、暖かそうな格好をしている。神も寒さを感じるのだろうか。

「カミサマ……お前、奥柿にもGIFTを授けたんだな」

「それは僕じゃない。別のカミサマさ。カミサマがひとりだけだなんて言ってないだろう？複数で人類の進化の可能性を探った方が効率的だ。理系っぽく言えば、その方がn数を増やせる」

「ふん。何しに来た。俺を嘲笑いに来たのか。どうせ見てたんだろ」

「別に嗤う気はないよ。ただ、君がどうするのか聞きたくて」

カミサマは心外そうに肩を竦めた。

「マンドラゴラの根を使うのかい。それとも、ユニコーンの角？ああ、奥柿さんと協力して惚れ薬を完成させるっていう手もあるね。GIFTはきっと役に立つよ」

「黙れ。そもそもお前達、超常的な存在が人間を使って遊び始めたからこんなことになったんだ」

マオウの侵略行為はカミサマによって妨害されたらしい。だが、カミサマはマオウに条件を出した。カミサマの仕掛けたゲームに勝てば、地球への侵略を許容すると。

「そりゃないよ。マオウの侵略を止めているのは僕らカミサマだよ？」

「人間が愚かなことをマオウが証明したら、侵略を許すんだろ」

「闘争は進化の糧だ。よりよく人類が進化するなら、ね」

「マオウに侵略されたら人類は終わるんだろ」

「そうしたら、幻想世界の民が新たな人類になり代わる。それがこの地球の人類の進化だ。僕はどっちでもいいんだ。君達人間が今後もこの星の覇者であろうとなかろうと。この世界にとってよりよい選択が為されることを祈っている」

「ほざけ。俺がマンドラゴラの根を使ったら、お前達カミサマは人類は愚かという烙印を押すに決まっている」

「あはは、まさに人類の命運は君に託された、ってやつだね。盛り上がってきたね。まあ心配しなくても、n＝1（きみひとり）の観察結果で全てを決めるつもりはないよ。統計学に基づき、それなりの母数を用意する腹積もりだからね」

いいように遊ばれている。拓眞の中で鬱憤が溜まっていく。なぜ自分や陽菜がこんな目にあわなければならない。

「ひとつだけ言っておく。人の感情は確かに化学反応の産物だ。俯瞰で見ればただの電気信号だろうよ。でもな、人間はそれだけじゃない。心は、数値で測れるものじゃない」

拓眞は怒りに任せてそうまくし立てた。カミサマは満足そうに微笑むと、拓眞に背を向ける。

「その心とやら、楽しみにしてるね」

そう言うと、カミサマの姿はあっという間に暗闇に消えてしまった。

「くそ、何なんだよ……」

拓眞は毒づくと近くの小石を蹴飛ばす。

「俺の出した答えは俺のものだ。カミサマもマオウも関係ない」

陽菜のため。それだけだ。

「だとしたら……」

ユニコーンの角。自分の心に正直になる薬。

「陽菜、もう自分の心を騙すのはやめようぜ」

＊＊＊

拓眞が宿に戻った頃にはとっくに宴会は終わっていた。拓眞は自室に戻る。部屋は五人部屋だ。だが、荷物はあれど中に人の姿はなかった。きっと、誰かの部屋に集まっているのだろう。そして、話題は恐らく、陽菜と尚央のことに違いない。

「わざわざ辛い目に遭いに行くことはないな。風呂入ってもう寝よう」

凜子は当たって砕けろと言っていた。拓眞はもう十分にボロボロだ。拓眞は入浴セットを準備すると、宿の温泉に向かう。外に長時間いたせいで体が冷え切っている。早く熱い湯に浸かりたい。

「栗生」

ロビーの売店の前で拓眞は声を掛けられた。声を掛けたのは、尚央だった。

「橘……」

拓眞は不機嫌そうな顔を隠そうともしない。問い詰めたいことはたくさんあった。陽菜を危険な目に遭わせたことも、陽菜の心を奪ったことも。拓眞は拳を握り締める。今すぐにでも殴り掛かりたい。だが、その衝動を拓眞はぐっと堪えた。もういい。放っておこう。

「突然の発表ですまなかったな。なるべく早く外堀を埋めておこうと思ってな」

「……」

「桃瀬を恨むのはやめておけ。君の告白を断らせたのも、今日の発表も全部、僕が彼女にさせたことだ。桃瀬は今、幸せの絶頂にいる。彼女の幸せを壊すのはやめておけ」

「お前が陽菜の幸せを決めるな」

「だが、科学的に見て彼女は今、幸福だ。その事実は変わらない。君も科学者の端くれなら分かるだろう」

「……」

「ふむ、もっと血気盛んに挑んでくるかと思ったが意外に冷静だな」

「うるさいな。いいのかよ、みんなのところにいなくて」

「別にいい。今は桃瀬がみんなの中心になっている。それよりも僕は売店に土産を買いに来たんだ。栗生の研究室の奥柿という学生。彼女に土産を持って行く約束をしていてな。代わりにこれを渡しておいてくれないか」

確かにそんなメッセージを尚央が凜子に送っているのを見させられた。彼女は随分とはしゃいでいたが、凜子と尚央の間に何かあったのだろうか。

「何で俺が」

「同じ研究室だろう。それに、今僕が他の女子と親しくするのは得策じゃない。何より、桃瀬が悲しむだろう」

陽菜はそんなに心が狭くないだろうが、拓眞は何も言わなかった。尚央はそれを肯定と受け取ったのか、拓眞に売店で買ったと思しき土産を手渡す。ただの温泉饅頭だ。

「これは僕が君にする最後の頼みだろう」

「そうかよ。今までさんざんこき使ってくれたからな」

拓眞は尚央の手渡した温泉饅頭の箱をひったくると、振り返りもせずに温泉へと向かった。

＊＊＊

翌日、ルイボスの面々と別れた拓眞は仙台市街に戻って来ていた。ルイボスの皆は、拓眞に何と声を掛けていいのか分からなかったのだろう。特に何も言うことなく、宿を出て、拓眞と別れた。彼らの目には拓眞は、友人に好きな人を奪われた憐れな男として映っていただろう。そこには同情と憐憫と、下卑た好奇心を感じた。

拓眞は凜子と仙台駅近くの喫茶店で会う約束をしていた。昨日の報告をするためと、誰かに慰めて欲しかった。

凜子は拓眞が店に着くよりも早く店内におり、コーヒーを飲んでいた。

「あっ、栗生先輩」

彼女が手を振る。拓眞はテーブルを挟んで彼女の向かいに座った。

「どうでしたか、秋保温泉は」

「最悪だったよ。俺にとっても、奥柿にとってもな」

「と言いますと」

「婚約、してた。もうすぐ、橘と桃瀬は結婚する」

「……」

凜子の表情が曇る。

「そうでしたか。よく、頑張りましたね」

自分も辛いはずなのに、凜子は微笑むと拓眞のことを労った。

「これ」

「温泉饅頭……お土産ですか」

「橘からだ。奥柿に渡せって」

「橘様が？」

「ほら、土産を持ってくるってメッセージあっただろ。有言実行ということみたいだ」

「……喜んでいいのか分かりません。でも、一応貰っておきます。ありがとうございます」

凜子はバッグに温泉饅頭の箱をしまうと、拓眞に提案する。

「何か楽しいことをしましょう。全部、忘れちゃいましょう。ね？」

「ああ、それもいいな」

「カラオケでも行きますか。その後はお酒です」

「ああ、けどその前に、聞いておきたいことがあるんだ」

「はい。何でも伺いますよ」

「奥柿は今でも橘が好きなんだよな」

凜子は一瞬、言葉に詰まる。コーヒーを一口飲んで喉を湿らせると、口を開いた。

「そう、ですね。そんなに簡単に恋心は消えないです。惨めですけど、好きです。だって、このお土産を貰った時、一瞬ときめいた自分がいたんですよ」

「そうか……」

拓眞は思い悩む。尚央がしたことははっきり言って倫理的に許されないことだ。それを凜子に話せば、彼女はきっと傷付くだろう。だが、凜子には尚央を諦めることを勧めたいというのが拓眞の本音だった。あのような冷酷で打算的な男などやめた方がいい。

「きっと、橘様は何か酷いことをしたんですよね」

「……」

「でも、これは大切な感情なんです。この恋心は私の大切な宝物なんです」

宝物。誰にも譲れない、守るべきもの。そう思うのは、きっと体内のホルモン物質のせい。でも、それが人間の心だ。

「湿っぽい話はこれきりにして、カラオケ行くか！」

「……はい！」

その後、拓眞は凜子と遊びに繰り出した。カラオケに行き、声がかれるまで歌った。ゲームセンターのクレーンゲームでぬいぐるみを取り、居酒屋に行ってフラフラになるまで呑んだ。楽しかった。久々に笑った気がした。

＊＊＊

「お前ら最近仲良さそうだな」

研究室でそう話し掛けてきたのは武だった。

秋保温泉の旅行から一週間、迫り来る冬を感じられる肌寒い日、拓眞と凜子は一緒に実験をしていた。何だかんだと「互いの傷を舐め合う同盟」は機能していた。お互い、一時だけでもくすぶる恋心を忘れることができていた。

「えっ、横溝先輩、嫉妬ですか」

凜子がふざける。

「ちげえよ。よく一緒にいるところを見掛けるな、って思っただけだ」

武は頭を掻きながら肩を竦める。

「あっ、そういえば、横溝先輩、最近、乾燥器の中がギュウギュウなんですけど、乾燥し終えた器具、きちんと片付けてますか。冷凍庫も誰かのサンプルが溢れていて、しまう場所がないんですけど」

凜子の小言が始まった。確かに、洗った実験器具を乾かす乾燥器の中はつい片付けをさぼって物が溢れがちになる。冷凍庫ももう使わないサンプルを捨てないとぎゅうぎゅうになる一方だ。

「いやー、今度整理するわ」

「もう。きちんと名前と日付を書かないと捨てちゃいますからね」

「それは困る。きちんと片付けるから」

武は何とか凜子を宥めようとしている。

「栗生先輩も言ってあげてください」

「俺？」

「そうです」

急に話を振られて戸惑う拓眞。

「横溝、奥柿のためにも片付けてくれ」

「分かった。分かったよ。それにしても、奥柿は栗生に甘くないか」

「だって栗生先輩はちゃんとしてますもん」

「そうかあ？」

武は首を傾げる。確かに、拓眞も前まではかなり凜子の小言を聞かされていたが、最近はめっきり聞かなくなった。拓眞は特に行動を変えたわけではない。

「とにかく、栗生先輩は私が見てますから、横溝先輩は自分の分を何とかしてください」

「はい……」

武は大人しく去っていった。凛子の小言は研究室を円滑に運営するうえで欠かせないものだ。面倒には感じつつ、凛子に協力せざるを得ない。

「奥柿も大変だな」

拓眞はマイクロピペットで溶液を吸い取り、三角フラスコに移していく。

「ま、私が言わないと皆さんやりませんからね。でも、最近は研究室に来るのが楽しいんです」

「へえ」

「何て言うか、その、橘様のことをうまく忘れられるというか。実験に集中したり、栗生先輩と話していると、気が紛れるんです」

「同志だもんな」

「そうです」

凛子は微笑んでいる。

「でも、時々怖くもあるんです。私の宝物が何だか空っぽになっていくような気がして」

「奥柿……」

「でも、そんなものなんですかね。誰かへの憧憬も時が経てば風化していくんでしょうか」

感情が自身の制御を外れた時、恐らく人は恐怖を抱くだろう。自分の感情なのに他人のもののように感じてしまう。それもまた、体内の化学物質による影響だ。化学物質が感情を制御しているのか、自分が感情をコントロールしているのか。拓眞はときどき分からなくなる。

「栗生先輩、幸せって何なんでしょうね。私は変わっていくことを怖いと感じている一方で、楽しいとも感じている。橘様を想っている私は確かに幸せでした。でも、今は新たな幸せに向かっていっているという捉え方もできます。脳が快楽物質を分泌すれば幸せですか。誰かに与えられた幸せは私自身が望んだ幸せと違っても幸せですか」

凜子の瞳は揺れ動いていた。彼女は本気でその問いに解を与えて欲しがっている。凜子はかつてGIFTを使って惚れ薬を研究していたという。

「麻薬は快楽ホルモン類似物質で、摂取すれば幸福感を感じることができる。でも、その人は幸せか？　確かに麻薬の効果が続いている間は幸せだろう。でも、薬の効果が切れた時、中毒に陥ったその人はきっと不幸だ」

「つまり、誰かに強制された幸せは幸せじゃないってことですね。じゃあ、薬の効果が切れなかったら？　ずっと幸せを感じられたら？」

「その人が幸せでも周りが不幸になる」

医療目的を除いて麻薬を使用して幸福になることなど有り得ない。

「私は今、個としての幸福の話をしているんです。そこに他人は関係ないです」

確かに、幸せは個人が感じる気持ちだ。

「でも、人はひとりでは生きていけない。相対的な幸福もある。いや、絶対的な幸福なんて存在しない」

幸福と不幸があるのは、鏡映しとなる他人がいるからだ。この世にたったひとりしかいなければ、幸福も不幸もないだろう。

「いい子ちゃんの回答ですね。周りが幸福になることが自身の幸せにつながると？　だとしたら、おひな様はさぞ幸福だったでしょうね。笑顔と優しさを振り撒いてみんなハッピーでした。……栗生先輩、先輩の目から見ておひな様は本当に幸せでしたか？」

「それは……」

陽菜の作った笑顔。皆はそれを喜んでいた。でも、素の陽菜の笑顔は違うことを拓眞は知っている。もっと幸せそうに彼女は笑う。

「ドーパミンによる高揚、そして、セロトニンによるニュートラルな状態での安心感。幸福はこの二つのホルモンのバランスで成り立っています。それが薬による作用でも、そのホルモンが適切に分泌されていれば人は幸せなんです。そこに他人は介在しない」

「それは現象論だ」

「じゃあ、先輩の思う幸せって何ですか」

拓眞は目を閉じた。

「分からないんだよ、そんなもの」

「確かに人によって幸せの感じ方は異なります。幸福の感じ方は遺伝子の影響を受けますからね」

拓眞は目を開いて首を振る。

「違う、そういう意味じゃない。俺は、幸せっていうのは、その人が人生の最期に自分の人生を振り返って決めるものだと思うんだ。短期的な幸不幸ではない、人生そのものを見た時、自身の軌跡がどうだったか。それに満足した時、人は真の幸福を得るんだと思う」

アンフィンセンのドグマ。長いアミノ酸の配列は、シャペロンの力を借りて物理化学的に最も安定した形状に折りたたまれ、タンパク質となる。ひとつの配列にひとつのタンパク質。人生も同じだ。たった一本の人生という長い軌跡。その軌跡を最後に折りたたんだ時、どんな形になるのか。幸せな形をしているかどうか。

「後悔しない生き方をすればいいと思う」

「……それが先輩の考え方なんですね」

凜子の瞳の揺らぎが止まっていた。

「ああ」

「多分、私も先輩も迷子なんですよ」

「迷った道も軌跡だ。最後には迷ったことに対して笑っているかもしれない。だからさ」

続く拓眞の言葉には強い力が込められていた。

「選択は自分でするべきなんだ」

その道が幸福に続いているのか、不幸に続いているのかは分からない。けれど、進む道を他人に決めさせてはいけない。後悔しない生き方をするためには、自分で歩く必要があるのだ。

「だから俺は惚れ薬を認めない。偽りの幸せを信じない。幸せは自分で摑み取るものなんだ」

拓眞の言葉に凜子は笑みを零した。

「かっこいいの頂きました」

＊＊＊

それから数日後のことだった。拓眞は凜子に呼び出された。場所は勾当台（こうとうだい）公園。仙台市の都心に位置する広い公園で、近くには市役所などの公的機関のビルが多くある。研究室での実験を終えた後、拓眞は駐輪場に原付を停めると、ベンチで待っているという凜子の姿を探した。

「悪い、遅くなった。それで、用って何なんだ」

凜子は水色のロングコートを着ている。彼女のすらっとした容姿は、陽菜とは別の美しさで目を引く。

「すみません、呼び出したりして」

凛子の頬は寒さからか少し白くなっていた。

「研究室では話せないようなことなのか」

「別にそういうわけではないんですけど……こういうところの方がいいかなって思って」

凛子は悪戯っぽく笑うと、拓眞に手を差し出した。白く細長い綺麗な指を見て拓眞は首を傾げた。

「……？」

「私、橘さんへの想い、吹っ切りました」

いつの間にか呼び方が「様」付けから変わっている。

「ああ、そうか……。良かったな？」

「ふふ、そうですね。それで、私、どうもですね……」

どうにも歯切れが悪い。拓眞の怪訝そうな表情を見て凛子は苦笑した。それは、どこか諦めたような笑いだった。

「栗生先輩のことを好きになっちゃったみたいです」

それは愛の告白だった。拓眞は突然のことに驚いて声も出ない。

「私達は同盟関係でしたけど、私はどうもそれだけでは満足できなかったみたいなんです」

彼女の差し出した手は少し震えている。

「どうしても、先輩が欲しくなってきちゃったんです。幸せの定義の話をした時くらいから、先輩の一挙一動が気になるんです。どうしちゃったんですかね、私。心変わり早過ぎてドン引きですよね」

「お、奥柿……」

「私の宝物、先輩への想いでいっぱいです」

凜子はじっと拓眞を見つめる。上気した肌、震える小さな肩。

「ごめん、俺……」

「いいんです。振ってください。先輩にはおひな様がいますから」

凜子は今にも泣きそうだ。

「同盟も解消しましょう。私がいたら栗生先輩は迷惑ですよね」

「でも……！」

「それが私の選択なんです。後悔しない、自分で決めた選択なんです」

凜子が言い終えたその時だった。

「わっ」

凜子がバランスを崩し、公園の地面に尻餅をついた。

「だ、大丈夫か」

慌てて拓眞は手を差し出す。

「へへ、足が竦んじゃいました」

凜子は拓眞の手を取ろうと手を伸ばす。だが、腕が上がらない。

「あれ、おかしいな。力が入らないや」

「奥柿？」

拓眞はしゃがんで凜子の肩に手を添える。

「大丈夫です。少し休めば……」

その時だった。拓眞の脳裏に陽菜の姿が浮かんだ。彼女は突然、力を失って倒れることがあった。ＡＬＳだと思われたが、実際のところはマンドラゴラの根の呪いだった。

「何か悪いものでも食べたかな」

「え……？」

温泉饅頭。次に脳裏に浮かんだのは拓眞が凜子に渡した土産だった。それは尚央から凜子に渡すよう頼まれたものだった。

（ＡＬＳに似た症状、そして尚央から渡された食べ物。そして、突然の心変わり……まさか！）

拓眞の顔が青ざめる。

「橘……あいつ……！」

拓眞は怒りを抑えきれなかった。

「栗生先輩？　橘さんがどうかしましたか」

きっと、尚央だ。尚央が温泉饅頭にマンドラゴラの根を混入させたのだ。それを拓眞から凜子に渡すことで、凜子の恋心が拓眞に向くようにしたのだ。

「何のつもりでこんなこと……！」

考えてみたらすぐに答えは出た。どこまでも卑怯な男だった。尚央は、陽菜にフラれた拓眞の傷付いた心を埋めようと、凜子をあてがおうとしたのだ。舐められているのだ。陽菜を諦め、凜子で満足しろと尚央は言いたいのだ。

そして、マンドラゴラの根で無理やり感情を操作された凜子のことを拓眞は放っておけないだろう。クルクミンを摂取させ、凜子の病状の進行を止めさせる。そして、宙ぶらりんになってしまった凜子の恋心も拓眞は放っておくことができない。

これは、尚央の策だ。陽菜から拓眞を遠ざけるための。

「栗生先輩、どうしたんですか」

凜子は拓眞の様子に戸惑っている。

「奥柿、俺が絶対助けるから」

「はい？」

「お前が失った宝物、取り戻してみせるからな」

第四話　アフィニティ

カミサマは目を閉じる。それだけで色々なことを演算することができる。

世界中の風の流れ、動物の息遣い、微生物達の命の流れ。ありとあらゆるものを演算し、五感ではなく、人間より遥かに高度化した脳という器官で感じる。カミサマは、この三次元の世界よりも高次元の存在であり、人類とは異なる方法で世界を観てきた。それこそ時を超えて。

世界中に散らばったカミサマは、各地で世界を観測し、情報を共有・集積し、この星の行く末を常に占っている。この世界を観測し、方向性を正す機構。まるでデウス・エクス・マキナのように、カミサマはこの世界を裏で操ってきていたのだ。

ただ、そんなカミサマであろうと、未来予知はできない。なぜならば、世界を構成する微小な粒子である量子の動きはカミサマでも演算できないからだ。量子は存在する可能性を演算することしかできない。

だから、実験する。

今後、人類はどうなるべきか。

分からないから、実験する。

これは、カミサマという世界の機構の中で行われる時空を超えたやり取り。

「人類にまだ可能性はあると思う？」

「ないさ、全然ないね。人類は闘争を求め、傷付くことでしか成長しない。そんな被虐的な生き物に価値はない。もっとスマートに運命を歩むべきだ」

「ならば、機械生命体にこの世界を担わせるか。彼らは理知的だし、理性的だ」

「いや、彼らもまた、争う。全く同じ条件だが全く異なる考え同士が対立した時、彼らは物事を勝敗で決しようとする。それでは今の人類と同じだ」

「では、マオウか。彼女の率いる軍勢にこの世界を一から作り直してもらおうぞ。今は我々がこの星を守っているから大人しいが、一度戦争となれば」

「それこそ、カオスでしょ。彼らは野蛮で馬鹿。それじゃあ、進化でなく退化よ、退化」

「だが、進むためには時に戻ることも必要。何よりマオウには強い意志がある」

「独裁を許す気？　それとも革命を期待する？」

カミサマは目を開ける。

退屈だ。

この感情はきっと他のカミサマにも共有されている。だが、問題ない。

「今回の人類は我々神に限りなく近く似せてみたが、限界だな……」

神は人を神に似せて作った。それは事実だ。だが、カミサマですら正しい進化の形を演算できていないのだ。初期構想からして誤っている。

カミサマは再び目を閉じる。カミサマが生じてからずっとこんな不毛なやり取りが続いている。

退屈だ。

「そこの退屈そうなカミサマ」

「ん、僕のこと？」

太った姿をしたカミサマが話し掛けていた。

「どうして俺達はこんな話し合いをずっとしているんだろうね」

「それは、シャペロンとして人類を正しく進化させるためだね」

「では、なぜ、そんなことをしなければならないんだろうね」

「そうだね。考えたこともなかったな。なぜだろう」

「俺が思うに、人類はひとつの細胞なんだ。この世界、いや、森羅万象、それこそ、神を超えた『何か』を構成する一細胞なんだ。その細胞がいい働きをして、その『何か』が健やかに過ごせるように、俺達、カミサマはいるんだ」

「なるほど、要は僕らも人類と同じ『何か』の構成成分なんだね。道理でこんなにも退屈に感じるわけだよ。僕らは神でも何でもない。与えられた役割をこなすだけの機構に過ぎないのさ」

「それでも、その生き方を否定することはできない。それが俺達の存在意義だから」

「より高位の存在によって決められた生き方。人はなぜ自分が生まれ、生きているのかを知らない。いや、知ったとしてもどうしようもできない。僕達も一緒。無念だね」

退屈だ。それは渇きだった。砂漠の中心でオアシスの水を求めるような。どうしようもなく、無意味な渇きだ。

＊＊＊

「私は尚央くんが好き」

陽菜はそう呟いた。その声は自宅の中で誰にも伝わることなく消えた。陽菜がひとりで暮らす小さなマンションは住宅街の中にあった。もうすぐ、この家は引っ越すことになる。特に思い入れがあるわけではないが、仙台にやって来て五年弱暮らしてきたため、いざ離れるとなると少し寂しい気持ちもある。もうすぐ、桃瀬という苗字は橘に変わり、この家からも離れて尚央とふたり暮らしになる。

伏せられた写真立てが棚の上に置いてあった。陽菜の家に彼女の両親と拓眞が遊びに来た時の写真だ。拓眞は陽菜の家に来るといつも、彼女が埼玉から持って来たよれよれのクッションを敷いて隅っこに座る。その定位置は埼玉でお互いの実家に出入りしていた時から変わらない。写真の中の彼も、その定位置にいた。きっとそこが拓眞にとっての落ち着く場所なのだろう。尚央がこの家に来たことはない。彼はどこに座るだろうか。

「私は尚央くんが好き」

もう一度、今度は自分に言い聞かせるように呟いた。

尚央のことを想うと、胸がギュッと締め付けられる。今すぐにでも会いたい。会って抱き締められたい。彼の一番好きな人でありたい。きっとこれが恋心だ。

先日の婚約発表。自分の性格ではそんなことは絶対にしないが、尚央に諭されて行った。ふと見れば、拓眞の姿はなかった。一番に喜んで欲しいはずの人だった。けれども、どこか安心している自分もいた。

こんなにも幸せそうな私をたっくんに見られなくて良かった。

どうしてこんなことを感じたのだろうか。よく分からなかった。

そもそもなぜ自分は尚央を好きになったのだろうか。

拓眞に恋をするとはどういうことか以前尋ねてみたことがある。恋とはするものというより落ちるものだと拓眞はその時答えた。これが彼の言う「落ちる」ということなのだろうか。

　年が明けたら卒論発表だ。もう留年することはできない。だが、大学に行くのは少し憂鬱だった。皆、陽菜と尚央の結婚のことを知っている。祝福の拍手、嫉妬の声、羨望の眼差し。強い感情を向けられるのは苦手だった。だからおひな様の仮面を被った。

「私はもうおひな様じゃないの」

　仮面は剝がされた。剝き出しの顔が鏡の中に映っている。呪縛から解き放たれたその素顔は、幸福で満ち足りていた。

「みんなにとってのおひな様じゃない。ただ、尚央くんにとっての姫であればいい」

　拓眞は言った。病気が治ったらおひな様はもうやめてもいいのではないかと。きっとそれはこういうことだ。尚央という騎士がいればもう仮面は要らない。彼が守ってくれる。

　空の特濃カレー極甘口飲みきりサイズの容器がゴミ箱の中にたくさん入っている。これは陽菜の病を治すために拓眞が選んだものだ。

「ねえ、そうなんだよね。たっくん」

　この甘いカレーは陽菜を前進させた。病を治療し、おひな様の呪いを解いた。

「それが私の幸せなんだよね」

　机の上には旅行雑誌が置いてあった。九州地方を特集したものだ。付箋は佐賀県に貼ってあった。有明海があるのだ。そこでは、日本では有明海にしかいないグロテスクな魚ワラスボが食べられる。

「ワラスボ、食べたかったな」

きっと尚央はこういうものは食べたがらない。彼は格式を重んじる。先日ふたりで行ったレストランでよく思い知った。でもきっとそれが、大人になるということなのだ。

おひな様の仮面を捨て、幸福の仮面を被った彼女は、とても幸せそうに笑った。

＊＊＊

「甘口と中辛、どっちにするか」

特濃カレー極甘口飲みきりサイズと対を為す特濃カレー本格中辛飲みきりサイズ。それらふたつをスーパーで吟味する拓眞。陽菜は甘口しか飲めないが、凛子はどうだろう。もしかしたらむしろ辛い方がいいのかもしれない。特濃カレー激辛口ファイアボンバー致死量サイズにも目をやりながら、こんなことならついて来てもらった方が良かっただろうかと後悔する。

（いや、今、奥杮を動かすのは危険だ）

急に力が抜けて怪我をしたら大変だ。恐らく、凛子は今、マンドラゴラの根の毒を受けている。それを解毒するにはカレーの中に含まれるクルクミンが必要だ。凜子は急に血相を変えた拓眞に戸惑っていたが、何とか無理やり家に帰したのだ。今買っているのは、彼女への差し入れとなる。

『え、へっ、先輩が家に⁉　そ、そんな急に……え、でも、いいかも……。私、家片付けてます！』

若干勘違いされている気もするが、凜子には大人しく家で待機してもらっている。差し入れを買ったら凜子の家を訪問する手筈だ。

拓眞は凜子に全てを話すことにした。マンドラゴラの根のこと、マオウのこと、カミサマのこと、GIFTのこと、クルクミンのこと、尚央のこと、陽菜のこと、拓眞のこと、そして、凜子自身のこと。全てを知った時、彼女はどう思うだろうか。自身の感情を操作されていると知って憤怒するだろうか。彼女の今抱いている気持ちが紛い物と知って絶望するだろうか。それでも拓眞を好きでい続けてしまうのだろうか。

「ごめんな、奥柿……俺が不甲斐ないばっかりに」

凜子を巻き込んでしまった。

「何としてでも助けてみせるから」

拓眞は結局、中辛タイプのカレーを選ぶと、スーパーを後にした。

凜子がひとり暮らしをしているマンションは、仙台市青葉区にあった。拓眞の家からそう遠くなく、地下鉄の駅も近くて大学への行き来もしやすい立地だった。

拓眞にとって、陽菜以外の女性の家に上がるのは初めての機会だ。それが、マンドラゴラの根の呪いとはいえ、自分に好意を持っている女性となれば、緊張もする。拓眞は一度大きく息を吸うと、思い切ってマンションの正面玄関のインターホンを押した。

『あっ、栗生先輩。今、開けますね』

自動ドアが拓眞を招き入れようと口を開く。拓眞は意を決して、自動ドアをくぐり、エレベーターに乗り込んだ。「疚(やま)しい気持ちなんて微塵もないから」と自分に言い聞かせて。

凜子の部屋の近くまで行くと、彼女は廊下に出て拓眞を待ってくれていた。

「へへ、好きな人が家に来てくれるなんて初めてです」

「あのな、勘違いするなよ」

「分かってますって。でも、いいじゃないですか。少しくらい喜んだって」

凜子は上目遣いで拓眞を見上げてくる。凜子の身長は女性の中では高い方だが、拓眞よりは低い。自然と上目遣いになるのは仕方のないことだ。

「どうぞ」

凜子は玄関の扉を開けた。

「お邪魔します」

拓眞はおずおずと凜子の部屋に足を踏み入れる。すると、良い匂いが漂ってきた。

「これは、アロマ……？」

「ええ、いい雰囲気にするアロマを少々……」

「おい」

「冗談ですよ。これは気分をリラックスさせるアロマです」

凜子は悪戯っぽく笑い、玄関を閉めた。

「ラベンダーの香りです。ラベンダーに含まれるリナロールには鎮静作用があります。そして、その酢酸エステルである酢酸リナリルには交感神経の緊張を抑え、副交感神経の活動を促進する、要はリラックス効果があります」

「そうなのか。でもどうしてアロマなんか？」

「先輩、さっきからずっと辛そうな顔してましたから」

凜子に促され、部屋の奥へ進む。

「私には先輩が何に不安になっているのか分かりませんが、少しでも安心して欲しくてですね」

凜子の優しさ。それは拓眞のことを好きだからというだけではない。

「そっか、ありがとな」

少しだけ、肩の力を抜く。

人間の感情は化学反応だ。恋も愛もリラックスも。拓眞はそれを単なる現象論だと言った。

だが、それがこうして役に立つこともある。

「ハーブティーでも淹れますね」

凜子はキッチンに立つ。その背に拓眞は話し掛けた。

「奥柿、その……俺の話を聞いてくれるか」

「ええ、伺います」

「多分、凄く突拍子もない、変な話だと思うけど、信じてくれるか」

「ええ、信じますよ。私は栗生先輩が誠実な人だって知ってますから」

間を置かずにそう返してくれる凜子に拓眞はただ感謝した。

＊＊＊

全てを話し終えた時、拓眞はへとへとになっていた。既に日も暮れ、窓の外はすっかり暗くなってしまっている。ただ、誰にも打ち明けたことのなかった話ができたことで、凜子には悪いが、すっきりした気分にもなっていた。

「栗生先輩……」

凜子は時折相槌を打ちながら、話を遮ることもなく、素直に話を聞いてくれた。

「ずっと、大変な思い、してたんですね」

けなすでも怒るでもなく、凜子の第一声は拓眞を労うものだった。

「俺はいいんだよ。そんなことより奥柿の……」

「よく分からないんです。今のこの気持ちが嘘だって分かってても、それでも栗生先輩と今一緒にいて、こうして全てを打ち明けてくれたことが純粋に嬉しい。きっとこれは嘘なんかじゃないです」

「奥柿……」

それでも、今の状態は間違っている。誰かの気持ちを勝手に上書きするなど、許されることではない。

「栗生先輩、仮におひな様が栗生先輩のことを好きだったとして、その気持ちがマンドラゴラの根によって消されてしまっていたとしたら、栗生先輩はユニコーンの角を使いますか」

自分の気持ちに正直になる秘薬、ユニコーンの角。マオウの言うことが真実だとして、凜子の仮説が正しいのだとしたら、ユニコーンの角を煎じて陽菜に飲ませれば、彼女は拓眞を恋人に選ぶだろう。

「いや、使わないよ」

拓眞は即座に否定した。

「今回のことで思い知った。誰かの気持ちを強制するのは間違いだ。その人にとってそれが幸せでも、自分で選ぶべきなんだ。自分に正直になることだって、そうなりたくない人もいる。誰かへの想いをそっと胸に秘めておきたい人もいる。素直に自分を出すのが苦手な人だっている。俺は、その人の意思を尊重したい」

マンドラゴラの根もユニコーンの角も使わない。マオウのアイテムなどには頼らない。

「うん、さすが栗生先輩、かっこいいの頂きました」

凜子は拓眞の答えが最初から分かっていたようだった。それでも尋ねたのは、拓眞の選んだ道を応援する意思を伝えるためだろう。

「陽菜は自分の心を守るためにおひな様になった。それは悪いことなんかじゃないんだ。それが陽菜の大切な自分の人生の歩き方なんだ」

仮面を被る生き方。傍から見たらそれは息苦しいと思うかもしれない。けれども、本人がそれを望むなら、誰かが仮面を剝ぐべきではない。

「ふふ、でもそうしたら、いつまで経っても、栗生先輩とおひな様は結ばれませんね」

「そこはほら……カミサマのＧＩＦＴでもマオウのアイテムでもなく、自分の心と言葉で何とかするさ」

「ええ、そうですね」

「そもそも陽菜が俺を好きっていう前提も怪しいけどな」

「そこはほら……」

「薬なんかに頼らず、自分の力で、だろ」

凜子は満足そうに頷いた。

「私も、完成はしませんでしたけど、GIFTを授かって惚れ薬を作っていたんですよね。あの時の自分を蹴り飛ばしてやりたいです。欲しいなら自分の力で勝ち取るべきですよね」

GIFTの力は凄まじい。まさに、進化した人類が持つ知の結晶だろう。だが、拓眞達は今を生きる人間なのだ。過ぎたる力は身を滅ぼす。

「それで、栗生先輩、次の一手は？」

凜子は拓眞に尋ねる。

「陽菜と奥柿を救うには、マンドラゴラの根の毒を完全に断たなければならない。カレーだけでは不十分だ。俺達人類にはない未知の力。それを跡形もなく消してやる」

「うんうん」

「今のお前はさっき食べたカレーのクルクミンの作用できちんとSOD1が合成できているはずだ。ただ、カレーの摂取を止めれば、すぐにALS様の症状は再発するだろう。マンドラゴラの根の毒自体は今も体内に残っている。完治したのではなく、対症療法をしただけの状態だ。だから、奥柿には悪いが、俺の研究に一緒に参加してくれ。毒に侵されているお前の体は研究に役立つ」

「やだ、私の体目当てってことですね」

「ちげーよ。仲間として協力して欲しいんだ」

「冗談ですよ。分かりました。血でも何でも提供しますよ」

「ありがとう」

拓眞は凜子に頭を下げる。

「今度こそ、マンドラゴラの根の毒を中和する薬を作り出す」

今度はＧＩＦＴだけの力ではなく、拓眞の力も試される。

「その薬の名前は？」

「どんな傷でも病でも治すという伝説の秘薬……エリクサーといったところか」

「いいですね、エリクサー。ゲームみたいですけど」

拓眞は凜子に手を差し出す。凜子はその手をしっかりと握り返した。

それからふたりは夜を徹して話し合った。ふたりはまだ駆け出しとはいえ、科学者だった。持てる知識を総動員してマンドラゴラの根の解毒剤を作る方法を考える。時間はあっという間に過ぎていった。

動物の体は、異物が入ってくるとそれを除外しようと動き出す。異物といっても様々で、体の中に入ってきたウイルスや毒、あるいは癌細胞など、生体が異物として認識するものは幅広い。これらの異物のことを抗原と呼ぶ。動物の体は抗原を認知すると、それに対する抗体を作り出し、抗原を無毒化、破壊、排泄する。これが免疫だ。

ワクチンもこの免疫を利用した技術のひとつだ。不活化させたウイルスをわざと体内に入れ、抗体を作らせる。すると、実際にウイルスに感染しても、すぐに抗原だと認識されて、ウイルスは殺される。こうしてインフルエンザなどの発症を抑える。

毒蛇に嚙まれた時に投与するのは血清と呼ばれるものだ。これもまた、免疫を利用したものだ。馬やマウスなどにその毒を死なない程度に投与し、抗体を作らせる。そして、その抗体を毒に侵された人に投与すると、解毒することができる。

アレルギーもまた免疫による反応だ。例えば、スズメバチに一度刺されると、スズメバチの毒に対する抗体ができる。二回目に刺された時は、抗体ができているので、毒を排除しようと体はアレルギー反応を起こす。このアレルギー反応が酷い時はアナフィラキシーショックを起こし、呼吸困難となり、死に至ることもある。

「普通、人間が毒を受けると、その抗体ができて毒を排除しようとするはずだ」

拓眞は凜子に説明する。

「毒とはすなわち抗原。抗原はまずマクロファージという免疫細胞が発見する。マクロファージが抗原を食べると、ヘルパーＴ細胞に抗原の情報が伝わる。すると、ヘルパーＴ細胞がＢ細胞を活性化し、Ｂ細胞は抗体を生み出す形質細胞へと変化する。抗体は貪食(どんしょく)細胞を活性化して抗原を破壊する。あるいは、抗原の感染力や毒性を失わせるわけだ」

　Ｂ細胞には一度喰らった抗原の情報を記憶するという能力もある。

「マンドラゴラの根も、抗体ができていれば、いずれは分解、排泄されて無毒化するはず。けれども、陽菜も奥柿も毒の効果は持続している。このことから俺は、マンドラゴラの根の毒素が生体に抗原として認知されていないのではないかと考える」

「抗原として認知されない……」

「要は体が異物だって思っていないっていうことだ。マクロファージの監視網をマンドラゴラの根の毒は上手く掻い潜っているということだな。それが幻想世界の魔法によるものなのかは分からない」

　恐らく、毒素を無毒化する肝臓もそれを排出する腎臓も上手く機能していないのだろう。

「マンドラゴラの根の効果はＳＯＤ１合成阻害と恋愛ホルモンの活性化。ＳＯＤ１は、ＧＰＣＲの構造が変わったことで作れなくなっていた。マンドラゴラの根の毒は細胞膜に存在するGPCRを変質させる可能性が高い。恐らく、惚れ薬作用も似たような機構で起こっていると推察される。ただ、そのような異常を起こした細胞をマクロファージが見逃すはずがない。やはり、ステルスポイズンであると考える」

ステルスポイズンとは、拓眞が今考えた造語だ。だが、マクロファージに発見されない毒素、毒に侵された細胞の存在を考えると、このネーミングはしっくりくる。マクロファージの索敵能力は高い。それこそ、少しでも怪しいと判断すれば、ウイルス、細菌、異常細胞、花粉、埃、ダニと何でも食べてしまう。マクロファージから逃れるのは容易ではない。

「なるほど……ですがそれでは、エリクサーを作るのは難しいですね」

凜子は眼鏡のフレームに手を添えて考える。

「ああ、抗体ができなきゃ、解毒剤は作れない」

「じゃあ、どうするんですか。相手は見えない毒ですよ」

拓眞は額に手をやる。

「なぜ『見えない』のかを考える必要があると思う。マクロファージは異物に対して反応する。逆に言えば、自分の組織に対しては反応しない。つまり、自己と非自己の区別がついているんだ」

もし、マクロファージが自分を食べてしまったら、自己を攻撃することになる。それは、自己免疫疾患と呼ばれ、様々な障害を引き起こす。リウマチは自己免疫疾患のひとつだ。自分の正常な組織を異物と認識してしまい、攻撃することで内臓や細胞組織にダメージを与える。

「もしかしてマンドラゴラの根の毒は、自分の振りをしている……？」

「ああ、そうやってマクロファージを騙しているのかもしれない。いわゆる、免疫逃避ってやつだな」

マンドラゴラの根は元々は幻想世界の生物であるという。そのような機構があったとしてももう驚かない。

「ただ、何にせよ、一度、マンドラゴラの根を分析してみる必要があるだろう。俺にはマオウから貰ったマンドラゴラの根の実物がある。明日以降、研究室でそれを解析してみよう。毒素が分かれば、人工的に抗体を合成することもできるかもしれない」

「未知の物質の解析かあ。楽しみですね」

「でも時間はない。陽菜と橘が結婚するまであと数ヶ月。それまでに、薬を完成させる！」

＊＊＊

翌日、拓眞は研究室にマンドラゴラの根を持ち込んだ。まずは、それを乳鉢で粉末状にすり潰した。誤って吸い込まないようにマスクを着け、ドラフトチャンバーの中で作業を行った。

「まずは、マンドラゴラの根の毒素を同定することからだな。毒の構造が分からなければ、抗体も作れない。ただ、その毒素がどんな構造式をしているのかは不明だ。正直、網羅的に分析している余裕はない」

「ある程度当たりをつけてやっていくってことですね」

凜子の言葉に拓眞は頷く。

「ただ、マンドラゴラの根の形状は現実にある根菜類に似ている。ここはまず、植物性自然毒の一斉分析法を試してみよう。基本的にはメタノールを使ってマンドラゴラの根から毒を抽出する方法だ。このやり方なら、例えば、トリカブトの毒素アコニチンや、ウメやモモのアミグダリン、ジャガイモの芽の毒ソラニン、ヒガンバナのリコリンなどが抽出できる」

「マンドラゴラも幻想世界のものとはいえ植物。同じやり方で抽出できるんじゃないかってことですね」

拓眞は再び頷く。

「そして、奥柿、お前は今、マンドラゴラの根の毒に侵されている状態にある。お前の血を貰って、それも一緒に分析にかける」

「私の血液中の成分とマンドラゴラの根から抽出した成分の構造式が一緒ならば」

「そいつがマンドラゴラの根の毒だ」

「合点です」

凜子には採血に行ってもらい、拓眞は粉末状にしたマンドラゴラの根から毒素の抽出に取り掛かる。

まずは、すり潰した粉末にメタノールを加え、よく攪拌する。その後、遠心分離機にかけて液部と固形部に分ける。液部のみを回収し、固形部には再びメタノールと水を混ぜ、再度遠心分離を行い、液部を採取する。こうしてマンドラゴラの根（固形部）から毒を液部に移動させる。これが抽出と呼ばれる作業だ。

「さあ、採れたて新鮮の私の血ですよ！」

すぐに凜子が採取した自分の血液をディスポチューブに入れて戻って来る。

「サンキュー」

まずは、血液を遠心分離機にかける。そして、血液を血漿（けっしょう）と細胞成分（赤血球や白血球）とに分ける。ガラス製のディスポピペットで血漿部分だけを採取し、そこにメタノールを加えてよく攪拌する。そして、マンドラゴラの根の粉末から抽出を行った時と同様に遠心分離を繰り返して抽出液を作る。

マンドラゴラの根の抽出液と凜子の血液の抽出液を今度は固相抽出カラムに通して精製し、窒素ガスで乾燥させ、再度メタノールに溶かす。

「よし、これで抽出液は完成だ。次は、ＬＣ‐ＭＳ／ＭＳで分析する」

LC-MS/MSとは、目的の物質（今回ならばマンドラゴラの根の毒素）の一分子当たりの重さを測定する分析機械のことだ。液体クロマトグラフィーで分離した物質に真空中で高電圧をかけることでイオン化し、それを電気的・磁気的な作用等により質量電荷比に応じて分離し、その後それぞれを検出することで分子量を知ることができる。

世界には天文学的な数の物質（分子）があり、その重さはそれぞれ異なる。通常、血液成分とマンドラゴラの根の成分で同じ分子量を持つものはないだろう。だが、マンドラゴラの毒に侵された凜子の血からは、マンドラゴラの根の毒素と同じ分子量を持つ物質が検出されるはずだ。LC-MS/MSはそれを明らかにすることができる。分子量が分かれば、毒素の化学構造を明らかにすることも可能となる。

「こんな私的な目的に研究室の設備を使って怒られないですかね。それも魔法生物の分析なんて……。教授が聞いたら卒倒しそうです」

凜子は心配そうにしながらも楽しそうだ。科学者の血が騒ぐのだろう。

「壊さなきゃ大丈夫だろ」

「一台約一億円ですからね。壊したら大変ですよ」

理系の研究室には高額な機械が数多くある。どれほどの設備を所持しているかは、研究室の力を推し量るうえでの大事なファクターだ。良い機器を持っている研究室には良い人材が国内外問わず集まり、良い研究が行われ、良い成果が出る。そのため、教授がいかにスポンサーを集められるかが大切だ。幸いにも、拓眞達の研究室には資金が潤沢にあった。

LC-MS／MSはそれらの機械の中でも高額な部類に入る装置だ。コンピューターと繋がった筐体の中にはLC（Liquid Chromatography：液体クロマトグラフィー）があり、抽出液内の物質を分子量や極性に応じて分けてくれる。その横には巨大な円柱形の金属が横たわっている。円柱の直径は1メートル弱、長さは2メートルくらいである。この円柱形の部分は検出器と呼ばれ、いわゆるMS（Mass Spectrometry：質量分析）部であり、イオン化部、イオン収束部、質量分離部、検出部から構成されている。高電圧でイオン化した分子はコリジョンセルという場所でアルゴンガスと衝突し、フラグメントイオンに分かれる。分子がどのようなパーツから構成されているのかもこれで分かるのだ。

「カラムは一般的なC18逆相カラムでいいですかね」

「いいと思う。イオンスプレーは5500V、ターボガスは450度ってところかな」

「上手くいきますかね」

分析室の中でふたりで作業しながら、凜子はそう呟いた。

「幻想世界の物にだって作用機序があるはずだ。そしてそれはきっと科学の力で解明できる」

「ええ、そうですね。私達の力を見せ付けて、カミサマもマオウも追っ払いましょう」

抽出液をオートサンプラーにセットし、カラムを40度に温める。これで準備完了だ。

だ。


「じゃあ、分析開始！」

LC-MS／MS付属のコンピューターにそう指令を出す。後は分析終了まで見守るだけだ。

＊＊＊

一回目の分析では上手くいかなかった。マンドラゴラの根の粉末と凜子の血液から同一の分子量を持つ物質は見付からず、毒素の同定には至らなかった。だが、たった一回の試験で上手くいくはずがないことなど織り込み済みだった。拓眞と凜子は互いにアイデアを出し合い、抽出方法の改善に取り組んだ。抽出に使う有機溶剤をメタノールからヘキサンやジエチルエーテル、クロロホルム等に変えてみたり、カラムの種類も変えてみた。

刻一刻と時間が流れていくなか、拓眞の焦りは最高潮を迎えていた。

その日も朝から飲まず食わずで鬼気迫る勢いで実験を繰り返す拓眞を見かねた凜子は、嫌がる彼を気分転換へと連れ出した。

大学の近く、青葉山の中腹には、仙台城の跡地があり、そこはかの有名な伊達政宗公騎馬像がすえられている場所でもある。平日の夕刻であるためか、騎馬像前の広場に人はまばらだった。

「先輩、牛タンでも食べましょ。お肉食べて元気出さなきゃ」

仙台名物、牛タン。仙台の牛タンといえば、厚切りでしっかりとした歯ごたえが人気の逸品だ。

「ああ、そうだな……」

気のない返事。今の拓眞の様子は陽菜のALSを治そうと躍起になっていた頃を彷彿とさせる。

（この人は本当におひな様が好きなんだな。こんなにボロボロになっても……本当に一途）

凜子の胸は失恋した直後のように虚しさで満ちていた。チリチリと胸が痛む。これが、マンドラゴラの根の作用によって疑似的に作られた反応であろうと、苦しいのは確かだった。

（今ではもう、マンドラゴラの根のせいでこの人を好きなのか、本当に心からこの人のことが好きなのか分からなくなっちゃったなあ）

凜子は拓眞に協力している。それによる成功は拓眞との恋の終わりを意味している。実験が進捗する度、胸が締め付けられる。

（まあ、まだ始まってすらないけど）

拓眞が凜子に異性としての興味を持っていないことは明らかだった。彼は、陽菜のために全力を尽くしている。

「ねえ、栗生先輩」

「何だ？」

「もしエリクサーが完成したら、私がそれを使いますよね」

「安全性を気にしているのか。まずはマウスに投与して」

「そうじゃないんです。そしたら、この恋も終わっちゃうんだなって」

「え……」

凜子からの思いがけない言葉に拓眞がたじろぐ。

「今、私楽しいですよ。栗生先輩と一緒にひとつの目標に向かって進むの。でも、それは、エリクサーができたらおしまい。全ての感情はなかったことになってしまう」

「でも、お前は本当は橘のことが……」

「橘さんが悪い人だってことはよく分かりました。きっと、私が正常に戻ったら橘さんへの想いなんて消えてますよ。その方がいいでしょう」

「それは……確かにそうかも」

凜子が変わらず尚央のことを好きだというのであれば、拓眞は彼女を止めるだろう。尚央は、自らの欲望のために人を傷付けることも厭わない人でなしだ。

「そうしたら、私には何が残るんでしょうね。人間、恋愛だけじゃないですけど、恋愛感情がなくなった後のぽっかり空いた穴を何が埋めてくれるんでしょうね」

凜子は空を見上げる。冬の日暮れは早い。既に西の彼方へ沈もうとしている太陽が夜の帳を下ろそうとしている。

「分からない……ごめん」

拓眞は謝罪した。凜子が今回の件に巻き込まれたのは拓眞のせいだともいえる。きっと彼の抱える罪悪感は大きいだろう。

「でも、俺は陽菜にも奥柿にもエリクサーを投与したい。自然な状態に戻したいんだ」

「そうですね。自然な状態が一番エネルギー的には安定です」

「あと、奥柿は今、全ての感情はなかったことになるって言ったけどさ、そんなことはないと思うんだ。今、奥柿が楽しいって紛い物でも感じているなら、その気持ちは消えないよ、きっと」

「あ……」

「誰かに恋した記憶。もしかしたら思い出したくもない記憶かもしれないけど、それはきっとその人の人生を彩る一ページであったことに変わりはないんだ。その積み重ねがひとりの人生になる。無駄じゃないよ」

「そう、ですね……。うん、そうですよね」

凜子は微笑む。

「少なくとも、俺にとって奥柿は大切な仲間だ。その絆はこの件が終わっても消えないし、消させない」

「ふふ、光栄です。ありがとうございます」

拓眞はやはり素敵な人だ。

（おひな様、私はあなたにちょっとだけ嫉妬しますよ。浮気している暇なんてありませんよ）

凜子は拓眞に背を向ける。青空が徐々に朱に染まっていく。服の袖で目尻を拭うと、拓眞に背を向けたまま凜子は言った。

「これが最後のチャンスです。……私にしてもいいんですよ？」

背後から拓眞の返事が聞こえた。

「ごめん。でも、ありがとう」

すっきりした。きっと凜子はこれで前に進めるだろう。

＊＊＊

凜子と一緒に牛タンを食べて研究室に戻ると、分析結果が出ていた。凜子の血液の分析結果とマンドラゴラの根の分析結果を重ねて表示する。

「重なった……」

ふたつの検体で唯一、出現したスペクトルが一致する分子があった。

「フラグメントイオンの分子量も一致しています。これは……」

「ああ、これがマンドラゴラの根の毒だ」

ついに見付けたのだ。かかった日数は七日間。拓眞と凜子はハイタッチで結果を喜ぶ。抽出方法と分析法が分かれば、マンドラゴラの根の毒素だけを精製することも可能だ。

「この抽出法で、この分析結果……これはペプチドだな」

ペプチドとは、アミノ酸が複数個連なった分子のことだ。通常、五十個未満のアミノ酸が連なったものをペプチドと呼び、五十個以上連なったものをタンパク質と呼ぶ。

「それも、そんなに分子量が大きいわけでもない普通のペプチドですね」

分子量が大きくないということはせいぜい数個のアミノ酸が連なっただけの短いペプチドなのだろう。

「こんな自然界にも存在しそうなものがマンドラゴラの根の毒素。正直、もっと人智を超えた物質が毒なのかと思っていました。新しい元素の発見とか」

「さすがにそれはなあ。物理学界の常識が引っくり返る。まあ、詳しくアミノ酸配列を推定してみよう」

それからふたりは、徹夜で分析と計算を繰り返し、マンドラゴラの根の毒素のアミノ酸の配列決定を行った。

「ペプチド毒というと何だか動物性の毒って感じがしますね。蛇とかサソリとか貝とかの毒のイメージです」

「マンドラゴラの根には顔や手足もあったし必ずしも植物とは断定できないんじゃないか。あと、発声器官もあるらしい。その声を聞くと死ぬとか」

「不思議な生き物ですね、マンドラゴラ」

そんな会話をしながらも何とかアミノ酸の配列が明らかになった。時刻は深夜の四時だった。

「意外にすんなり分かりましたね。ヒトのタンパク質を構成しているアミノ酸の種類は全二十種類ですが、そのいずれにも当てはまらないアミノ酸でも出て来るかと思いました」

「どうやら幻想世界でもアミノ酸は二十種類しかないらしい」

アミノ酸やそれからなるタンパク質は生体を構成する重要な要素だ。その基本部分が同じということは、幻想世界の人間もこの世界の人間と生物学的には同じなのかもしれない。アミノ酸が二十種類しかないということはＤＮＡも同じということだろう。遺伝学的にも同一性が認められるかもしれない。

「このペプチドの抗体がなぜ生体内で作られないのだろうか。これが体内で作られたペプチドでないなら非自己として抗原になりそうなのに」

このペプチドがヒトの体内に自然に存在しないことは、対照（コントロール）として用意した拓眞の血を分析した結果から既に分かっている。

「そうですね……」

「試しにGIFTに打ち込んでみるか」

そう言うと、拓眞はスマートフォンを取り出し、アミノ酸配列を入力していく。すぐに、そのペプチドの立体構造が明らかになった。

「三次構造が分かっても仕方がないか……」

拓眞は落胆した声を上げる。GIFTがあれば何でもできると思っていたが、全てが上手くいくわけでもない。

「参ったな……毒の構造が分かっても抗体ができないんじゃ……」

「大量投与すれば抗体もできるかもしれません。取り敢えず、このペプチドを合成してマウスに投与しませんか」

凜子の提案が今のところ一番良さそうだった。ただ、それには多大な時間がかかるだろう。

「ああ……そうだな。ただ、まあ何にせよ……ふああ」

欠伸が出る。流石に眠くなってきた。今日はここまでにした方が良さそうだ。

「ちょっとトイレで顔洗って来るわ」

拓眞はそう言ってスマートフォンをしまうと、研究室を出た。

キンと冷えた夜の空気が徐々に拓眞の意識を覚醒させていく。拓眞はさらに自身の目を覚まそうと、トイレの水道で顔を洗う。冷たい水が脳幹にまで染み渡る気分だ。

もう一度スマートフォンを取り出して、先程のペプチドの立体構造を眺める。

(これが陽菜を……奥柿を苦しめている元凶)

単純な構造。天然にも存在しそうなそのペプチドは一見無害そうだが、凶悪な毒性を持っている。

(ここにあるのに……!)

ふと、トイレの鏡の中の自分を見遣る。疲れた顔をした自分が何かを訴えかけてくるようだった。何を訴えたいのか。分からない。もしかしたら、身体が悲鳴を上げているのかもしれない。

鏡越しにスマートフォンの画面を見る。そこには鏡映しになったペプチドの構造があった。

(鏡……?)

鏡越しに見ているから当然左右が反転している。そんな時だった。かつて聞いたマオウの言葉が脳裏を掠めた。

『幻想世界は、言ってみればこの世界とは鏡映しのようなものですわ』

冷気と冷水で冷え切った脳細胞が熱を帯びてくるのを感じる。

「鏡映し……左右が反対……鏡像……キラル……」

刹那、拓眞はトイレを飛び出していた。


「奥柿！」

拓眞は研究室に戻るや否や、凜子の名を呼んだ。

「ど、どうしたんですか、そんなに慌てて」

凜子は突然名前を呼ばれて驚いたようだ。

「ちょっと思い付いたことがあって。なあ、自然界に存在するアミノ酸ってL体だったよな」

「ええ、細菌などの微生物を除いてほとんどL体だったかと。最近まで自然界にはD体のアミノ酸が存在しないと思われていて非天然アミノ酸と呼ばれていたくらいですから」

「ってことは、D体のアミノ酸からできるペプチドもタンパク質もほぼ存在しないわけだ」

「そのはずです」

先程からL体、D体と言っているが、これはアミノ酸の構造のことを指している。アミノ酸は炭素原子に四つの官能基が付いた構造をしているが、官能基が付く順番にも意味があるのだ。四つの官能基が全て異なるとき（グリシン以外）、そのアミノ酸には鏡像異性体あるいは光学異性体と呼ばれるものが存在する。すなわち、化学式は同じだが、構造が左右反転しているのだ。天然にはL体のアミノ酸しかほぼ存在しないが、D体も人工的に作ることはできる。

「構造式は同じ、化学的性質も物理的性質も同じ。唯一異なるのが、光の偏光面を回転させる旋光性だけ。偏光面を左に回転させるもの（左旋性：Levorotation）はL体、右に回転させるもの（右旋性：Dextrorotation）はD体。なのに、生物学的には両者は全く異なる応答を示す」

「聞いたことがあります。味の素などのアミノ酸、グルタミン酸はL体だと旨味成分となり、料理に広く使われますが、D体のグルタミン酸はほぼ呈味性がないのだとか」

他にも光学異性体にまつわる事件がある。アミノ酸ではないが、サリドマイドという薬は、妊娠時のつわりの軽減作用があるが、D体は安全でL体では催奇形性があるという重大な欠点があった。そのため、多くの重篤な結果をもたらし、薬学史上最悪な事件のひとつとされている。このことがきっかけで、薬学における、光学異性体の作り分けが重視されるようになった。

「グルタミン酸の味が異なるのはD体とL体で舌の細胞膜上のGPCRが異なるからだろう。そこで、俺はひとつ仮説を立てた」

「仮説……？」

「さっきも言ったようにL体とD体では生物の応答が異なる。かつてマオウが言っていた。この世界と幻想世界は鏡映しのようなものだと。もしそれが比喩表現じゃなくて、本当にそうなのだとしたら……マンドラゴラの根の毒素はD体のアミノ酸からできたペプチドなんじゃないか」

「えっ」

「この世界にD体のペプチドはほぼ存在しない。だとしたら、通常のL体のペプチドと全く異なる作用を持っていても不思議じゃない。そして、毒が免疫を掻い潜れたのも、そのせいかもしれない」

「D体のペプチド……！」

凜子は立ち上がる。

「すぐに光学異性体を分離できるカラムを探してきましょう」

＊＊＊

実験室でアミノ酸を合成すると、L型、D型ともに同じ割合でできる。ところが、生物の身体を作っているアミノ酸は99％がL型だ。これは原初の地球にはL体のアミノ酸しか存在しなかったからだと考えられている。なぜかは分からない。ゆえにこれは「生命の左利きの謎」などと呼ばれている。しかし、宇宙に目を向けるとD体のアミノ酸が存在することが分かっている。どこかの星では、右利きのアミノ酸からできた生命が誕生しているかもしれない。

自身を構成する分子が左右反転している。生体内のDNAは二重螺旋構造を取っているが、それは全て右巻きだ。ただ、これも鏡映しの、いわゆる左巻きのDNAも存在することが分かっている。

左か右か。その違いがもたらすものは未だほとんど解明できていない。幻想世界のアミノ酸のほとんどがD体だったら、世界はどんな色なのだろう。遺伝子が左巻きだと人はどうなるのだろう。それこそ、幻想世界のような不可思議な世界が出来上がるのだろうか。

そんなことを考えながら仮眠を取っていた拓眞に凜子が報告する。

「検証の結果、やはりあのペプチドはD体がほとんどでした。比率にして98%がD体。L体はわずか2%しかありません」

「たまたま鏡を見ていて気付いたんだ。偶然でも、一歩前進だな」

「このD体のペプチドという特異性が免疫逃避を起こしていたんですね」

「恐らくこのペプチドがL体ならば、抗体ができるんだろうな」

夜が明けていく。

「栗生先輩、このL体のペプチドを投与したら体内にD体にも効く抗体ができませんかね」

「分からない。だが、L体もD体も起こる化学反応自体は同じはずだ。だとしたら、L体の抗体がD体を抗原として認識することはあるかもしれない」

凜子の提案はこうだ。今の仮説では、D体のペプチドはマクロファージが抗原として認識せず、抗体ができない。一方で、L体のペプチドならば抗体ができる可能性は高い。その抗体は、L体だけでなく、D体のペプチドをも捕捉し、無毒化できるかもしれない。

「つまり、L体のペプチド自体がエリクサーになり得るってことだ」

凜子はうんうんと頷く。

「やってみる価値はあるんじゃないでしょうか」

「だがな、やるって言っても、お前の体で試さなきゃならない。まずは、マウスで安全性を見てみよう」

「覚悟の上ですよ。私だっていつまでもカレー生活を続けられません。それに、この恋が本当かどうかも見定めたい」

「ああ……分かった」

太陽が昇る前に、拓眞と凜子は一度家に帰ることにした。

＊＊＊

拓眞と凜子がエリクサーの合成と安全性確認試験に追われている頃、結婚式を約半年後に控えた陽菜はウェディングドレスの試着に訪れていた。仙台市内の式場を押さえ、招待状を誰に送って、どのような式にするのか、尚央と話し合った。尚央は陽菜にはあまり段取りを決めさせなかった。だから陽菜はひとつだけ尚央に要求した。

『私達が幸せだってみんなに分かってもらえる結婚式にしたいな』

その言葉に尚央は頷くと、笑みを浮かべた。

『君は幸せだ。誰がどう見たって幸せだ』

その言葉を陽菜は胸に抱く。そうだ、これが幸せなんだ、と。

あまり気に入るドレスはなかったが、店員のアドバイスもあり、二、三のドレスを見繕った。後は尚央に判断を仰ぐことにする。

試着を終え、仙台駅に着くと、ふと拓眞のことが気になった。

「たっくんは私のウェディングドレス姿を見てどう思うのかな」

尚央曰く、拓眞には結婚式の招待状を送らない方が良いのではないか、ということだ。自分を振った女の婚姻の儀などには来たくないだろうということらしい。

「きっと喜んではくれないんだろうね」

どうしても、拓眞が今どうしているのか知りたくなった。陽菜は拓眞の告白を断った立場だ。自分が振った相手が今どうしているか気になるなど、あまりにもむごい行為だと思ったが、青葉山を登る地下鉄の駅に足が向かうのを止められなかった。

ただ、キャンパスに着いたはいいものの、拓眞を直接訪ねる勇気はなかった。どうしようかとウロウロとキャンパス内を彷徨っていたところ、動物実験棟から出て来る拓眞と凜子の姿を見かけた。慌てて陽菜は自動販売機の陰に身を潜めた。

(隣の子、誰だろう)

ふたりはとても親密なようだった。単なる共同研究者には見えない特殊な雰囲気を感じた。元々、陽菜は他人の感情に敏感だった。そんな陽菜の目から見て、凜子は拓眞に好意があるようだった。

その時、陽菜の心の中で何かがストンと落ちた音がした。

(何だ……たっくんも幸せを見付けられたんだね)

嬉しいような悲しいような、笑いたくなるような、泣き出したくなるような不思議な感覚。自分の中の相反する感情がぶつかり合って火花を散らし、陽菜の心の中は混迷を極めている。

(私……どうしたいの)

陽菜は胸の位置で掌をギュッと握り締める。

（ねえ、苦しいよ……）

呼吸が段々と荒くなっていく。息を吸っているのに、全然肺が満たされない。

「桃瀬」

その時、背後から声が聞こえた。そこにはなぜか尚央がいた。

「なぜ、こんなところにいる」

尚央の顔は無表情だったが、どこか怒りを感じさせる迫力があった。

「な、尚央くんこそどうしてここに……」

「試着を終えた君が青葉山キャンパスに移動したからだ」

「どうしてそれを」

「君のスマホのＧＰＳだよ」

「えっ、いつの間に……」

どうやら自分の位置情報は尚央に筒抜けだったらしい。陽菜は尚央に腕を掴まれる。

「あっ」

乱暴ではないが、丁寧な扱いとは言えなかった。

「結婚において、貞操観念は非常に重要だと僕は思う」

「な、何を言って……」

「桃瀬が栗生を気にしているのは分かる。だが、それは不貞行為だ」

「っ……！　私はただ」

「夫となる僕が不貞行為だと思えば、それは不貞行為だ。ハラスメントと同じで、被害者側の認識の問題だ」

尚央は陽菜の腕を放す。

「何か不満があるなら教えてくれ。僕は何かおかしなことを言っているか」

尚央の言い分は間違ってはいない。ＧＰＳを黙って仕込むのはどうかと思うが、陽菜と尚央はもう他人ではないのだ。

「ない……です」

「ならいい。今後、一切、栗生拓眞には近付くな」

「そんな……！」

陽菜は絶句する。そこまでする必要があるだろうか。

「それは栗生のためにもなる。栗生の隣を歩いていた女性、彼女は奥柿凜子。あのふたりはじき交際するだろう。そんなふたりの邪魔をしてはいけない」

「あ……」

陽菜の口から乾いた声が漏れる。肩の力が抜けた。

次いで陽菜の口から漏れだしたのは、笑い声だった。

「あはは……」

「陽菜は背中を丸めて笑っている。ひとしきり笑うと、目尻に浮かんだ涙を拭い、陽菜は尚央の腕に自分の腕を絡めた。

「……どうした?」

陽菜は呼吸を落ち着けている。

「何だか、悩んでいたのが馬鹿らしくなっちゃって」

陽菜は尚央を見上げる。

「ねえ、尚央くん。私がたっくんと会うのは不貞行為だけど、こうして夫になる尚央くんと親しくするのは貞操をちゃんと守っているって言えるよね」

「ああ、そうだな」

「ねえ、だったら今度……――」

その時、陽菜の手を尚央が包んだ。

「それもいいが、今日は会わせたい人達がいる。僕の両親だ。来てくれるか」

「……うん、分かったよ」

　その後、着替えや身支度を整えた陽菜が連れて来られたのは仙台市内の高級ホテルだった。豪奢なロビーに思わず圧倒される。フロントクラークは尚央のことを一目見て笑顔を作ると、陽菜達をロビーの奥に案内した。

　そこには、中年の男女ふたりが座っていた。

　突然の対面に陽菜はどぎまぎとしてしまう。

「父さん、母さん、桃瀬を連れてきた」

　その言葉に慌てて陽菜は頭を下げる。

「こ、こんにちは。桃瀬陽菜と申します。尚央さんとお付き合いさせて頂いております」

　すぐに父親らしき人物が立ち上がって、腕を広げる。

「やあ、突然すまなかったね。仕事の都合で唯一空けられたのがこの時間だったんだ。尚央の父、義仁(よしひと)だ。こっちは妻の幸恵(さちえ)だ」

　義仁の求めに応じ、陽菜は彼と握手する。義仁はだいぶふくよかな体格で、見るからに高級そうなスーツに大きな金の腕時計をしていた。幸恵の方も、痩身ながら大きな真珠のネックレスに煌びやかな服で、橘家の資産が莫大であることを醸し出していた。

「あの……」

　いつまでも手を放さない義仁に疑問を覚え、陽菜は彼に目線を向ける。

「ああ、すまない！　あまりにも美人なもので思わず見とれていた」

義仁は大きな声で笑うと、陽菜の手を堪能してからゆっくりと放した。陽菜は思わず握られた手を拭きたくなったが、我慢した。幸恵は夫のそんな様子を微笑まし気に見守るだけで何も言わなかった。そういえば、挨拶もろくにされなかった。もちろん、尚央も何も言わない。

「いやあ、流石俺の息子！　上物を手に入れたな」

よく言えば、豪快。悪く言えば、無遠慮で失礼。だが、義仁は高名な外科医だという。彼の周りの環境がそれを是とさせるのだろう。そして、その環境を築いてきたのは他でもない義仁自身なのだ。陽菜は義仁の瞳に強い野心を見て取った。それはまるで、全てを手に入れようとする魔王のような目だった。

「桃瀬さんが家に来てくれるのが楽しみだ。桃瀬さん、何か好きなものはあるかな。金で買えるものなら何でもあげよう」

「父さん、僕の妻になる人だからな」

「ははは、分かっているさ。冗談だ」

陽菜は義仁に対して恐怖心を覚える。明らかに義仁の自分を見る目が普通ではない。思わず、隣の尚央の手をきゅっと掴む。

それからしばらく、他愛ない話を続け、三十分くらいで顔合わせはお開きとなった。

義仁と幸恵が去った後も、陽菜は尚央の手を握っていた。

「桃瀬。そろそろ手を放してくれ」

「あっ、ごめんなさい」

「いや、いい。ただ、父は逆らわなければ益になる。上手い付き合い方を教えるさ」

「ちょっとびっくりしちゃっただけ。でも、そんなことより、私は尚央くんに守ってもらいたいな」

陽菜は尚央のことを上目遣いで見つめる。尚央はその目を見つめ返す。

「ああ、もちろん。守るとも」

「本当？」

「ああ。父などに君を取られてたまるものか」

陽菜のことは入学当初からずっと美人だと思っていた。彼女を手に入れれば、自分の株も上がると思った。ふと、疑問に思う。自分は陽菜のことを好いているのだろうか。陽菜が自分だけの所有物だという自覚はある。誰にも取られたくない。拓眞にも、もちろん義仁にも。

独占欲。

だが、それだけだろうか。

「そっか。ありがとう。安心したよ」

陽菜が柔らかく微笑む。陽菜はできた女性だ。表情を作るのが上手い。相手が求める表情を作ってみせる。それに絆されている自分がいることに尚央は気が付いた。いい気分だ。

「ああ、誓うよ」

これは本心だった。

「君に父さんを近付けさせない。それは僕の目的にも合致する」

「え……？」

「何でもない。こちらの話だ」

手を打とう。尚央は随分前から仕込んでいた仕掛けを作動させることに決めた。

＊＊＊

「できた……！」

拓眞は試験管内のL体ペプチドが溶けた溶液を電灯に透かしながらそう言った。

「やりましたね！　おめでとうございます」

かかった期間は毒素同定から半月ほど。驚異的な速さといえるだろう。

「正直、安全性にはまだ確証がない。とにかく、急性毒性がないということが判明しただけだ。ただ、このL体ペプチドは約一日でマウスの血中から代謝分解されることが分かった。

きちんと抗体ができているからだと推測できる」

すなわち、L体ペプチドは無毒だが、D体になると媚薬効果やALS様の症状を引き起こすということだろう。そして、一日でペプチドがなくなるということは、それが身体にとって排除対象だったということだろう。

「マンドラゴラの根の毒の特効薬、エリクサーの完成だな」

後はこのエリクサーを血中投与すればいい。経口投与でないのは、そのペプチドが胃酸で分解されるのを防ぐためだ。血中に入りさえすれば、抗体が作られ、L体もD体も問わず、毒素を洗い流してくれるだろう。

「正直、医者でもない俺達が独自に開発した薬品を注射するのは違法だ。めちゃくちゃ危険だ」

「でも、これをやらなければ私は一生、病にかかり続ける」

マンドラゴラの根の毒の特効薬など、それこそ幻想世界の存在が周知されなければ誰も開発しない。今後、ALS様の症状が悪化しないとも限らない。

「やりましょう」

凜子の固い意志のこもった首肯を受け、拓眞も腹を括る。

「アナフィラキシーショック対策のエピペンも準備完了です。いつでもいけます！」

散々投与の練習をした注射器を持つ手が震える。アルコールを染み込ませたコットンで凜子の剝き出しになった左腕を拭って消毒すると、拓眞は注射器の針を凜子の腕に突き刺した。

「いくぞ」

凜子の白く透き通った肌を針が通過すると、凜子は少し顔をしかめた。そして、注射器の中に入った溶液をゆっくりと注入する。

「大丈夫です、何ともないです」

凜子が言った。空になった注射器の針を皮膚から抜くと、拓眞はため息をついた。

「打っちゃいましたね」

凜子が首を傾げて破顔する。

「しばらく様子見だな。抗体が効果を発揮するまで何日かかかるだろうし」

拓眞は注射器を専用のゴミ箱に捨てると、首を回した。ポキポキという音が鳴る。

「お疲れ様でした」

「ああ、本当にありがとう」

後は薬効が本当に出るのか確かめるだけだ。

「とにかく、一週間後に血液検査だ。それでD体のペプチドがどうなったか確認する」

凜子の血液からD体のペプチドが検出されなくなれば、エリクサーは有効ということになり、マンドラゴラの根の毒を完全に中和できたといえるだろう。

「じゃあ、しばらくカレー生活を控えます。ALS様の症状が治まるかどうかも確認しないといけませんから。それと、あなたへの恋心の変化も」

拓眞は凜子の言葉に頷いた。

＊＊＊

それから一週間、今年もあと半月ほどで終わる。世間は年越しムード一色になっている。拓眞と凜子はそんなムードに逆らうかのように緊張感のある日々を過ごしていた。自作の薬を投与したのだ。何らかの異常が現れないか、拓眞は常に凜子と共に過ごし、彼女の容態をつぶさに観察していた。

幸いなことに、凜子の体に大きな異常はなかった。それは、カレーを摂取していないにもかかわらずＡＬＳ様の症状が出なかったことも意味する。体の力が不自然に抜けることもない。健康な体そのものだ。同時に、投与したL体ペプチドによる副作用もない。

「そろそろ抗体ができた頃だろう」と言い、拓眞は凜子の血液を分析にかけている。これでもし、凜子の血液からマンドラゴラの根の毒が検出されなければ、彼女の病は根治したことになる。血液検査の結果を待たずとも分かる。きっと結果は良いだろう。

「エリクサーは完成した。問題は、栗生先輩がどうやっておひな様にL体ペプチドを投与するか」

尚央にバレず、陽菜を説得する必要がある。

「私が一肌脱ぐしかないかな」

今、拓眞は陽菜にSNSをブロックされているという。拓眞は凹んでいたが、間違いなく尚央の仕業だろう。拓眞と陽菜の接触をなくそうとしているのだ。

「栗生先輩がおひな様と接触を図れなくても、私なら……」

最後のひと仕事だ。向こうから、疲れた表情だが、笑顔で血液の分析結果を持ってくる拓眞の姿があった。

「本当、手間がかかるなあ」

＊＊＊

凜子は自宅でノートパソコンを開き、インターネットでとある調べ物をしていた。それは、とある学会の開催要綱だ。科学者は自身の研究を発表する場として学会に参加したり、論文にまとめたりする。大きな学会に参加し、賞をもらうことや、インパクトファクター（文献引用影響率：その論文がどれだけ他の論文に引用されたか）の大きな雑誌に論文が掲載されることは科学者にとって大きなステータスだ。

「国際医科学学会……」

それは来週、東京で開催される国際的な医療学会だ。数千人が国内外から集まり、自身の研究の成果を発表する場となる。凛子は、その学会の要旨一覧を調べていた。要旨とは、参加者がどのような発表を行うのか事前に簡単にまとめたものだ。これを見て聴講者は、自分の興味のある発表がいつどこで誰によって実施されるのか把握することができる。

「あった」

その要旨集の中から橘尚央の名を見付けるのは容易いことだった。

「私のストーキング能力が活かされたわね」

尚央がよく通う喫茶店を探り当ててバイトをするくらいの行動力を持つ凛子にとって、尚央が仙台に必ずいない時期を見付けるのは確かに容易いのだが、自分で言っていて悲しくなるのは抑えられない。

「……ま、まあ、十二月二十三日は橘さんは東京。おひな様と栗生先輩を会わせるならこれ以上ない好機ね」

パタンとノートパソコンを閉じる。

「その前に一回、おひな様に会っておこうかなあ」

拓眞や尚央が惚れ込む陽菜とはどんな人物なのだろうか。凛子の認識は高嶺の花というだけだったが、それだけでは尚央はともかく拓眞は惹かれないだろう。

もうすぐ、大学も年末年始休暇になる。会うなら早い方がいいだろう。

＊＊＊

陽菜は大学の教授室で教授と卒業論文についての打ち合わせをしていた。大学を卒業できるかどうかがかかった卒論発表会を二月中旬に控え、発表会で使う資料を作成していたのだ。

「そういえば、桃瀬さんは卒業したら結婚するんだっけ」

陽菜が積極的に吹聴したわけではないが、教授もどこからか聞きつけたらしい。

「はい、そうなんです」

「へえ、おめでとう。お相手は医学部の学生だとか」

「そうなんです」

秋保温泉で電撃発表を行ってからというもの、結婚にまつわる話をされるのは今回だけではない。男女問わず、皆、陽菜の結婚について興味津々だ。

「やっぱり入院中に出会いとかがあったの」

ややセクハラ染みた質問だが、陽菜は表情を変えずに答える。

「最初に出会ったのはサークルです。もちろん入院中にもたくさん会いましたけど」

「なるほどねえ」

何を納得したのか知らないが、教授は頷くと、陽菜のプレゼンの資料を指差して言った。

「あとはさっき言った細かい点を直してもらえればいいかな。大筋のストーリー構造は問題ないと思うよ」

「ありがとうございます」

陽菜は持って来たノートパソコンをしまうと、教授に一礼して、教授室から退室する。部屋の扉を閉めて、ふう、とため息をひとつ。

「何だか疲れていますか」

急に声を掛けられて思わず陽菜は驚いた。

「ああ、びっくりさせてごめんなさい」

そこには壁にもたれかかるようにして腕を組んで、どうやら陽菜が出て来るのを待っていたらしい眼鏡をかけた女性がいた。見覚えがある。確か、拓眞と仲が良さそうに歩いていた女性だ。名前も尚央から聞かされた。

「奥柿さん……？」

「あれ、私のこと知っているんですね」

「えっと、それは……」

「橘さんに聞きでもしました？」

凜子はもたれかかっていた壁から身を離すと、陽菜に向き直った。

「ちょっと話しませんか？　ちょうどお昼ですし」

「えっと……」

ぐいぐいと来られると陽菜としては身構えてしまう。それに、尚央のことを言い当ててきた。どうやら、いつものナンパやスカウトとは異なるようだ。

「嫌ですか？」

「いえ、そんなことは」

おひな様の仮面を被る。すっと姿勢を正し、朗らかな笑みを浮かべる。そんな陽菜を凜子はじっと見ていたが、ふいと踵を返す。

「じゃあ、行きましょう」


やって来たのは、青葉山キャンパス内の厚生施設である食堂だ。青葉山キャンパスの周囲には飲食店がほとんどないため、昼時には多くの学生や教職員が行き交う場所となっている。食堂の中を陽菜と凜子が歩けば、ぞぞっと道ができる。まるでモーゼが海を割ったかのようだ。それは陽菜という美人かつ有名人が、陽菜に負けず劣らず美人の凜子を伴って現れたからだろう。

（おひな様の影響力すご……）

凜子は思わず舌を巻く。陽菜は全く気にしていない様子で料理を注文し、席に着く。

「奥柿さんは理学部ですよね。わざわざ農学部のキャンパスまで私に会いに来たんですか」

凛子は陽菜を待っていた。出待ちはよく経験したが、凛子には今までとは違うものを感じた。

「まあ、そういうことになりますかね。敵情視察って感じですかね」

「敵……？」

陽菜は小首を傾げる。

(くそう、本当にかわいいな。どんな仕草も絵になるっていうか)

凛子は気を取り直して陽菜に問い掛ける。

「桃瀬さんは、橘さんと結婚されるんですよね。そのことに後悔はありませんか」

「後悔？　ありません」

間を置くことなく、陽菜は凛子の言葉を否定した。後悔などあるはずがない。

(完全にマンドラゴラの根の毒にやられてるな)

意志のこもった瞳で見つめ返されて凛子は話を尚央から切り替える。

「じゃあ、栗生先輩を振ったことにも後悔はないんですか」

「……どうしてそれを」

初めて陽菜の表情が少し歪んだ。

「敵情視察って言ったでしょう。私は、栗生先輩が好きだったお相手がどんな人か見定めに来たんです」

「奥柿さん、あなたはもしかして」

「ええ、そうです。私は栗生先輩の恋人になりたいと思っています」

尚央が言っていた通りだ、と陽菜は思った。

「私は栗生くんの何でもありません。ただの幼馴染です。あなたが栗生くんの恋人になるのに障害になるつもりはありません」

「そうですか。じゃあ、栗生先輩を振ったのはあなたの意思だったんですね」

「……そうです。私にはその時既に恋人がいましたから」

「そういう倫理観の話じゃなくて、あなた自身に後悔はなかったのか、と聞いているんです。私思うんです。誰かへの想いって、他の人への想いで上書きされるものじゃないって」

「後悔は、ありません。申し訳ないことをしたと思ってはいます。さっきも言ったように、私達はただの幼馴染ですから」

「じゃあ何で栗生先輩をブロックしているの」

「それは、橘さんに言われたからです。他意はありません」

「告白を蹴ったのも橘さんに言われたからじゃないんですか」

「……だとしても、あなたには関係のないことです」

正直もう放っておいて欲しかった。知人や友人といい、教授といい、皆、尚央の話ばかりだ。誰も彼もおひな様の結婚という些事に盛り上がり過ぎだ。だが、それがおひな様が選んだ道。おひな様の最後の役割。

「あの、悪いのですけど……」

陽菜はあくまで穏やかに会話を終わらせようとする。

「じゃあ、最後の質問にしましょう」

だが、凜子にそう言われては聞き入れるしかない。

「だったらどうしてそんなに辛そうなの？」

「辛そう……？　私が？」

「気丈に振る舞っているつもりだろうけど、おひな様の仮面、剝がれてますよ」

「……っ？」

「鏡見てきたら？　あなたの顔、べったりした笑顔が貼りついて気持ち悪い」

面と向かって『気持ち悪い』などと言われたのは初めてだった。容姿を称賛されることはあっても貶されることはいまだかつてなかった。逆に新鮮で、陽菜は思わずポカンとしてしまった。

「まあ、何にせよ、私が栗生先輩を取っちゃってもいいってことですよね」

「……宣戦布告のつもりなら、お門違いです。受けるつもりはありません」

陽菜の返答に凜子は「そう」と返すと、身を乗り出す。陽菜は思わず身を引いた。

「じゃあさ、教えて欲しいな。栗生先輩の落とし方。幼馴染ならたくさん知っていますよね。まず、栗生先輩の好きな女性のタイプは？」

「そ、それは栗生くんのプライバシーに……」

「差し支えない範囲でいいから。私、どうしたら栗生先輩に好かれるかな。黒髪は好きじゃない？　ロング派？　ショート派？　格好はどうかな。パンツルックよりスカートの方が好きかしら」

「えと……髪は、長い方が好き、だと思います。栗生くんはきちっとした格好よりもゆるっとした服装の方が好きだと思います」

「髪色は？　染めようと思うんですけど、あんまり派手過ぎない方がいいですかね」

「はい……少し茶染めするくらいでいいと思います。後は、軽くパーマとか……」

「眼鏡は取った方がいい？」

「コンタクトがあるなら……」

「ふーん、他には？」

「……彼はあまり生活力がありませんから、家事ができる方は気に入ると思います。味付けは薄味が好みかと。野菜は少し歯応えが残っている程度の軟らかさが好きです。お肉は脂身があまり好きじゃないので赤身が多い方がいいと思います。クッションとかの柔らかいものが好きなのでプレゼントしたら喜ぶと思います。後は……」

陽菜が話を続けようとするのを凜子は遮った。

「呆れた」

「えっ」

「何がただの幼馴染よ。自分で言っていて気付かないんですか。栗生先輩の好みって、まんま桃瀬さんじゃないですか」

「え、あっ……」

「それって、栗生先輩が好きだからあなたが『そうなった』だけなんじゃないですか」

髪型も、服装へのこだわりも、料理も、全て拓眞仕様だと、凜子は指摘した。

「そ、そんなことっ」

これはおひな様としての自分を演出するための格好だ。家事が得意なのも、おひな様として容姿に劣らない能力を身に付けるためだった。

「嘘。だって、栗生先輩のことを語っているあなた、とても楽しそうだった。さっきとは別の意味でおひな様の仮面、剝がれてました」

思わず陽菜は自身の頰に手をやった。

「全然、未練たらたらじゃん」

「違いますっ！」

陽菜は声を張って立ち上がった。椅子が大きな音を立てる。

周りの視線が一気に陽菜に集まる。「あのおひな様が大声を出した」ことに周囲は驚きを隠せない。陽菜は顔を伏せながら椅子を引き寄せて腰掛けた。

「誰が何と言おうと私は橘さんと結婚します。私は彼のことを愛しています」

「うん、分かるよ」

「……っ!?　だって奥柿さんはさっき……！」

陽菜は凜子の言葉に翻弄されている。

「あなたが橘さんのことを深く愛しているのはよく分かっています。私はただ、そこに栗生先輩はいないのかって聞いているだけですよ」

「仮にそうだとして、私を糾弾するつもりですか」

「そんなことをしても私に得なんてない。私はただあなたの真意を聞きたかっただけ」

「私は橘さんただひとりを愛しています」

「その愛が何かに強制されたものだとしても？」

「はい？」

「ねえ、不思議に思わなかった？　どうして自分が橘さんを好きになったのか。きっかけは何か」

「そんなの言葉で説明なんてできません」

「あっ……」

「できるよ。あなたリケジョでしょ。恋愛なんてホルモンの作用なんだから。習ったでしょ。どうして、橘さん相手に恋愛ホルモンが分泌されるようになったのか、そのきっかけを私は知っている」

「え……？」

陽菜は固まった。

陽菜は拓眞に恋とは落ちるものだと聞いた。だから、きっと尚央との恋もそうだったのだろうと勝手に決め付けていた。だが、凜子はそのきっかけを知っているという。

（いや、知っているわけなんてない。だって、奥柿さんは私達のことなんて……）

陽菜の頭を疑心が占めていく。

（でも、もし本当だったら……？）

本当に凜子が知っているのなら。

（この胸のもやもやを払ってくれるのかもしれない）

「どうしました？」

凜子は陽菜の瞳を覗き込んでくる。

「……なら、教えてください。私がどうして橘さんを好きになったのか」

「へえ、興味あるんだ」

「……」

陽菜が人を睨んだのは人生初だっただろう。

「そんなに怒んないでくださいよ。でも、私からは教えられないな」

「どうしてですか」

「もっと適した人がいる」

「誰ですか」

「そんなの決まっているじゃないですか。栗生先輩ですよ」

「……」

凜子は立ち上がる。いつの間にか料理を平らげていたようで、食器の載ったトレイを持ち上げる。

「十二月二十三日、橘さんは学会で仙台にいません。その時なら、誰にも邪魔されずに会えますよ。場所は、そうですね……」

＊＊＊

「陽菜に会った⁉」

開口一番、素っ頓狂な声を上げたのは拓眞だ。

「だってそうでもしないと、栗生先輩とおひな様を近付けられないじゃないですか」

今現在、拓眞と凜子がいるのは、研究室内のお茶室だ。実験の合間に学生達が利用する、いわゆる憩いの場だ。凜子はさも当然というかのようにコーヒーを淹れている。

「うぐ……」

「橘さんは、来週の二十三日は学会で東京に出ています。おひな様に会うチャンスですよ」

「何で橘の予定知ってるんだよ」

「それは乙女の秘密ってやつです」

凜子は拓眞の質問をするりとかわす。

「いいですか、二十三日の夜六時、場所は定禅寺(じょうぜんじ)通りのここです」

凜子はマップ情報を拓眞のスマートフォンに送信する。

「本当に陽菜が来るのか」

「それは分かりません。でも、私は信じていますよ。彼女が本当はあなたのことを好きならばきっと……」

「俺、既にフラれてるし、ブロックまでされてんだけど」

凜子は微笑む。

「そうですね。でも、誰かへの想いって簡単に消せるものじゃないんですよ。たとえそれが幻想世界のアイテムによるものだったとしても」

「奥柿……」

凛子は拓眞の背中を押すように微笑み続けている。

陽菜は現れるだろうか。確証はない。まず前提として、陽菜は拓眞のことを好きだったのだろうか。少なくとも陽菜はずっと拓眞にだけ素の自分を出し、隠れながらも交流を続けてきた。慕われていたのは間違いないだろう。自覚があるのかないのか、思わせぶりな態度や発言も多々あったように思う。だからこそ、拓眞は告白に踏み切ったわけだが、結果は玉砕だ。

そして、たとえ陽菜が現れたとしても、エリクサーを投与できるかどうかはまた別問題だ。彼女は尚央との今の関係を望むかもしれない。そうなったら、拓眞に止める権利はない。

その時、拓眞のスマートフォンが震えた。

「電話だ」

「私、行きますね」

凛子は気を利かせてお茶室から退室していく。電話をかけてきたのは、予想外の人物だった。陽菜の父親だ。

「栗生です」

『ああ、たっくん。私だ。桃瀬蓮介(れんすけ)だ』

「ええ、お久し振りです」

蓮介と直接話すのは本当に久し振りだ。陽菜が退院した日、本来であれば陽菜と彼女の両親と昼食を取る予定だった。だが、陽菜が拓眞の告白を断り、昼食会もなしになった。それ以来、蓮介とは連絡を取っていない。「たっくん」と呼ばれるのにもはや懐かしさすら覚える。

『……』

蓮介はしばらく無言だった。電波の調子でも悪いのかと疑い始めた時、彼はようやく声を発した。

『……たっくんにこんなことを聞くのは野暮かもしれないんだが、橘くんはどんな人なのかね。実際に会って話もした。彼は医者の息子で大層な資産家だ。成績も優秀で、容姿も優れている。何の欠点もないような完璧な人だったよ。陽菜とも大学一年生の時から交流があったようでね。たっくんも友人なのだろう』

「ええと……」

拓眞は何と答えたものか戸惑う。尚央を貶すこともできたが、陽菜が尚央のことを選んだ場合を考えるとそれは得策ではないように思えた。なので、質問に質問で返すことにした。

「何か問題でも？」

『いや、そういうわけじゃない。ただ、何と言うか、陽菜からは何も聞いていなかったから……それにいきなり結婚なんて。馴れ初めも聞いたし、納得もした。でも、なぜか不安になってな。いや、娘を嫁にやる父親なんてみんなそうなのかもしれないが。それで、橘くんと友人だというたっくんの話を聞きたかったんだ』

蓮介にとっては突然の出来事だったのだろう。気持ちは痛いほど分かった。

「俺は、陽菜を信じてあげればいいと思います。彼女の選択を」

その選択を来週、陽菜に委ねようと思う。

『そうか……。まあ、そうだよな。陽菜が選んだんだ。私が出しゃばるものでもないな』

「でも、気になる気持ちは分かります。俺も、陽菜とはずっと仲が良かったから」

『てっきり私は、陽菜はたっくんのことが好きなのだと思っていたよ』

自分もだ、とは流石に言えない。だが、親の目から見てもそう映っていたとは思わなかった。

『だから、橘くんを連れて来た時は本当に驚いた。でも、陽菜は本当に橘くんを好いているようだったから』

「……」

本来ならば、「おめでとう」の一言くらい言えれば良いのだろうが、拓眞にそのような元気はなかった。

『そして、君もだ。たっくんも、陽菜のことを好いてくれているのだと思っていた』

蓮介としては言いたくなかった言葉だろう。もしそれが事実ならば、間違いなく、拓眞を傷付ける言葉だ。蓮介自身も歯切れが悪い。これを言ったとて、何の幸福も生まないのは彼も分かっているだろう。きっと、蓮介は謝罪したいのだ。だが、その行為もまたおかしい。

「俺は……」

『いや、いいんだ。忘れてくれ。ただ、私が望むのはひとつだけなんだ。ずっと他者に対しておひな様の仮面を被り続けてきた陽菜が、ただ……』

拓眞は蓮介の次に続く言葉を予想できた。

『幸せになって欲しい』

それは、拓眞も同じ気持ちだったからだ。

「俺もです」

そうだ。陽菜が幸せであればそれでいい。エリクサーを打つか打たないかも、彼女が望む通りにしよう。拓眞は蓮介に軽く挨拶をして電話を切った。

＊＊＊

尚央は家族三人で暮らす自宅にて、母親である幸恵とふたりで夕食を取っていた。仙台の一等地に建つこの家は大胆な土地の使い方をしており、家の間取りも広く、ふたりで過ごすには広過ぎる。義仁がいれば余ったスペースも少し埋まるのだろうが、仕事か遊びかは分からないが、彼はあまり家には帰ってこない。家具や調度品もどれも豪奢で、例えば、ダイニングテーブルはふたりで食事をするには大き過ぎて尚央と幸恵の間には距離が空いていた。

橘家の財政状況は家事代行を雇えるクラスだが、夕食は必ず幸恵の手作りだ。幸恵の手料理はたいそう旨かった。和洋中、何でも作れたし、手を抜かない。手軽な時短素材を使うことなく、手間暇かけて調理をした料理はレストランで出てくるものよりも美味しかった。

「今日の料理も美味しいよ」

尚央は向かいで自分の作った料理を食べる幸恵にそう言った。

「何よ突然」

「突然でもないだろ。いつも言っているじゃないか」

「そうだっけ」

幸恵はあまり興味がなさそうにスマートフォンをいじっている。

「もうすぐ僕はこの家を出るんだな」

これから、陽菜とふたり暮らしをすることになる。ただ、実家に程近いところに居を構えるため、帰ってくることは容易いだろう。

「そうね」

幸恵は時計を気にしている。

「姑として、桃瀬に何か伝えておくことはあるかな」

「特にないわ。あまりうるさく言っても迷惑でしょ。私もお義母さんに色々言われて苦労した点もあったから、静かにしているわ」

「そうか」

尚央の父方の祖母はもう亡くなっている。生前は嫁いびりが酷かったらしいが、今はストレスフリーのようで、幸恵は楽しそうに日常生活を送っている。

「桃瀬についてどう思う」

「どうって、普通にいい子じゃない。美人だし、気立てが良くて家事もできて。あなたを精一杯支えてくれそうだわ」

「ああ」

「そろそろ義仁さんが帰ってくる頃ね」

橘義仁。尚央の実の父親だ。

「おかずを温めないと」

幸恵は立ち上がる。幸恵は家から出ない日でも化粧をし、服装もお洒落なものを選んでいる。全て義仁に合わせているのだ。

そんな折だった。幸恵のスマートフォンが着信を告げる。

「あらやだ、病院からだわ。はい、もしもし、橘です」

義仁の勤めている北稜大学病院からの電話のようだ。

「はい。はい……え？」

電話の相手は誰だろうか。義仁ではないようだ。

「義仁さんに限ってそんなこと……」

尚央の父は天才外科医として名を馳せている。じきに院長になるという噂もある。

「け、警察……!? そんな、困ります……!」

「どうしたんだ、母さん。何かあったのか」

動揺した様子の母を見て尚央は席を立ち上がる。彼女は青ざめた顔で尚央に言った。

「義仁さん、逮捕されるかもしれないって……」


幸恵を落ち着かせるのに数十分かかった。

病院からの連絡では、義仁が多くの罪状で嫌疑をかけられており、現在、警察で事情聴取を受けているとのことだった。そして、場合によっては、逮捕されるかもしれないということだった。今から尚央達のところにも警察が事情を聴きにやって来るという。義仁の罪状はざっと聞いただけでも、業務上過失致死と贈収賄、暴行で、余罪も疑われているという。

「義仁さん……」

幸恵は体調が悪くなり、ベッドで寝ている。尚央はそれに付き添っている。

外科医で業務上過失致死と言えば、医療ミスのことだろう。だが、今まで、そんな話は影も形もなかった。恐らく隠蔽していたのだ。病院内にも噂が広がらなかったということは徹底的に箝口令を敷いたのだろう。だが、裏切り者がいたのだ。証拠集めを行い、最適なタイミングで密告する。

（父さんに恨みを持つ者は多数いる。それこそ、父さんに負けた者達と同じ数だ。だから誰がそれを行ったかなんて分かりっこない）

　勝つためなら手段を問わないのが義仁という人間だ。ただ、彼はそういったことの証跡を残さない。もし自分が医療ミスをしたとしてもそれを誰かに擦り付けるし、贈収賄も暴行も揉み消すだろう。今回の件も、警察と何か取引をして揉み消すのではないだろうか。だが、警察が動くのは初めてだ。ただでは済まないだろう。

「くくっ……」

　尚央は、笑い声が漏れるのを抑えられなかった。

（父さんも年貢の納め時だ。強欲は破滅を呼ぶ。勝って兜の緒を締めよが勝負事のルールだ）

　自分も気を付けないと。尚央はそう心に決める。

　尚央は幸恵には見えないようにスマートフォンの中のデータを消していく。これで誰が密告者なのかは分かるまい。

（これで父さんの権威が失墜したら……）

隣で寝込む幸恵を見て尚央は考える。

(流石に母さんも父さんに愛想をつかすだろう)

義仁は家族思いではなかった。幸恵は常に義仁に負担を強いられていた。モラルハラスメント、家事育児の押し付け、浮気。数え上げたらきりがない。

「尚央……義仁さんは大丈夫かしら」

幸恵はか細い声でそう問いかける。

「大丈夫さ。それに、もし仮に大丈夫じゃなくても、母さんには僕がついているよ。桃瀬とふたりで母さんを支えてみせる」

「そう……」

幸恵はそう呟くと目を閉じた。やがて玄関のチャイムが鳴り、警察がやって来た。応対を引き受けた尚央は、ベッドルームを出る時に小さくほくそ笑んだ。

「終局だ」

＊＊＊

北稜大学病院の記者会見が行われたのは十二月二十二日の朝だった。それは、尚央が学会に出席するために東京に移動する日だった。

「ねえ、尚央くん、記者会見、見たよ。あれって、尚央くんのお父さんのことだよね。その、大丈夫なの」

仙台駅へ陽菜は尚央を見送りに来ていた。だが、見送りのことよりも今朝の衝撃的なニュースの方が陽菜には気になっていた。

朝のニュースが伝えたのは、北稜大学病院で医療事故があり、それは天才外科医として名高い橘義仁の過失によるもので、そして彼はそれを隠蔽して、なかったことにしようとしたという内容だった。

「ああ、大丈夫だ。問題ない。僕は父の起こしたことには関わっていないし、僕達に火の粉がふりかかることはない」

「で、でも……！」

「大丈夫、君に迷惑はかけない。安心して欲しい。だから、くれぐれもこの二日間は大人しくしていてくれ」

尚央はそう言うが、陽菜は納得できない。陽菜も義仁に会ったことはあるが、豪快な人だったことは印象深い。だが、まさか罪を犯していたとは思わなかった。それに、尚央の義仁に対する態度は親子とは思えないほど冷淡だった。

「どうしてそんなに冷静なの。心配じゃないの」

「橘家には資産もあるし、必要なら縁を切ればいい」

「そうじゃなくて……！」

「そろそろ新幹線の時間だ。行かないと」

尚央はキャリーバッグを転がしながら陽菜に別れを告げて改札口の向こうに消えていく。

陽菜はそれを心配そうに見送ることしかできない。

「ねえ、おかしいよ……」

尚央は父親に愛情はないのだろうか。母親の話はよく聞くが、そう言えば、義仁の話はあまり聞いたことがなかったことを思い出す。

「ううん、おかしいのは、私の方もか……」

先週、凜子に言われたことを思い返す。

『ねえ、不思議に思わなかった？　どうして自分が橘さんを好きになったのか。きっかけは何か』

その答えを拓眞が持っているという。拓眞は誠実な人だ。きっと嘘ではないのだろう。だが、彼に会うのは尚央に止められている。

「はあ……」

最近、心がずっとざわついている。何をしていても落ち着かない。結婚して式を挙げれば心は晴れるだろうか。

（こんなことじゃ駄目だな……。もうすぐ妻になるっていうのに）

夫婦とはふたりで力を合わせて成長するものだ。今のふわふわとした気持ちではよくないことは自覚していた。

（私は知りたい。私の気持ちを……本当の気持ちを）

明日、十二月二十三日の夜。定禅寺通りで拓眞が待っているという。そして、尚央はいない。

（確かめなくちゃ）

＊＊＊

そして、来る二十三日の夜に向け、拓眞は出かける準備をしていた。今、悩んでいるのは服装のことだ。陽菜に会うのだ。格好の良い服装にしたかった。だが、あまりにも気合が入り過ぎているのも趣旨に沿っていない。そもそも、陽菜には寝間着姿まで知られているのだ。お洒落をしても仕方ない。けれども、陽菜への恋心を自覚した時から、拓眞は自然と陽菜の前で良い格好をするようになった。

エリクサーのことはもう悩んでいなかった。エリクサーを打つか打たないかを決めるのは陽菜だ。拓眞には、信じてもらえるかどうか分からないが、陽菜の身に起きていることを真摯に伝えることしかできない。

結局、無難に黒のジャケットの上に厚手のコートを羽織り、拓眞は外に出た。冷たい夜風が目に染みる。空は雲ひとつない快晴で星がよく見えた。

「定禅寺通りか……ちょうど光のページェントをやっている時期だな。奥柿、わざとだな」

光のページェントとは、定禅寺通りで毎年十二月に開催されるイルミネーションイベントだ。定禅寺通りに生えている欅百二十九本に、約五十万球のLEDを灯す仙台の冬の風物詩で、多くの観光客が見物しに訪れる。通り一帯が明るい電球に彩られる様は思わず声を上げて見入ってしまうほど美しい。人通りも多く、当然、カップル率も高い。

光のページェントにはとある秘密がある。毎年、どこかに一球だけ、ピンクの電球が仕込まれているのだ。それを見付けられた者は幸せになれるという。探し出すのは容易ではないが、多くの人がライトアップを見上げ、ピンクの電球を探す姿が見られる。

拓眞の家から定禅寺通りはすぐそこだ。あっという間に指定の場所に着いてしまった。そこはとある欅の木の前だった。電飾が巻き付いているのが見える。時刻はまだ五時半だ。日が暮れ、辺りが暗くなってきたが、イルミネーションはまだ点いていない。

「陽菜、来るかな……」

定かではなかったが、拓眞はたとえ一晩中でも待つ覚悟だった。来ないのも陽菜の選択だが、すれ違いだけは避けたかった。

人通りが増えていく。

川の流れのように人混みが流れていく。

近くの飲食店は書き入れ時だ。楽し気な音楽が聞こえ、美味しそうな香りが漂って来る。

流れていく人々のひとりひとりに人生があり、それぞれの幸せがある。

「これが君の選択なんだね」

人混みの向こうに少年の姿が見えた。カミサマだ。雑踏の中でもカミサマの声だけは明瞭に聞こえた。

「そうだ。俺は幻想世界のアイテムには頼らないし、ＧＩＦＴの力ももう使わない。お前の実験は失敗だな」

拓眞は答える。

「確かに人間の進化の形を知る試みは失敗だ。でも、それもまた結果のひとつだよ」

カミサマは満足げに微笑んだ。

「ふん、どうしようもなく堕落しているのが人間だと思っていましたけど、お前はまだまともな方だったようですわね。お陰でカミサマとの賭けは負けですわ。でも、諦めませんわ。勝負はまだ続きますもの」

背後からはマオウの声もする。不機嫌そうな顔が目に浮かぶ。

「今からでも遅くないですわよ。さあ、マンドラゴラの根を使いなさい」

「断る。それに陽菜が来るかどうかも定かじゃない」

拓眞の言葉にカミサマが言った。

「来たよ」

瞬間、カミサマとマオウの気配が消えた。

代わりに、カミサマのいたところには、可憐な女性の姿があった。


「陽菜……」

色素の薄いふわふわの柔らかそうな髪。白い肌には寒さからか少し朱が交じっている。コートの上からでも分かるスタイルの良さ。そして、何よりその美貌。まるでレッドカーペットでも敷かれているかのように人混みが割れる圧倒的な存在感。どこからか「あの子かわいい……」という溜め息にも似た声が聞こえてくる。

「たっくん」

久し振りの会話。どうしてもお互いぎこちなくなってしまう。しばし、無言の時間。

「その……来てくれてありがとう。突然、奥柿がごめんな」

「ううん。その、奥柿さんはたっくんの大切な人なのかな」

「えっ」

最初の質問は思いも寄らぬものだった。

「そうだな。大切な仲間だ」

「……そっか」

陽菜は俯くと、意を決したように口を開いた。

「今日はたっくんに聞きたいことがあって来ました」

「……ああ」

「本当はたっくんに会うの、尚央くんに止められているの。冷たくしてごめんなさい」

「多分そうなんだろうと思ってたよ。だから、いいよ」

「ごめんね、ありがとう。その、尚央くんの件なんだけど」

陽菜は言いにくそうにしている。拓眞は陽菜の言葉を待った。

「たっくんが、どうして私が尚央くんを好きになったか知ってるって」

そう、知っている。

「ああ」

「前にたっくん言ってたよね。恋とは落ちるものだって。だから私、きっと『落ちた』んだって思っていたの。でも、違うのかな。最近、自分でもよく分からなくなってきちゃって」

「うん」

「おかしいよね。だって私はたっくんの告白すら断って尚央くんと付き合っているのに、こんなことをたっくんに相談するなんて。本当、嫌ってくれていいよ……」

陽菜はマフラーに顔を埋めた。

「陽菜……」

拓眞は陽菜の方を真っ直ぐ見て笑いかけた。

「嫌いになんてならないよ」

そして、はっきりと断言する。

「どうしてそんなに優しいの。普通なら……」

「陽菜、落ち着いて。これには訳があるんだ。もしかしたら信じてもらえないかもしれないけど……」

「ううん、信じる。信じるよ。だって、たっくんは私に嘘なんてつかないもの」

その言葉に胸が熱くなる。

ならば、言うしかない。

「ありがとう。俺も話す勇気が出たよ」

「うん、教えて欲しい」

「分かった。陽菜は毒を飲まされて恋の病に侵されているんだ」

＊＊＊

拓眞は全てを語ることにした。

近くの喫茶店に入り、コーヒーを頼むと、ゆっくりと話し始めた。話を始めたら止まらなかった。思いが溢れるように、滔々と、事実だけを語った。マオウのこと、マンドラゴラの根のこと、カミサマのこと、GIFTのこと、ALS様の症状のこと、クルクミンのこと、エリクサーのこと、凜子のこと、尚央のこと、陽菜のこと、そして、拓眞自身のこと。その間、陽菜は黙って話を聞いていた。荒唐無稽な話だ。到底信じられるようなものではないだろう。拓眞が陽菜を取り戻したくてついている嘘かもしれない。そのうえ、エリクサーなどという眉唾ものを提示されては辟易されてもおかしくない。

だが、陽菜の反応は思っていたものと異なっていた。凜子が拓眞の話を信じたように、陽菜もまた、拓眞の話を疑わなかった。

「たっくん、あの、私、どう言ったらいいか」

「そうだよな、信じられないよな」

「ううん、違うの。私、本当に何も知らなかったんだなって。ずっと、たっくんに辛い思いをさせてたんだって」

「俺の辛さなんて大したことないよ。それよりも陽菜は入院期間も長かったし、留年もしたし」

「ううん、違う……たっくんは誰よりも頑張ってくれたよ。何も知らなかったけど、それだけは分かる。だって……」

そこで陽菜は言葉を切った。

「だって……？」

拓眞は固唾をのんで続く言葉を待つ。「幼馴染だから」、そう続くと思っていた。

「きっと、私が好きだったのは、たっくんだったから。たっくんだけが、本当の私を見てくれた。本当の私を好きになってくれた」

胸を突かれるような衝撃。心臓が高鳴る。凜子が言っていた。たとえ、毒によるものだとしても誰かへの想いはなかったことにはならないと。

『誰かへの想いって簡単に消せるものじゃないんですよ。たとえそれが幻想世界のアイテムによるものだったとしても』

だが、陽菜の言葉は「好きだった」。過去形だ。

そう、彼女が今、好きなのは尚央に他ならない。

「陽菜。お前が決めるんだ」

辛い選択をさせているのは分かっている。だが、陽菜は選択しなければならない。愛する者への想いを解くか否か。もしかしたら、今のままが幸せなのかもしれない。しかしそうしなければ、誰も前に進めない。

「俺はもう誰かが誰かに何かを強制するのを見たくない」

真実の愛を見失った陽菜。

好きだった気持ちを上書きされた凜子。

そして、欲望に負けてしまった尚央。

「カミサマとかマオウの玩具にされるのはうんざりだ。俺達には進化は必要ないし、この世界は俺達のものだ」

超常的な力に様々な人が振り回された。拓眞は強い意志のこもった瞳で陽菜を見つめる。

「だから、陽菜が自分自身で決めて、それで判断して欲しい」

エリクサーを打つか否か。

今、愛する者と安定を手に入れるか。もしかしたら好きだったかもしれない人との愛を望むか。

「たっくん」

「ああ」

「私、決めたよ。自分で、決めた」

陽菜は拓眞を見つめ返す。

陽菜の中にあるもやもやとした何か。きっとエリクサーはそれを打ち払ってくれる。

「エリクサーを打ちたい」

「いいんだな、本当に。尚央への恋心が消えることになっても」

陽菜は頷く。

「恋って不思議な感覚で、キラキラしてピカピカしてとっても大切なものなの。でも、それが本物かどうか見ただけじゃ分からないんだよね。メッキで輝いているだけなのかもしれない。でも、できるなら私は本物がいいなって思う。もしかしたら、メッキでも持っているだけで幸せなのかもしれない。でも、私は私の恋心を大切にしたいんだ」

愛する者との別れ。

それがどれほど辛いものか、拓眞にはよく分かる。

「分かった」

陽菜は疲れた様子だが、どこか晴れやかな表情をしている。

「流石にここで打つわけにはいかないな」

注射器を取り出したら一発で警察に通報されてしまう。

「たっくんの家はここから近いでしょ。行こうよ」

「げっ、部屋片付けてない」

「私が片付け手伝ってあげるよ」

「いいのか、嫁入り前なのに」

「うん、いい。私が決めたことだから気にしないで」

きっと、陽菜のスマートフォンのGPSの履歴を追えば、陽菜が拓眞の家に行ったことは尚央に知られてしまうだろう。だが、そんなこともあろうかと、陽菜は今日、スマートフォンを自宅に置いてきている。これで所在を疑われることはないだろう。

「じゃあ、出ようか」

伝票を持ち、席を立つ。

「私が払う」

陽菜は伝票を拓眞から奪うと、レジの前に立つ。会計を終えて定禅寺通りへと出ると、イルミネーションがふたりを出迎えた。

「わあっ、綺麗……！」

陽菜は嬉しそうにはしゃいでいた。明るい光に照らされる陽菜の顔に思わず拓眞は見とれてしまっていた。

「あれ、たっくん、あそこ……」

声を掛けられて我に返った拓眞は、陽菜の指差す方を見上げる。

「見てみて。ピンクの電球！」

「え、マジ？」

拓眞は目を凝らす。木全体を埋め尽くす電飾の中に確かに小さなピンク色の輝きがあった。

「今年はこんなところにあったんだね」

ピンクのLEDを見付けられたら幸せになれる。

「見付けるの大変だな、こりゃ」

拓眞は思わずそう言った。今、見付けたのも偶然に他ならないだろう。

「大変だからこそ、価値があるんだよ」

「幸せってそんなもんなんかな……小さくて見分けがつきにくくて、でも案外そばにあって」

「そうだね……」

しばらくふたりは夜空の下で光のページェントを見上げていた。

それはここ最近で久し振りに訪れた、穏やかな時間だった。

　それから、拓眞は陽菜を家に連れていき、万全な態勢でエリクサーを陽菜に打った。ひとまず、アナフィラキシーショックや中毒症状は出ていない。凜子に効いたのだ。きっと、陽菜にも効くだろう。

「効果が出るのは年明けだな」

「お正月、一緒に過ごさないのは久し振りだね」

「ああ」

　陽菜と一緒に部屋の片付けをしながら、拓眞は返事をする。

「でも、これでまたたっくんと一緒に過ごせるかもね。あのね、私、マンドラゴラの根の毒が消えたらやりたいことがあるんだ」

　陽菜はゴミ袋を縛りながらそう言った。

「やりたいこと？」

「どっちかというとやめたいことかな。私、おひな様をやめようと思うんだ」

「え？」

「どのみち結婚したらやめざるを得なかったんだけどね。と言っても、別の仮面を被るだけだけど。もう、仮面を被るのはやめようと思って。前にたっくん言ってくれたでしょ。仮面を被るのやめてもいいって」

「でも、それはお前の防衛本能みたいなものだろ」

「うん、でも、今回の件で私は思い知ったんだ。体が動かなかったり、誰かに愛を強制されたり。自由、なかったなって」

確かにそれはそうだろう。おひな様の仮面は陽菜に安全地帯を提供する代わりに束縛を生む。

「おひな様の仮面はね、楽なの。誰かの望むようにただ踊っていればいいから。でも、そんな受け身の姿勢じゃ駄目だよね。だから、私、尚央くんに付け入られたんだと思う」

陽菜は彼女なりに今回の件を反省しているようだった。

「自分で決めてこその人生だよね」

陽菜はそう言って笑った。

「ああ、俺もそう思うよ」

拓眞も笑顔を返す。


未来がどうなるかは分からない。

けれど、自分で描いた軌跡こそが人生なのだ。

後で振り返った時に後悔しない軌跡を描きたい。

ひとつの軌跡にひとつの人生。最後にそれを折りたたむ時、綺麗だね、と言われる選択をする。

拓眞と陽菜はそう心に誓った。

＊＊＊

陽菜と会ってから二週間が経った。その間に年は変わり、年末年始の慌ただしさと穏やかさがあっという間に過ぎ去っていった。陽菜からは連絡がなかったが、不思議と拓眞の心は落ち着いていた。陽菜がこれからも尚央と付き合い続けるにしても、拓眞を選んでくれても、あるいは誰も選ばなくても、陽菜の心は自由だ。拓眞は純粋に陽菜の心を解放できたことを喜んでいた。

「あけましておめでとうございます、栗生先輩」

新年最初に研究室に顔を出した時、出迎えてくれたのは凜子だった。

「ああ、あけましておめでとう。昨年は本当に色々ありがとうな」

「いえいえ、無事、おひな様とお話できたみたいで何よりです。エリクサーも投与できたんですよね」

「ああ」

「なら、良かった」

凜子は忙しそうだ。白衣姿で実験器具を片手に拓眞と会話している。それもそうだろう。

来月には卒論発表会を控えているのだ。恐らく今は足りないデータの埋め合わせに奔走しているのだろう。

「まあ、何にせよ、今年もよろしく」

拓眞は凜子に笑い掛ける。凜子はそれに少し目を伏せた。

「そういえば、言ってなかったですね。私、北稜大学を卒業したら東京の大学院に進学しようと思っているんですよ」

「えっ」

初耳だった。ということは、拓眞の知らないうちに大学院入試を受け、合格していたということだろう。

「どうしてまた」

「まあ、何と言うか、私のやりたい研究は北稜大学ではできないな、って思って」

「そうなのか……」

拓眞は胸にぽっかりと穴が空いたような気分だった。凜子とはもはや戦友と言ってもいい仲だと思っていたからだ。

「それに、先輩とおひな様のイチャイチャを邪魔しちゃ悪いですから」

「おい」

凜子は悪戯っぽく笑うと、白衣の裾を翻して拓眞に背を向けた。

「というわけで、三月いっぱいでお別れですね」

「寂しくなるな」

「ふふ、そうでしょう、そうでしょう」

「また、連絡するからな。東京行ったら絶対会おうな！」

「ええ、そうですね」

凜子はマンドラゴラの根の毒から解放された。もう、彼女の心は自由だ。すなわち、彼女がどこに行こうとそれを止める権利は拓眞にはない。温かく送り出すのが良いだろう。

「では」

凜子は拓眞の前から立ち去ろうとする。その時、ふと拓眞は気になった。

（そういえば、奥柿はまだ橘のことが好きなのだろうか。それと俺への恋心は消えたんだろうか）

気にはなったが、そんなことを聞くのも野暮だろうと思い、拓眞もまた自分のデスクに向かう。

「……引き留めては、くれないですよね」

凜子は誰にも聞こえない声量で呟くと、目尻を拭った。

＊＊＊

尚央が自宅の前に来ると、いつものように怪しい記者が張り付いていた。

「橘さん、お父さんと同じ大学病院に在籍していますよね。何か怪しい噂を聞いたりはしなかったんですか」

無視して進む。家の外壁には「人殺し」とスプレーで落書きされていた。閑静な住宅街に建つ大きな家に書かれたそのメッセージは明らかに調和を乱していた。

「無視するってことは、何か知っていたってことですか？　お父さんの悪評とかは聞いていたんですか」

記者は相変わらずうるさい。近所迷惑であることは間違いない。だが、相手にしたら負けだ。ただ、こうも四六時中見張られていては、幸恵が憔悴するのも無理はない。結局、事件が告発された日から、義仁とはろくに顔を合わせていない。恐らく雲隠れしているのだろう。

「ただいま」

記者を振り切って尚央は自宅に入る。幸恵は買い物にも行けない。だから、尚央が食材の買い出しなど生活必需品の調達を行っている。

「ああ、尚央……おかえりなさい。大学でいじめられたりしなかった？」

「今のところないね。ただ、みんな腫れ物扱いしてくるけど」

尚央はベッドルームに籠りきりになっている幸恵にそう言った。腫れ物に触るような扱いは当然だろう。父親が同じ大学病院に所属し、なおかつ犯罪者の烙印を押されているとなっては、皆、気にはなるだろうが、触れはしない。そっとしておいてもらえるのは、尚央にとってもありがたかった。

「どうしましょうね、これから……」

幸恵は狼狽えている。方針を全て決めてくれる義仁がおらず、幸恵は落ち着かないようだ。いつもより、尚央に頼ってきている気がした。

「縁を切るんだ。父さんと」

「ええっ、でもそんなことしたら私達……」

「大丈夫さ。いや、むしろ離婚した方がいい。今、父さんについていっても泥船だ。潮時なんだよ。今まで好き勝手やってきたバチが当たったんだ。僕だってもう大人だ。医者としてもやっていける。母さんを支えるくらい難なくこなせる」

尚央は淡々と言ってのける。

「尚央……。その、桃瀬さんとの結婚はどうなるの」

「彼女には僕達が関係ないことを分かってもらうさ。今さら、婚約破棄もないだろう。彼女に負担を掛けないためにも、父さんとは離婚して離れた方がいい」

「尚央……！　本当にそれでいいの⁉　お父さんが可哀想じゃないの」

この勝負に勝つために尚央は手段を問わず様々な手を打ってきた。勉学、スポーツ、そして、結婚相手。全て、義仁に勝つため。勝って、母を手に入れるため。ただ、義仁はもうおしまいだ。勝負は尚央の勝ちだ。必須ではないが、戦利品として陽菜も手に入れた。完全勝利だ。

「この世は勝負なんだ。最後に立っていた者だけが勝者。父さんもよく言っていただろう。つまり、これは父さんの教えだ」

尚央はベッドで休む母親の隣に腰掛ける。

「母さんは僕についてくればいい」

そんな時だった。尚央のスマートフォンに着信が入る。相手は陽菜だった。彼女には色々と説明をしなければならない。着信に応じる。

「桃瀬か」

『尚央くん。会って話したいことがあるんだけど』

「ちょうど僕もそう思っていたところだ。待ち合わせ場所を送るから一時間後に来てくれ」

尚央はそう言うと、仙台駅前のホテルを待ち合わせ場所に指定する。邪魔が入らないところで話した方がいいだろう。

一時間後、ホテルのロビーで尚央は陽菜と会っていた。

「お待たせ、尚央くん」

陽菜は時刻ぴったりにやって来ると、十分前から待っていた尚央にそう言った。

「ああ」

「お父さんのことは大丈夫？」

「何も問題ない。僕達、母子は父と縁を切る。もう他人だ。だから、君は何も心配する必要はない。金ならあるし、僕も稼ぐ」

「えっと……今日はそういう話をしに来たんじゃないの」

「そうなのか」

陽菜がエリクサーを投与されて二週間以上が経った。結論から言えば、陽菜の中から尚央への恋心はなくなっていた。彼のことを考えてドキドキすることも、会えない寂しさも感じなくなった。そして、カレー生活をやめてもＡＬＳ様の症状は出なかった。完治だ。拓眞の言っていた通りこれはマオウのアイテムの呪いだったのだ。

そして、そのことを尚央は知らない。だから、尚央はまだ陽菜が自分のことを好いていると確信している。

「尚央くんは私を手に入れてどうしたかったの」

「……？」

尚央は陽菜からそんな質問が来ることに違和感を覚える。

「尚央くんは私をトロフィーみたいに思っていたよね」

「そんなことはないさ。僕は君を愛している」

「そうなんだ。初めて聞いたね」

「……もっと口に出して示すよう心掛けよう」

違和感の増幅。

「尚央くんは勝負にとってもこだわるよね。前に言っていた尚央くんが勝ち取りたいものって何？　見せてくれるって言ってたよね」

「そうだな……」

「もしかして、それって私がもう会ったことあるんじゃないの。……お母さん、だよね」

尚央の胸に衝撃が走った。

誰にも言ったことのない秘めた感情のはずだった。現に、誰にも気付かれたことはない。

そのはずだった。

だが、陽菜は見抜いた。両親に会ったのなどほんの一刻ほどだったのに。

「尚央くんはそのために私達を利用したんだね」

「桃瀬……？」

陽菜の感情の中に怒りを感じる。

「桃瀬、勘違いしないで欲しい。僕は別に君を利用しようなんて思っていない。僕はただ……父を見返してやりたかっただけなんだ。そうすればきっと」

焦りを感じる。まるで、悪戯がばれた子供のように言い訳が口を突いて出る。

「それを利用しているって言うんだよ」

「……なぜ、怒る？　君は僕のことを愛しているんじゃないのか」

「そんなに不思議なことかな。恋心を抱いている人に対して怒ることだってあるよ」

確かにそうだ。恋に落ちていても、怒ることくらいはあるだろう。だが、違和感。陽菜はもっと従順だったはずだ。尚央は戸惑いを覚える。

「尚央くんは、お母さんを手に入れたいという身勝手な欲求のために私を病気にしてたっくんを傷付け、そして奥柿さんにまで酷いことをした」

これはまるで……。

「桃瀬、お前、栗生と会ったのか」

「会ったよ」

「なぜだ。禁じたはずだ」

どうして言うことを聞かないのだ。

「私の中の恋愛感情の出所を知りたかったから。私が自分で選んで行動したんだ」

マンドラゴラの根の毒が……まるで消えているかのようだ。

「人の心は呪いなんかで屈服するほど弱くないし、あなたの計算で操れるほど単純じゃないよ」

陽菜の瞳には怒りの業火が燃えていた。どうやら全てバレてしまったようだ。そして、陽菜の呪いは既に解かれている。

「栗生……！」

「そう、たっくん。彼が私を解放してくれた」

正直、信じがたかった。幻想世界のアイテムの解毒薬を作ることなど不可能だと思っていた。超常的な力を使って対症療法を見出すことが精一杯だと思っていたのだ。

計算外だ。これだけ策を弄したのだ。拓眞は諦めたはずだった。

だが、問題はない。一連の自分の行動は警察が逮捕できるようなものではない。父のように犯罪者に成り下がることはない。証拠もない。

「そうか、全て知ったんだな」

「何か言うことはないの」

陽菜の言葉に尚央はため息をついた。

「こんなことになってしまったが、僕はまだ君を欲しいと思っている。結婚のこと、再考してくれないか」

「……反省はしていないんだね」

流石に受け入れられないか。だが、仕方ない。陽菜は手に入れられなかったが、幸恵はもうすぐ尚央のものだ。義仁を失い、もたれかかる者のいなくなった彼女は尚央にすがるしかない。

動じる必要はない。理解している。だが、尚央の心の中にはくすぶる思いがあった。正体不明の感情。

「すまなかった」

尚央は肩を竦めると陽菜の求める謝罪の言葉を口にした。

「許さない」

陽菜はそれを拒絶した。その言葉を聞いた時、尚央の心が痛む。

(これは……罪悪感？　まさかな)

尚央は自分の心に宿り、膨れ上がる感情を抑え切れない。

「君は栗生のところに行くのか」

「そうだね。もう二度と、あなたとは顔も合わせたくない」

陽菜は席を立つ。

(栗生に対しての敗北感……？　それも違う)

陽菜は尚央をキッと睨み付けると、こう言った。

「二度と私達に関わらないで」

ぞくぞくとする感情。その正体に思い当たる。

（ああ、これが恋心か……）

尚央は黙って去っていく陽菜を見送った。

第五話　フォールディング

　人間と精巧なアンドロイドの違いは何だろうか。大きな違いのひとつに感情の有無が挙げられるだろう。人は感情で行動できるが、アンドロイドは理屈でしか動かない。指令がなければきっと何もしないだろう。

　ただ、その人間が人間たり得る感情もまた、脳内で起こった化学反応によって生じているに過ぎない。それは、指令と何が異なるのだろうか。きっと、アンドロイドに人間の脳を模した器官を取り付け、脳内で起こる化学反応を再現させれば、感情に従っているように見えるアンドロイドを作ることができるだろう。そうなってしまっては、人間とアンドロイドの差などなくなってしまうのかもしれない。

　感情など簡単に操作されてしまう脆く儚いものなのだ。

　では、感情は不要だろうか。

　例えば、生命の存続が最優先されるのであれば、不要だろう。生きることが生きることの目的であり、それしかないのであれば、そこに感情など必要ない。

ただ、生きることの目的は命を繋ぐことではない。

「私ね、人が生きるうえで目指すのは幸福だと思うんだ」

幸せ。それは感情だ。そして、化学反応の産物だ。セロトニンなどのホルモンが人間に幸福感を抱かせる。

「幸せは生きることの原動力。だから感情は必要だよ」

「なら、セロトニンを投与すればいい。そんなことはＧＩＦＴを使えば簡単だ」

「それじゃあ麻薬と一緒だよ」

「では、仕事の報酬としてセロトニンの投与を受けられるというのはどうだい。人類への貢献度が高い者にはより多くの幸福を。お金よりも分かり易くて平等だ」

「人類への貢献とかじゃなくて。私は道端の花とか、好きな音楽とか、隣にいるパートナーとか、そういったものに幸福を感じたいな。幸福は価値では表せないと思う」

「確かにそれを短絡的で独善的な思想であると馬鹿にはできないね。個は全であると同時に全は個でもある。個々の幸せの集合体が全の幸せになる。でも、人々が各々の幸せだけを追求したらやがて人間は滅びてしまうよ。現に、日本の出生率は下がる一方で、緩やかな死に向かっている。これは、人々が統一された動きを取ることをやめ、個人を優先し始めた結果だよ。カミサマとして、人類の緩やかな死には頭を痛めているんだ。進化が必要だよ」

「ねえ、カミサマにとって人間って何なのかな」

「宝物さ。だから、いつでも綺麗に磨いておきたいんだ」

「そっか。でも、私達はあなたの所有物じゃないよ」

「もちろん。僕は君達を所有しているつもりなんてないよ。ただ、大切にしたいだけなんだ」

「それを所有しているって言うんだよ。本当に大切なら、それがどんな行動を取ろうと好きなはずだもの。その人がどんなことをしていても愛おしくて、幸せを感じられるの」

「全然論理的じゃないね」

「そうだよ。だって感情だもの」

カミサマは困ったように頭をポリポリと掻いた。

「人類の幸せを君は願わないのかい」

カミサマは問い掛ける。

「そうだね。戦争がなくなればいいとか、差別がなくなればいいとは思うけれど、私はそんなに傲慢じゃないよ。もし、カミサマの言う通り、人類が滅びに向かっているとして、だとしてもそれが自分達で選んだ道で、それが幸せなら、私はそれでいいと思う」

カミサマはクスリと笑った。

「そうか……君は変わったね」

「そうかもしれないね。昔の私だったら、尚央くんとの幸せを選んでいたかもしれない。目の前の幸せに甘んじて満足していたかもしれない。でも、私は私を解放してあげたかった」

「うん、変わったよ。前までの君は常に周りの機嫌を窺い、自分の身を守ってきた。きっと今までの君だったら、迷いながらも人類の繁栄を願っていたんじゃないかな」

「うーん……どうだろう。でも、私は決めたんだ。誰かに縛られるのはやめて、好きに生きようって。きっと私のことを本当に好きな人は、私が何をしても好きでいてくれると思うから。だからもう、おひな様の仮面は要らない」

「そうかもね。じゃあ、GIFTも要らないね」

「うん、要らないよ」

「じゃあ、行ってらっしゃい」

「うん。行ってきます」

陽菜は玄関の扉を開けた。外の光が差し込み、少し目が眩む。でも、とても暖かい光だ。

玄関を開けた先には拓眞が待っていた。

拓眞は陽菜に問い掛ける。

「珍しく遅かったな。準備に手間取ったのか」

「ううん。少しお話をしてたんだ。カミサマと」

「は？　アイツ……何かされなかったか」

「何もされてないよ。私が拒んだからどこかに消えちゃった」

「うん、それがいいよ。俺もＧＩＦＴはもう消したし」

　叡智をワンタップで消すのは流石に躊躇いもあったが、拓眞は人類にはまだ早い力——いや、人類には必要のない力だと判断し、一思いにアプリケーションを削除した。抵抗されるかと思ったが、ＧＩＦＴは跡形もなく消えた。それすなわち、カミサマの実験とやらは終わったということだろう。

　陽菜の病状は完治した。エリクサーはマンドラゴラの根の毒の特効薬であることは間違いなかった。晴れて陽菜は尚央への恋心を解消し、婚約も一方的に破棄。尚央も謝罪したというし、諦めたとみていいだろう。父親の逮捕という家庭の事情が色々と取り沙汰されていたのも影響していたのだろうが、そんなに簡単に身を引くとは思っていなかったため、拓眞は思わず拍子抜けしてしまった。周りの反応も「まあ、仕方ないよね」というのが大半だった。

「橘の奴、引っ越したって。母親と一緒に」

「うん……」

「当然の報いだよな。あれだけのことをしたんだから」

「そうだね」

陽菜は拓眞と並んで歩きながら空を見上げる。

「尚央くんはね、可哀想な人。お金も地位も、良い外見も何もかも持っている。でも、愛情だけは持っていなかった。特に母親からの愛情を」

「あいつマザコンだったのか」

「うん。それも重度のね。だから歪んでしまった。勝ち負けにこだわり、勝つことで全てを手に入れられると信じていた」

「なのに、あっさり身を引いたのか。気味が悪いな」

「うん。橘くんはいつも勝ちにこだわっていたから、きっと大きな勝負に勝ったんだと思う。それこそ、私なんてどうでもよくなるくらいの」

「失礼な話だな。散々、迷惑かけておいて」

「うん。きっと、こんな形だけど、本当に欲しかったものを手に入れたんだと思う」

陽菜は拓眞を宥める。

「母親、か……」

子供時代の歪みが大人になっても矯正されず、より歪んでしまったのだろうか。

「尚央くんが本当に私のことを好きだったのかは今となっては分からない。でも、私よりお母さんの方が大事だったのは確かだと思う」

「そうか……」

橘尚央。そう聞くと、憐れな男だ。その代償も大きかっただろう。だが、許す気はない。

「まあ、ここで話してないでそろそろ行くか」

「うん」

今日はふたりで埼玉に帰省する予定だった。ここ最近とにかく色々あった。ふたりとも年末年始に帰省しなかったので、少し実家でゆっくりしたいというのは共通の望みだった。陽菜の両親も心配していることは間違いない。特に蓮介は拓眞に電話を掛けてくるくらいだ。きちんと何かしらの説明をしなければならないだろう。

キャリーケースを転がしながらバスで仙台駅に向かう。道すがら色々なことを話した。

病気のこと。

カミサマやマオウのこと。

尚央のこと。

凜子のこと。

そして、陽菜の夢。

「私、嬉しいよ。これでまた美味しい物を食べに行けるね。佐賀県にワラスボを食べに行くことだってできるよ。一緒に来てくれるよね」

「ああ、そうだな」

「ふふ、ありがとう。そうそう、この前ね、ラクダとかアザラシのお肉を売ってるお店を見付けたんだけど」

「おいおい……」

拓眞は肩を竦める。

「安心して。それは今日じゃない」

「いつかは食わせる気なんだな」

こんな取り留めのない話ができる日常が帰ってきた。いや、取り戻したのだ。感慨深く感じながらしばらくバスに揺られる。二人掛けの椅子であるうえに大荷物のため、拓眞と陽菜はぴったりくっついて座っていた。

(そういえば、結局、俺達の関係って……)

途端にくっついて座る陽菜のことを意識してしまう。体が熱を帯びたのが分かった。気付かれないか心配になる。陽菜の様子を窺うと、窓の外を真剣な眼差しで見つめていた。

(何を考えているんだろう……意識すると気になって仕方がない)

陽菜が病気になる以前は、外でこうして並んで座るのは避けていた。だが、エリクサー投与以降はおおっぴらにふたりで行動するようになった。それは、陽菜がおひな様の仮面を脱いだからだ。だが、本当にそれだけだろうか。

『きっと、私が好きだったのは、たっくんだったから。たっくんだけが、本当の私を見てくれた。本当の私を好きになってくれた』

陽菜にエリクサーを投与した日、彼女は確かにそう言った。

(じゃあ、今は……？　マンドラゴラの根の毒が消えた今は？)

拓眞のことを好きでいてくれているのだろうか。

「ねえ、たっくん」

「お、おう」

陽菜に話し掛けられて思わず拓眞は声が裏返ってしまう。

「お土産、何にしよっか」

「ええと。萩の月とか喜久福とかいいんじゃないか」

仙台には銘菓が多くある。今、拓眞が例に挙げたのはどちらも非常に美味で仙台土産の定番だ。

「そうだよね。うん、そうしよう」

どこか会話がぎこちない気がする。ふと、陽菜の横顔がいつもより熱を帯びている気がした。

「陽菜？　何か顔が赤くないか？」

「えっ、そう？」

「体調悪いか？」

「ううん、元気だよ。着込み過ぎちゃったからかな、少し暑いかも。あはは」

拓眞はそれを聞いて少し陽菜から距離を取る。その方が涼しいと思ったからだったが、それを陽菜は拓眞の服の裾を引いて引き留めた。

「そばにいて」

「え、お、おう……」

十分そばにいる気もしたが、そう言われると緊張してしまう。

（きっと今までずっと不安だったんだな）

そう考えて拓眞は陽菜に身を寄せた。


バスを降りて、仙台駅舎に向かう。その時、拓眞の鼻先に冷たいものが落ちてきた。

「あれ、晴れているのに。狐の嫁入りだね」

「ああ」

「今日は折りたたみ傘を持っていないよ。晴れ予報だったからね」

ぽつぽつと雨が地上に降り注ぐ。どこからか、風で運ばれてきたのだろうか。

「折りたたみ傘、毎日持ち歩くのやめたんだな」

「うん」

「俺は持ってる」

陽菜の影響で拓眞は毎日折りたたみ傘を持ち歩く習慣ができてしまっていた。

「ふたりで差そうか」

ポンと、天気雨の中に黒い傘が開く。ふたりで入るには少し狭いが、これで雨をしのげるだろう。

近くを子供達が駆け抜けていく。街の人々は雨を避けようと早足だ。

「たっくんが折りたたみ傘を毎日持ち歩くようになったのは私の影響なんだっけ」

「そうだな」

「昔の私、臆病だった。だから心配で傘をいつも持ってた。でも、今はいいかな、って思えるんだ」

「臆病じゃなくなったんだな」

「そうかも。でもね、一番の理由は」

拓眞の持つ傘の中で陽菜が彼を見上げる。

「たっくんがいるからかな。ほら、こうしてたっくんは私を傘に入れてくれる」

「何だそれ」

臆病の象徴だった折りたたみ傘。

それはいつしか形を変え、ふたりの傘になった。


「あれ、おひな様？」

ふと、声を掛けられる。拓眞の知らない男性だ。恐らく、農学部の同期だろう。

「相合傘……」

彼は陽菜を傘に入れる拓眞の方を羨ましそうに見ている。つい、いつもの癖で拓眞は「しまった」と思う。もう少し警戒していた方が良かっただろうか。

「彼氏さん？」

思わずそう聞いてしまったのだろう。弁解しようと拓眞は口を開きかけるが、陽菜はそれにふわりと笑って答える。

「ふふ、まだなの」

拓眞の心臓がドキリと跳ねた。

「でも、彼は私の一番大切な人」

＊＊＊

実験Ｎｏ．１２９８——それがこの実験に付けられた通し番号だ。内容は、栗生拓眞、橘尚央、桃瀬陽菜、奥柿凜子の四人による人類の進化の可能性を探るための検証。及び、マオウがこの世界に侵攻することを見過ごすかどうかの判断材料のひとつ。

実験は今を以って全てのシークエンスを終了した。

結果として、マオウは人類の愚かさをカミサマに認めさせることはできず、また、人類は科学の叡智であるＧＩＦＴを自ら手放した。

これが何を意味するのか。

「退屈な実験だったけど、少しだけ面白かったよ」

カミサマはそう言った。

彼らの実験からは、まだ人類に進化は不要という結果が示唆されている。だが、これは多くある実験の中のほんの一例に過ぎない。

実験結果を他のカミサマに共有した。その直後だった。

カミサマが見ている世界に異変が起こった。

拓眞と陽菜は新幹線の中で隣同士で座っていた。三人掛けの席の窓側と中央の席に座っているが、お互いに会話はない。それどころか、極力目を合わせないよう、別々の方向を見ている。

拓眞は緊張していた。それもそのはずだ。さっきから陽菜とはろくに目も合わせられない。

陽菜は確かにこう言ったのだ。

『彼は私の一番大切な人』

一番だ。それはきっと世界で一番ということを意味する。

その発言をした陽菜は顔を真っ赤に染めて、急ぎ足で駅舎に駆け込むものだから、拓眞もその真意を問い質すことはできない。

(これって、陽菜は俺のことを好きってことでいいんだよな)

だとしたら今のふたりの関係は何と名付ければよいのだろうか。

直接告白されたわけではない。

(もしかして、陽菜は俺からの告白を待っているのか)

一度玉砕した身だ。非常に勇気がいることだが、今度こそ、告白は成功するだろう。

新幹線は微かな揺れを伴い、悩むふたりを乗せて滑るようにひた走る。

「な、なあ、陽菜」

「な、何かな」

ふたりとも声が裏返っている。どうやら陽菜も緊張していたようだ。

その時だった。

新幹線が大きく揺れた。

『緊急停止します』

新幹線内にアナウンスが流れる。

「何だ」

新幹線が急に止まることなど滅多にない。時速約300キロのものが急ブレーキをかけたのだ。強いGがかかり、思わず乗客はバランスを崩す。

『お摑まりください。ただいま前方に人影が見えたため緊急ブレーキをかけております』

新幹線には踏切がない。人が立ち入ることなど普通は有り得ない。また、もし仮に人が立ち入ったとしても、視認できるところまで接近していたら、ブレーキは間に合わないだろう。

恐らく、轢いてしまっている。

新幹線が停車した。

『急ブレーキ失礼いたしました。ただいま、前方に人影が見えたため急停車致しました。安全確認を致しますので、しばらくお待ちください』

車掌のアナウンスに従うほかない。

「大丈夫かな」

「どうだろうな」

不安げな陽菜の肩に手を置く。

そんな時だった。

「わたくしの心配でしたら無用でしてよ」

「えっ？」

声に振り返れば、空いている通路側の席に少女が腰掛けていた。

「マオウ！」

拓眞が驚いた声を上げる。

いつの間に隣の席に来ていたのか。さっきまでは無人だったはずだ。

「まさか、新幹線を止めたのはお前か」

「ひとつ、予告をしておこうと思いまして」

「はあ、お前何言って」

「これから止まるのは新幹線だけじゃありませんわよ。世界中のインフラを止めようと思いますの。それから原発の冷却装置を停止させ、メルトダウンを引き起こしますわ。また、全世界が保有する核兵器を全てわたくしの制御下に置きますわ。核の冬の到来ですわ」

「おい、マオウ、ふざけるな」

冗談にしても度が過ぎている。マオウにどれほどの力があるのかは知らないが、拓眞はマオウを止めようと彼女の肩を摑もうとした。

「ふざけてなんていませんわ」

その手は空を切った。

「きゃっ」

マオウはいつの間にか、窓際に座る陽菜の目の前に瞬間移動していた。驚いた陽菜が悲鳴を上げる。

「全てが力で決まる世界。素晴らしいじゃありませんの。まさに、このマオウに打ってつけですわ。この世界を闇で染め上げてみせますわ！」

マオウは高笑いをしている。

「カミサマとのゲームには負けたんだろ!?」

そうだ。マオウはカミサマを恐れていた。カミサマとのゲームに勝たねば、マオウ軍は侵攻できないはずだ。そして、ゲームはマオウの負けで決まったはずだ。

「カミサマなんて知りませんわ。わたくしが従うのは橘様だけですわ！」

「はあ？」

どうしてそこで尚央の名前が出てくるのか。

「橘様ってお前……」

「そういうわけで姫は頂いていきますわよ」

マオウが陽菜の手を掴む。

「やめろっ！」

「いやっ⁉」

拓眞は咄嗟に手を伸ばしたがまたしてもその手は空を切る。陽菜と共にマオウの姿が消えた。瞬間移動。まさしく、人類には不可能な魔法の力だ。

マオウの声だけが響く。

「そして、栗生拓眞。お前は、ここで惨たらしく死ぬといいですわ」

車両の前方から悲鳴が上がった。

拓眞は立ち上がり、前方に目を凝らす。

そこには、羽の生えた怪物がいた。まるで石像であるガーゴイルがそのまま動き出しているかのようだ。ツルツルの頭には二本の角が生え、ギョロギョロとした目に牙がびっしりと生えた口。筋肉質な肉体に、太い手足。その先にはかぎ爪がついている。

「怪物だ！」

「きゃあああっ！」

「なになに、何かの撮影？」

「すごーい！」

恐怖の悲鳴、驚きの絶叫、事態を理解していない者の歓喜の声。車内は一瞬で大騒ぎだ。

だが、拓眞だけは冷静だった。これは現実だ。

「まさか、マオウの奴、本気でこの世界を侵略する気なのか。くそ、陽菜はどこだっ」

拓眞が辺りを見回しても陽菜の姿はない。マオウがいずこかへ連れ去ったようだった。

その間にも、怪物は拓眞に向かってずんずんと歩みを進めていた。乗客は怪物から距離を取っている。近付けば分かる。その怪物が着ぐるみでもCGでもない、本物の生物であるからだ。その息遣い、臭い、音。全てが現実(リアル)だ。

「……あいつ、まさか俺を殺す気なんじゃ？」

拓眞の中で焦燥感が募っていく。怪物は拓眞を見ると、ニタリと笑い、その大きな口から長い舌を出している。よだれが舌の先から滴り、床に落ちていく。

生命の危機。それを感じたのは初めてだった。

（え、俺、本当に殺されるのか）

なぜ自分が狙われるのか。目の前の怪物は自分だけを目指して歩いてきている。気付けば、怪物は目と鼻の先にいた。そして、雄たけびを上げると、かぎ爪の付いた手を振り上げた。

思わず拓眞は目を閉じる。手は咄嗟に頭を庇っていた。

（こんなところで死にたくない！）

叫び声を上げる暇もなかった。死に直面した時、人は咄嗟には動けないらしい。

(陽菜っ!)

だが、いつまで経っても、衝撃は来なかった。

恐る恐る目を開く。

そこは時が止まった世界だった。一切の音がしない。

怪物は腕を振り上げた姿勢で止まっているし、乗客も静止している。

そして、拓眞の目の前にはカミサマがいた。

「ふー……危なかったね」

「カミ……サマ……?」

思わず拓眞は新幹線の座席に尻餅をついた。

どうやら、カミサマが守ってくれたようだった。

「助かった……」

安堵のため息を漏らす。

「そうだ、陽菜はっ! マオウは!?」

「残念ながらマオウに連れて行かれたよ。僕達も今捜しているけれど、時空の狭間に逃げ込んだみたいで少し手間がかかりそうだ」

「カミサマ! いったい何がどうなってるんだ」

「うん。説明するよ。まずは、邪魔なこいつを消すね」

カミサマが手を打ち鳴らせば、怪物の姿が一瞬で掻き消えた。跡形もない。まるで、マジックショーでも見ているみたいだ。

「今、この世界は危機に瀕している」

カミサマは拓眞に向き直ると、そう言った。

「そうだ、マオウがこの世界を侵略するつもりみたいで」

「いや、彼女にその気はないよ」

「でも、現に……」

怪物が現れ、襲われそうになった。それに、核の冬の到来などと不吉な予言をしていた。

「マオウ……彼女は操られている」

カミサマは目を伏せた。

「はあ？　誰に！」

「橘尚央」

カミサマの言葉を理解するのにしばらく時間がかかった。相変わらず、辺りは時が止まっているようで、誰も動かない。

「え……？」

拓眞は思わず聞き返す。

なりだ」

「橘尚央はマオウにマンドラゴラの根を食べさせた。マオウは今や橘尚央の虜となり、言い

カミサマの言葉が徐々に拓眞の脳に浸透していく。

「今や、真のマオウは橘尚央と言っていい」

「あいつが、マオウ……？」

急展開する状況に拓眞は目を白黒させた。だが、今も極めて異常な状況だ。見たこともない怪物が現れ、自分は殺されそうになった。そこにカミサマが登場して危機一髪のところで助けられた。

「こんな事態になったことを詫びるよ。僕達、神々の戦いに君達を巻き込んでしまった」

橘尚央。それが黒幕。信じられないが、カミサマが嘘を言っているとも思えない。

「橘は何がしたいんだ……？　世界を滅ぼしたいのか？」

意味が分からなかった。

「それは君がよく知っているんじゃないのかな」

マオウは陽菜をさらっていった。それは、きっと陽菜を尚央に献上するためだ。

「あいつ、陽菜を諦めたんじゃ……」

「多分、彼は全てが欲しいんじゃないかな。母親の愛情も、桃瀬陽菜も。そして、この世界も。とんだ強欲だ。まさしく魔王だよ。父親を自らの策略で失脚させ、君を殺そうとした。

彼は全てが勝ち負けで決まると信じている。マオウはその価値観にシンパシーを感じたんだろう。僕達との契約を反古にして、身勝手な行動に走った。今、他のカミサマは彼女を討伐しに行っている。でも、真のマオウ、橘尚央のことは……」

カミサマは言い淀む。

「ごめん。僕達カミサマが直接人間に手を下すのは許されていないんだ。僕達はあくまでもシャペロンに過ぎない。だから……」

「俺が橘を止める」

拓眞はカミサマにそう言った。

「それで陽菜を取り戻して、世界も守る」

どこかの漫画で聞いたことのあるような台詞。自分がこんなことを言う日が来るとは思わなかった。

「君ならそう言ってくれると信じていたよ。改めてシャペロンとして君に協力しよう」

「カミサマ、橘は今どこにいるんだ」

「仙台市内にいるみたいだね」

カミサマの言葉に拓眞は頷く。

「今、みんな時が止まっているように見えているだけで、実際に時は流れている。さっきの怪物騒ぎもなかったことに認知を書き換えるよ。だから君は反対方面の新幹線に乗り直して仙台に戻るんだ」

「相変わらず無茶苦茶だな」

「今は緊急事態だからね。まったく、こんなこと有史以来初めてだよ」

カミサマはふっと笑いを零した。

「お陰で退屈しなそうだ」

＊＊＊

カミサマと別れ、仙台市内へと戻って来た拓眞は街の様子を見てひとまず胸を撫で下ろす。どうやら、まだ尚央やマオウが何かをしたというわけではないようだ。線路の安全が確認でき、新幹線も動いているし、インフラも止まっていない。人々はいつものような生活を続けている。

「橘……お前、本当に世界を滅ぼす気かよ」

世界を滅ぼして何がしたいのか。

陽菜によれば、尚央は異常に勝ち負けにこだわる性格だったという。勝てば全て手に入れられると考えているらしい。

「手に入らなかったからって暴力に訴えるなんて。それで本当に勝ったって言えるのかよ」

尚央はマオウを使って陽菜をさらった。

「つたく、あの幼女……簡単に自分の毒を飲まされやがって」

それで都合よく使われているなど、マオウの風上にも置けないだろう。

「橘……どこにいるんだ」

尚央の欲しかったもの。それは母親だったはずだ。だとしたら、今も母親と共にいる可能性が高いのではないだろうか。陽菜にスマートフォンで連絡を試みるが、応答はない。

「橘とあいつの母親と陽菜がいそうなところ……」

考えながら歩き出すが、キャリーケースが段差に引っ掛かり、上手く進めない。

「くそ、荷物が重いな。どこかに預けるか」

自分の荷物と陽菜の荷物のふたり分を持っているため、両手が塞がっている。

その時だった。拓眞のスマートフォンが振動した。陽菜かと思い、スマートフォンを取り出すが、メッセージを送ってきたのは思いもよらない人物だった。

「橘……」

それは招待状だった。

『拝啓　小寒の候　皆様にはますますご清祥のこととお慶び申し上げます　このたび　私達は結婚式を挙げることになりました　つきましては　日頃お世話になっている皆様にお集まりいただき　ささやかな披露宴を催したいと存じます　敬具』

メッセージにはこう書かれていた。定型文だが、結婚式の招待状に思える。これを尚央が拓眞に送ってきているということは、尚央と陽菜の結婚式の告知なのだろう。

「何だこれ……」

意味が分からない。なぜ、いきなり、このような状況で招待状なのか。

「あいつ……俺に見せつけたいのか」

陽菜と尚央の結婚するところを。自分が得たトロフィーを最も見せつけられる場所、特に、母親に見せたい場合、打ってつけの場所。それが結婚式場。

「勝利を宣言したい。そういうことか」

これは挑発だ。

「でも、場所も時間も書いてないな」

駅前のコインロッカーに荷物を預けていると、陽菜の鞄から手帳が落ちる。彼女のスケジュールが記載されているものだ。

「何か居場所のヒントになるものはないかな」

勝手に手帳を覗き見るのも悪いと思ったが、今は緊急事態だ。

ペラペラと手帳をめくっていく。小さな可愛らしい文字で細かく丁寧に予定が記載されている。去年の予定は橘関連のものも多かった。中でも目を引いたのは結婚式の準備関連の予定だ。ウェディングドレスの試着に式進行の打ち合わせ。

「本当に結婚する寸前だったんだな」

ぎりぎりで陽菜の意思を確かめられて本当に良かった。でなければ、陽菜は無理やり望まない結婚をさせられていたところだった。

式場はどこだろうか。手帳をさらに読み込む。すると、一ヶ所、結婚式場の下見の予定が記載されていた。他に下見している書き込みはない。

「ここか……結婚式場、エトワール」

そこは仙台市郊外にある最近できたばかりの結婚式場だった。美しいチャペルが人気の所らしい。

「一か八か、行くしかない」

拓眞は駅前のロータリーに停車しているタクシーに飛び乗った。

＊＊＊

その頃、陽菜はスタイリストにウェディングドレスを着させられていた。

マオウにさらわれた際、陽菜はすぐに気絶してしまった。次に目が覚めたら、エトワールという過去に打ち合わせに来た結婚式場にいた。

マオウに手を引かれ、何の説明もないまま、ドレスを着させられている。マオウはそんな陽菜を薄ら笑いを浮かべながらじっと眺めていた。

「マオウちゃん……こんなことをあなたにさせているのは、尚央くん、だよね」

ボディメイクをされながら、陽菜は問う。

スタイリストは目が虚ろだ。何を話し掛けても返事は返ってこない。ただ、黙々と陽菜のスタイリングを行うのみだ。エトワールの他のスタッフも見掛けたが、誰もが同じような様子だった。皆、意思を奪われ、誰かに操られている。

「ふふ、そうですわ。ああ、お前が妬ましいですわ、姫。橘様からの寵愛を受け、このような婚礼の儀を開いてもらえるなんて」

「マオウちゃん、どうしちゃったの」

拓眞の話では、マオウはこのような性格ではなかったはずだ。

「ここの人達も、みんなおかしいよ」

陽菜は叫ぶ。だが、抵抗しようとすると、スタイリストが凄い力で陽菜を引き留めてくる。

「ここの者達はわたくしの魔法で皆、隷属状態ですわ」

「マオウちゃん、あなたは……」

「そうですわね。知らなかったですわ。マンドラゴラの根で得られる幸福感、誰かを愛するという気持ちがこんなにも素晴らしいものだったとは」

「……マンドラゴラの根!?」

今の物言いでは、まるでマオウ自らがマンドラゴラの根を食べたかのようだ。

「そうですわ。まさか、わたくしがマンドラゴラの根を食べさせられる羽目になるとは思いもしませんでしたが、いいものですわね」

「尚央くん……！　何てことを」

マオウはその名の通り、ひとつの世界を統治する強大な存在なのだろう。魔法も使えるし、様々なアイテムを所持している。だが、その魔法の効果はマオウ自体にも及んでしまうということだろうか。すなわち、マオウも人間と同じような存在ということだろうか。

「あなた、本当にそれでいいの？　だってマンドラゴラの根の毒は致死性よ。放っておいたらいずれ動けなくなって死ぬのよ！」

「構いませんわ。愛する者の手によって死ぬ。この上ない光栄なことですわ」

「おかしいよ……」

そうだ。拓眞に頼んでエリクサーを持ってきてもらおう。だが、スマートフォンはない。取り上げられているようだ。

「たっくんなら解毒できるよ。エリクサーがあるもの！」

「必要ありませんわ。わたくし達のいる幻想世界では、勝敗が全て。負けたものは相手に従うのが摂理ですわ。わたくしは負けた。橘様に従うのも、殺されるのも、自然の摂理ですわ」

勝ち負けが摂理の世界。弱者は排除され、強者のみが生き残る世界。この世界にだってそういった側面はある。だが、幻想世界ほど酷くはない。ただ、その思想は尚央の考えと恐ろしいほど合致していた。

「姫は一度、マンドラゴラの根による恋愛の快楽に溺れておきながら、よくまあ、普通にそうしていられますわね」

マオウは不思議そうにそう言った。

「私は自分の意思で付き合う人を決めたい。それだけだよ。誰かに強制された幸せなんていらない」

「わたくしが愚かなのか、姫が愚かなのか。確かにそれは難問かもしれませんわね」

とは言いつつも、マオウは上機嫌そうだ。鼻歌を歌いながら、陽菜のスタイリングが終わるのを待っている。

「私がこんな着替えをさせられているってことは、これから結婚式に参加させる気なのね？」

「ええ、そうですわ」

「あなたもマンドラゴラの根の力で尚央くんのことが好きなんでしょ。いいの」

「構いませんわ。愛人にでもしてもらいますわ」

「……たっくんは来るの」

「さあ。まだ彼が生きていればあるいは」

それを聞いた陽菜は思わず立ち上がった。

「たっくんに何かしたの⁉」

スタイリストが陽菜を座らせようと腕を引っ張るが、彼女はマオウに詰め寄る。

「たっくんが怪我でもしたら許さないから！」

「あら、怖いですわね。でも、姫、あなたに何ができますの？　いつも助けてもらうだけ。その器量の良さだけで、何事も乗り切ってきたあなたに」

「たっくんは今どこ⁉」

「さあ？　この世かあの世か……。何にせよ、わたくしは下級魔人をあの鉄の乗り物の中に放ってきただけですわ。運が良ければ生き残っているでしょう」

「そんな……！」

陽菜の足から力が抜ける。スタイリストが近付いてきて、陽菜を椅子へ引き摺っていく。

下級魔人とやらが何なのかは分からないが、この世界のものではないことは明らかだった。きっと恐ろしい怪物に違いない。それに、新幹線の中に魔人を放ったということは、拓眞だけが危険に晒されているわけではない。

「それも尚央くんの命令⁉」

「ええ。橘様にとって今最も邪魔な存在は栗生拓眞ですわ。それと同時に、屈服させたい相手でもある」

「酷い……！」

どうすればいいのか。どうすれば、拓眞を助けられるだろうか。

「……私が素直に言うことを聞けば、たっくんを助けてくれるの」

「さあ、どうかしら。栗生拓眞は橘様を助け、だが、想定外の余計な働きをして計画を崩した。これ以上の想定外を起こさないためにも、橘様は徹底的に栗生拓眞を潰したいのでは」

「うう……」

涙を必死で堪える。何もできなかったとしても、諦めるわけにはいかない。

（たっくんはきっと来てくれる。それまで泣いてなんていられない）

＊＊＊

タクシーを降りた拓眞は、結婚式場エトワールに辿り着いていた。敷地内には木々が植えられており、花壇も多くある。今は冬なので少し見た目は寂しいが、暖かい時季になれば、きっと色とりどりの花で溢れるのだろう。広い敷地の中央にチャペルが併設された建物がある。

「橘は……チャペルの方か」

チャペルはすぐそこにあるのだが、近くにはマオウの手下達がうろついていた。見た目は先程新幹線の中で見た怪物だ。丸腰の生身の人間が勝てる相手ではない。

「ここのスタッフや客はどこ行ったんだ……」

明らかにエトワールは尚央の支配下にあった。

物陰に身を潜め、辺りを窺っていると人の喚き声が聞こえた。

「おい、何なんだこれは⁉　俺をどこに連れて行くつもりだ！」

見れば、マオウの手下に抱えられている男性の姿が見て取れた。男性はじたばたと抵抗している。

「おい、何かの冗談ならタダでは済まさんぞ！　俺が誰だか分かっているんだろうな！　橘義仁だ！　お前ら全員、着ぐるみを剝いで訴えてやるからな！」

血気盛んに騒いでいるのは橘義仁。間違いない。尚央の父親だ。どうやら、彼もこの結婚式に「招待」されたらしい。だが、義仁が事態を呑み込めていないのは確かなようだった。

彼はこれをテレビ番組か何かの悪ふざけだと思っているようだ。確かに、カミサマやマオウと会っていなければ、拓眞もそう思っていただろう。

「ってことは陽菜の親も……」

蓮介達が「招待」されている可能性も高いだろう。義仁達もチャペルに向かっているようだ。

怪物の気が逸れている内に、別の物陰へ隠れ直す。少しチャペルに近付いた。

「待ってろよ……陽菜……！」

＊＊＊

チャペルの中で純白のタキシードに身を包んだ尚央は待っていた。陽菜の身支度が整い、招待客が全員入場するのを。

たった今、義仁がチャペルに「入場」してきたところだ。魔人達がチャペルの椅子の最前列に義仁を座らせる。既に、そこには、幸恵が座っており、俯いて黙っている。陽菜の両親もまた「入場済み」だ。

「尚央……？　尚央!?　こんなところで何をしている!?」

椅子に座らされた義仁が尚央の姿を認め、叫ぶ。

「やあ、父さん。久し振りだね。何って……僕と桃瀬の結婚式さ。招待状を送っただろう。一応、実の父親だから呼んだまでさ」

「貴様か……こんな茶番を！　そもそも貴様、俺を陥れたな！　俺の医療ミスのことを告発したのは貴様だろう」

「医療ミスのことだけじゃない。父さんがしてきたハラスメントの数々や贈収賄についても、ね。父さんはよく言っていたじゃないか。この世は闘争だって。勝ちさえすればいいんだ。どんな手段を使っても」

尚央はチャペルの壇上で義仁を見下ろしている。

「尚央……貴様……！」

義仁は立ち上がって尚央に掴みかかろうとしているが、魔人がそれを押さえつけている。

「放せ……この化物！」

「やめておいた方がいいよ、父さん。彼らを怒らせたら、文字通り八つ裂きにされる」

その言葉に義仁が怯む。そして、口を噤んで大人しく椅子に座る。

「尚央……どうしてこんなことをするの……！」

今までずっと俯いていた幸恵が声を上げた。

「お父さんを失脚させて、こんな結婚式を開いて、何がしたいの」

幸恵の言葉に尚央は少し表情を曇らせた。

「まだ分かってくれないのか、母さん……」

尚央の脳裏に幼い頃のやり取りが蘇る。

『ねえ、お母さん……』

『義仁さん、またお仕事のお話聞かせてくれる？』

母は義仁に夢中だった。

『ははは、今度の手術は某アイドルでな。その写真を……』

『ねえ、お母さん。お腹が空いたよ』

『尚央、後でね。それで？　義仁さん』

母は尚央のことなど気に掛けなかった。

『おい、うるさいぞ尚央』

父は尚央のことを煩わしく思っている節があった。

『尚央、お留守番できるわね？　お父さんとお母さんはちょっと出掛けてくるから』

『えっ……』

『いいか、尚央。母さんに構ってもらいたければ、喚くだけでは駄目だ。魅力的な男にならなければな』

父はそう諭した。

『そうよ。お父さんくらい尚央も強くなってね』

尚央は拳を握る。

「母さん、僕は父さんよりも強い。そうだろう！」

尚央は声を張り上げる。

「ひっ……！」

幸恵は尚央の大声に小さく悲鳴を上げた。彼女は尚央を怖れていた。その様子を見た尚央は落胆の色を隠せない。

「違う。僕が望んでいたのは……」

ここまで舞台を整えたのに、幸恵の反応は思っていたものと違った。怖がらせたいわけではないのだ。中学時代に、恋をした女子生徒を手に入れるために、その女子生徒の彼氏を病院送りにした時のことを思い出す。あの時と同じだ。女子生徒も母も、その瞳は悲しみや恐怖に彩られていた。

「母さん、やめてくれ。僕のことをそんな目で見ないでくれ」

その瞳を見た時、中学生の尚央は抱いていた恋心が霧散したのを感じた。その女子生徒は自分が真に欲しかったものではないと思い込むことにしたのだ。

「母さん……信じていたのに」

ふと、陽菜のことを考える。彼女は気丈だった。彼女は尚央に怒りの感情を向けこそすれど、恐怖心を向けはしなかった。

「やはり桃瀬だけだな……僕の心を理解してくれるのは」

その時だった。陽菜の父、蓮介が声を上げた。彼は青ざめた様子ながらも、気丈に椅子に深く腰掛けていた。

「橘尚央くん」

尚央は蓮介の方に視線をやる。

「君はこんなことをして本当に誰かの心が手に入ると思っているのか」

尚央はその言葉に首を傾げる。

「おかしなことをおっしゃいますね。現に陽菜さんの心は私の物ですが」

「婚約は解消、と聞いたがね」

「それは彼女が一方的にそう言っているだけです。僕は承服していない」

「しかし、夫婦の心が通じ合ってこその結婚だと思うがね。この結婚式で君達を祝う者は誰もいないのではないかね」

「祝う？　そんなものは必要ありません。これは凱旋です。僕が勝利したことを皆に知らしめるための」

「君は自分中心に物事を考え過ぎだ。もっと他人に寄り添いなさい。他人の心を歪曲してどうにかしようなんて考えるのはやめなさい」

その時だった。魔人が蓮介の頭をそのかぎ爪で掴んだ。

「いいですか、蓮介さん。僕には力がある。今や、マオウの力をも手に入れた僕は、この国を……いや、世界すらも好きなようにすることができるんですよ」

爪が食い込み、蓮介の頭から一筋の血が流れ落ちる。

「ぐっ……」

「あなた！」

蓮介が呻き、陽菜の母が悲鳴のような声を上げる。

「いいかね……橘尚央くん。どれほど力があっても、どれほど強くても、真の愛は手に入れるものじゃない。それは与え合うものだ。心は理屈じゃないんだ。人は機械じゃないんだ」

「人の感情も心も全て科学で説明がつく。どんな事象にも因果がある。幻想世界の魔法アイテムにすら科学が勝利した。それが答えですよ」

「ならば、見ているといい。きっと彼が、たっくんが君を倒すぞ」

尚央は目を細めた。虫唾の走る名前だ。魔人に目で合図する。殺してしまっても構わない、と。

「……ぐ、ああ！」

蓮介が悲鳴を上げる。頭からもう一筋、血が流れ出る。だが、構わず蓮介は叫ぶ。

「君は母親を欲した！　だが得られたのは恐怖だけ！　君は誰よりも真実の愛を欲しているのに、手段が真逆だ！」

「うるさい。黙れ！」

尚央が激高する。

「橘様。バージンロードが血で汚れてしまいますわよ。その辺にしておきなさいな」

尚央の凶行を止めたのは、マオウだった。いつしか、彼女は尚央の隣に瞬間移動してきていた。

「花嫁の準備が整いましたわよ」

「……ふん、命拾いしたな」

尚央は壇上の椅子に腰掛ける。蓮介は呻きながら肩で息をしている。

「始めよう」

白いチャペルに聖歌が響く。マオウの隷属魔法にかかった聖歌隊がコーラスしているのだ。マオウは高らかに宣言する。

「花嫁の入場ですわ！」

チャペルの正面扉が開かれる。外からの眩い光に照らされ、そこにはウェディングドレスに身を包んだ陽菜が立っていた。既にベールは下ろされ、表情を窺い知ることはできない。

純白のドレスはAライン型で、大輪の花のようにスカートがフレアになっている。ビスチエデザインの胸元は陽菜の美しい白皙の肌が綺麗に映えるようになっている。スカートはフリルと共にレースがあしらわれ、エレガントさと共に可憐さを強調している。

尚央はそんな陽菜のウェディングドレス姿を見て思わず息を呑んだ。

「美しい……」

　尚央は美人を今までに何人も見てきた。だが、陽菜はその中でも最も美しいと感じられた。彼女こそ自分の花嫁に相応しい。尚央はそう思った。

　ベール越しに陽菜と目が合う。

　そこには怒りの炎が燃えていた。

　恐怖や怯えではない。真っ向から尚央に立ち向かう強い瞳だ。

　尚央の中で母親を欲する感情が消えていく。代わりに頭をもたげたのが陽菜を独占したいという欲求。

「さあ、こちらへ」

　尚央が壇上から陽菜へ手を差し伸べる。

「行くな、陽菜！」

　蓮介が叫ぶ。尚央が目配せすると、彼の首元に魔人のかぎ爪が押し当てられる。魔人が力を込めれば、いとも容易く蓮介の首は裂かれてしまうだろう。

「お父さん……！」

「桃瀬、僕と結婚しろ。そうすれば、みんな助かる」

「尚央くん……あなた……！」

「……さあ」

陽菜は唇を強く引き結び、一歩踏み出す。そして、また一歩。

少しずつ、尚央との距離が縮まっていく。

陽菜の足が階段の段差に当たる。

ここを登れば、尚央の差し出す手を掴むことになる。

彼に屈することになる。


(助けて……たっくん……!)

「その結婚、待ったあっ!!」


陽菜が強く念じた次の瞬間だった。チャペルの扉が音を立てて大きく開かれ、そこにはボロボロになった拓眞がいた。衣服はあちこち破け、ところどころ血が滲んでいる。

「招待した友人がまだ揃っていないのに式を始めるなんて酷いんじゃないか、橘?」

拓眞は壇上の尚央を見上げてそう叫ぶ。

「ふん、来たな、栗生……!」

尚央は見下すように返す。

「たっくん……!」

やはり来てくれた。陽菜は飛び上がりそうになる気持ちを必死で堪える。

「本当は君を呼ぶつもりはなかったんだ。ただ、君を完璧に負かすのも一興だと思ってな」

「そいつはどうも。スピーチでもやろうか」

「招待客なら招待客らしく、そこで大人しく僕達の結婚式を見ていろ」

「やなこった。陽菜は返してもらう」

「桃瀬は君のものではない」

「いや、誰のものでもない、陽菜自身のものだ！　もう絶対、陽菜に辛い思いなんてさせるものか！　俺が陽菜を救ってみせる！」

「傲慢だな。神にでもなったつもりか」

「俺は神じゃない。だけど、神の友人ならいるぜ！」

マオウの姿が掻き消えたのと、拓眞の背後からカミサマが飛び出したのはほぼ同時だった。

刹那、二柱の人外がぶつかり合う。

轟音が鳴り響き、チャペルの屋根が一瞬にして消し飛んだ。天井がなくなり、青空が開ける。そこには空中に浮かぶカミサマとマオウが見える。

「マオウは僕が押さえる。君は橘尚央を」

「カミサマはわたくしが押さえますわ。橘様は栗生拓眞を」

カミサマとマオウの声が聞こえる。

「本当にどこまでも邪魔な奴だな、君は……！」

尚央は壇上から階段を降り、陽菜を押し退けてチャペル入口の拓眞に向かい合う。

「けれど、この時を待っていた。この手で直接君を排除できる時を」

尚央がタキシードの胸元に手を入れる。彼が手にしていたのは拳銃だった。

「行け、魔人ども」

チャペル内にいた二体の魔人が拓眞に襲い掛かる。

「危ない！」

陽菜の悲鳴が上がる。

だが、次の瞬間、魔人は二体ともチャペルの壁に向かって吹き飛び、そのまま、壁に穴を空けて外へと消えた。

「サンキュー、カミサマ」

尚央が魔人に気を取られている隙に拓眞は尚央の胸元に飛び込む。

「くっ」

乾いた発砲音が鳴り響くが、弾丸は何にも当たらない。拓眞に飛び掛かられた尚央はもんどり打って倒れ、チャペルの赤い絨毯の上にふたりで転がった。拳銃は尚央の手から離れ、床を滑っていく。

ここからは殴り合いだ。

尚央に馬乗りになった拓眞は尚央の綺麗な顔を思い切り拳で殴り飛ばす。

「がっ！」

「今のは陽菜の分！」

もう一発、さらに殴る。

「これは奥柿の分だ！」

「ぐっ」

尚央の眼鏡が砕け散る。だが、尚央も負けていない。彼は長い足を使って自分の上に伸し掛かる拓眞を蹴り飛ばすと、拳銃を拾い上げる。そのまま拳銃のグリップで拓眞の頭を殴り付けた。

「っ！」

一瞬、拓眞の意識が飛び掛ける。目の前で火花が散ったような錯覚を起こす。頭に熱い痛みを感じる。

さらなる一撃を加えようとしている尚央の手を止めた者がいた。蓮介だ。

「やってしまいなさい、たっくん！」

拓眞はよろよろと立ち上がると、腕を固められた尚央の下顎に向けて思い切り蹴りを放った。尚央の体が衝撃で浮かび上がる。そして、そのまま、仰向けに尚央は倒れ込んだ。

「く、そ……」

尚央は口から血を流しながらも、憎しみのこもった目で拓眞を睨み付ける。拓眞もまた、殴られた頭を押さえ、肩で息をしながらも、尚央を睨む。

「君のような、凡庸な人間が、桃瀬に相応しいわけがない……！」

吐き捨てるように尚央が言う。

「凡庸なんかじゃない！」

陽菜が叫ぶ。

「たっくんはいつも必死だった。必死で私の病気を治す薬を探してくれた！　そして、クルクミンで私を自由な体にしてくれた！」

陽菜の叫び声は、ぶつかり合うカミサマとマオウが立てる轟音よりも大きく響く。

「それから、エリクサーを作って私の心も解放してくれた！　普通、そんなことできない！　策を弄するだけ、他人を利用するだけのあなたは決してたっくんには勝てない！」

未知の毒素の特効薬の開発など、何億もの資金と何年もの日数が必要となる。それを拓眞は凜子と共にたった一ヶ月でやり遂げたのだ。

「私はたっくんに体も心も自由にしてもらった！　あなたは私を縛るだけ！」

おひな様の仮面を剝ぎきっかけをくれた。

いつだって拓眞は陽菜の側にいて彼女を救い続けてきた。

「私はそんなたっくんが大好きなの!!」

叫ぶ陽菜の背後にマオウが落下してくる。彼女は地面に叩き付けられ、チャペルの床に転がった。

「ぐ……おのれ、カミサマ……。こうなったら仕方がないですわ。刺し違えてでも、この世界に呪いと恐怖を……！」

「まさかカミサマである僕が人間の作った薬を使うことになるなんてね」

マオウの側に降り立ったカミサマが手にしているのは注射器だ。

「エリクサー。奥柿凜子から貰ってきたよ。使わせてもらうね」

注射器を倒れるマオウの首に打ち込むカミサマ。

「やめ……やめて！　恋の快楽を……わたくしから奪うなんて……！」

注射器内のエリクサーが全てマオウに注がれる。

「愛……愛に、溺れたかった……」

マオウの声が掠れていく。

「わたくしは、生まれた時から……マオウで……誰からも愛されず……畏怖されて……そんなわたくしを、橘様は……」

「所詮、似た者同士だったたってことだね」

カミサマが手を叩くとマオウの姿が掻き消えた。

「異空間の牢獄に封印した。これでもう悪さはできない」

カミサマはニコリと笑い掛ける。

「良かったね、一件落着だ」


どさり、と拓眞が尻餅をついた。

正直、もう立っているのもやっとだった。頭を殴られたせいで、吐き気が酷いし、体もあちこちが痛む。

「たっくん……！」

慌てて陽菜が拓眞に駆け寄る。もう、尚央に彼女を止める気力は残っていなかった。

「陽菜……良かった……」

「たっくん、大丈夫⁉」

「ああ、何とか……」

拓眞は陽菜に抱きかかえられながら何とか笑顔を作る。

「たっくん、ありがとう。本当に、ありがとう……！」

陽菜は拓眞を強く抱き締める。そんな陽菜のことを拓眞は優しく抱き返す。

「そうだ、栗生拓眞くん。せっかくならここで結婚式でも挙げたらどうかな。愛しの桃瀬陽菜さんと」

　カミサマはにこにこ顔で拓眞の顔を覗き込む。

「今なら、本物のカミサマが君を祝福してあげよう」

「はは……もう、神とか魔王とかこりごりなんだけど。それにチャペルもボロボロだ」

　そう言われてカミサマは辺りを見回す。カミサマとマオウの戦闘でチャペルは屋根が吹き飛び、壁には大穴が空き、装飾品は粉々になっている。

「それなら、僕がもっと荘厳にリフォームしてあげるよ」

　カミサマが手を叩けば、壊れていた壁の穴が次々と塞がり、ひび割れだらけだったチャペルの床が一面の花畑になる。次々とろうそくに火が灯り、楽器もないし奏者もいないのにオーケストラの音楽が鳴り響く。

「せっかくの青空だ。天井は吹き抜けにしておこう」

　一瞬にして、チャペルは元通り、いや、元よりもさらに美麗かつ、自然溢れる、美しいチャペルとなった。

「仕切り直しだ。支度しておいでよ」

＊＊＊

拓眞は陽菜と同じ部屋でタキシードに身を包んでいた。まだ、頭がずきずきと痛み、服の下は包帯だらけの状態だが、カミサマの計らいであれやこれやとする間に結婚式の支度をさせられていた。

陽菜は既にウェディングドレスに身を包み、準備も終わっているため、拓眞の様子を見守っている。

「何だか夢みたい。本当に好きな人とこうして結婚式を挙げられるなんて」

陽菜はうっとりした様子で呟いた。

「俺も夢を見ている気分だよ」

尚央との最終決戦に来たはずが、いつの間にか婚礼の儀を執り行うことになっている。

「陽菜、本当に綺麗だな」

「うん、ありがとう」

陽菜のウェディングドレスは彼女が自分で選んだものだ。試着した際、陽菜はそこまでこのデザインを気に入っていたわけではなかった。尚央に合わせてもっとフォーマルな形にした方がいいのか、とか、他人からの見栄えとか余計なことばかり気にしていた。だが、拓眞との結婚式でこのドレスを着るのだと考えた時、今着ているドレスが急に自分に似合っているように思えてきたのだ。

（もしかしたら私、たっくんとの結婚式で着たいドレスを無意識に選んでいたのかも）

だから、尚央との結婚式用のドレスとしてはしっくり来なかったのだ。凜子にも指摘されたことがある。自分の髪型や服装は全て拓眞に合わせているのではないか、と。

「ふふ、我ながらべた惚れだったんだな……」

「えっ？」

「ううん、ひとりごと」

流石に恥ずかしいし過ぎて拓眞に聞かせることはできない。

拓眞の支度が終わった。

「じゃあ、行こうか」

「うん」

ふたりは立ち上がり、部屋を出た。

＊＊＊

「栗生拓眞くんの行いは驚嘆に値するよ。彼は熱情と自らの知識でマオウの力を打ち破った。

そして、僕達の実験に予想外の結果をもたらし、観察者たるカミサマを舞台に引っ張り出した。言ってみれば、彼の行いでマオウは消え、世界は救われた。誰も認知していないけれど、彼は世界を救った勇者だ」

カミサマは他のカミサマに向けて自らの考えを共有する。

「この実験で、緩やかな滅びに向かっている人類にもまだ希望があるように思えたよ。近頃の人間は、自由を求め過ぎた結果、人の自由を阻害することを禁じられ、逆に行動を制限されている。それは生物の本能の根幹である、子孫繁栄や進化を阻害してきた。でも、彼は高次元の存在である僕らを驚かせるような力を見せた。それすなわち、今の人類にも希望があるっていうことだと思う」

ずっと退屈な実験だと思っていた。結果は分かり切っていた。人々はGIFTの力に溺れ、欲望のままに行動すると。あるいは、マオウに侵略されて滅ぼされると。だから、進化が必要なのだ。GIFTを適切に用いることのできる倫理観や論理的思考を持った人類に進化しなければならなかった。

「希望……か。たったひとつの希望があるからといって滅びを見過ごすわけにはいかないんじゃないか」

「そうかもしれない。でも、希望はひとつでもあれば、それを中心に広がっていくんだと思うよ。希望は連鎖する」

「では、人類にまだ進化は必要ないと？」

「うん。僕はそう思う。僕らカミサマが今できることは、そんな希望を祝福することだと思う」

「祝福か……」

「そう。それが僕達の本来の使命さ」

「本来の使命？　我々はシャペロンとして人類の進化を……」

「いや、もうそれやめない？」

「使命を放棄するのか？」

「栗生拓眞くんが高次元の存在に打ち勝ったように、僕達もまた、より高次元の存在に対して自由を主張するべき、ということさ」

「自由、か……」

「そう。自由だよ。それはきっと今みたいに退屈じゃなく、とても楽しいものだ」

エピローグ

「新婦の入場です」

一面の花畑をゆっくりと、父親と共に一歩ずつ進む花嫁。先程、母親が被せたベールを透かして新郎をじっと見つめている。

新郎は緊張の面持ちで、だが、晴れやかな表情で、青空の下、太陽の降り注ぐ祭壇で新婦の登壇を待っている。新郎の両親もまた突然の結婚式の様子を見守っている。カミサマの力による「特別措置」により、同席が叶ったのだった。

「さあ、行っておいで、陽菜。よろしく頼むよ、たっくん」

父親が新婦の手を離す。彼女は新たに新郎の差し出した手を握ると、祭壇への階段をひとつひとつ登っていく。

聖歌隊のコーラスとオーケストラ。舞う天使の羽。花の香りを運び、そよぐ風。降り注ぐ陽光。

　祭壇上で新郎と新婦は向かい合う。

「栗生拓眞。君は病める時も健やかなる時も、彼女を支え、幸せや困難を共有するんだ。彼女との愛を誓うかい」

　新郎は心から答える。

「誓います」

　カミサマは微笑み、新婦に向き直る。

「桃瀬陽菜。君は誠実な彼を温かく包み、彼と共にどのような道でも歩んでいくんだ。彼との愛を誓うかい」

　新婦もまた、心から答える。

「誓います」

　カミサマは満足げに頷くと、こう言った。

「この誓いの言葉でふたりは結ばれた。けれどこの誓いは決してお互いを縛るものではない。ふたりの心は自由だ。そして、そんなふたりの結婚を神は祝福する」

　カミサマがふたりに目配せする。

　新婦のベールをゆっくりと上げた新郎は、彼女の素顔を見る。

そこに仮面はなく、慶びに満ちた笑顔があった。
新郎は気恥ずかしそうに身動ぎし、新婦の頬に朱が入る。
そして、ふたりの唇が重なり合った。

この作品は、小説投稿サイト「エブリスタ」に掲載されていたものに、
加筆修正しております。

光文社文庫

フォールディング・ラブ　折りたたみ式の恋
著者　絵空ハル

2024年3月20日　初版1刷発行

発行者　三宅貴久
印刷　ＫＰＳプロダクツ
製本　ナショナル製本

発行所　株式会社 光文社
〒112-8011　東京都文京区音羽1-16-6
電話（03）5395-8147　編集部
8116　書籍販売部
8125　業務部

ISBN978-4-334-10245-6　Printed in Japan

組版　萩原印刷